Future Fiction

Collana diretta da

Francesco Verso

Storie dal domani 8

I migliori racconti di Future Fiction

a cura di
Francesco Verso

Associazione culturale Future Fiction
Via Valentiniano 40 – 00145 Roma
P. IVA 15586791004

Titolo *Storie dal domani 8*
© 2022 Future Fiction, Roma
I edizione dicembre 2022
info@futurefiction.org
ISBN: 9788832077681

di Francesco Verso

Il futuro è sempre più presente nelle nostre vite, non solo nelle anticipazioni cinematografiche e letterarie che illustrano la portata delle innovazioni tecnologiche, ma anche nel quotidiano: dalla medicina ai trasporti, dall'informazione all'intrattenimento e alla società, i cambiamenti si susseguono a ritmo incessante dando spesso l'impressione di vivere già in un'anteprima del domani. Questa pioggia di cambiamenti è così intensa e pervasiva da non permetterci di comprendere fino in fondo le implicazioni del "mondo sempre nuovo" in cui stiamo vivendo e quindi sia i risvolti positivi sia quelli negativi di ogni innovazione o meglio ancora delle loro combinazioni danno luogo a scenari imprevisti oppure considerati fantascienza solo qualche anno prima.

Future Fiction nasce per esplorare e dare consistenza a questo territorio ignoto prendendo in prestito da Anthony Burgess la definizione data da lui stesso ai suoi romanzi "Arancia Meccanica" e "Il seme inquieto": un doveroso omaggio a uno degli scrittori più visionari del secolo scorso il quale ha giustamente preconizzato come il futuro non passi soltanto dalle scoperte nei campi delle cosiddette discipline esatte come l'astronomia, la fisica, la matematica, la chimica e l'elettronica ma anche da trasformazioni in ambiti umanistici, linguistici, economici e in generale antropologici.

Volendo raffigurare le innovazioni tecnologiche e i cambiamenti sociali tramite una piramide rivolta verso l'alto – impiegando il modello di Koert van Mensvoort ispirato alla piramide dei bisogni di Maslow – è possibile tracciare l'andamento di qualunque trasformazione attraverso sette livelli di sviluppo. All'inizio, ogni tecnologia o trasformazione deve essere immaginata, nasce cioè da un'idea, da un sogno, da una visione come la teoria della relatività o la stampa 3D e poi viene utilizzata, per esempio nei primi prototipi o negli esperimenti sulla carne in vitro. In seguito viene applicata e diventa così accessibile a più persone uscendo dai laboratori di ricerca come è avvenuto con i Google Glasses. Quindi, salendo di livello, il suo impiego viene accettato su larga scala ed entra a far parte della vita quotidiana di ciascuno come nel caso degli smartphone. Poi si espande in ogni strato della popolazione e si trasforma in un elemento vitale, qualcosa senza il quale sarebbe più difficile vivere, come Internet o le fognature. A quel punto la tecnologia diventa invisibile come è avvenuto per la stampa e il computer e si fonde con il tessuto stesso della realtà assumendo i tratti della naturalezza e dell'indistinguibilità da qualsiasi altro elemento considerato naturale, nel caso dell'agricoltura e della scrittura.

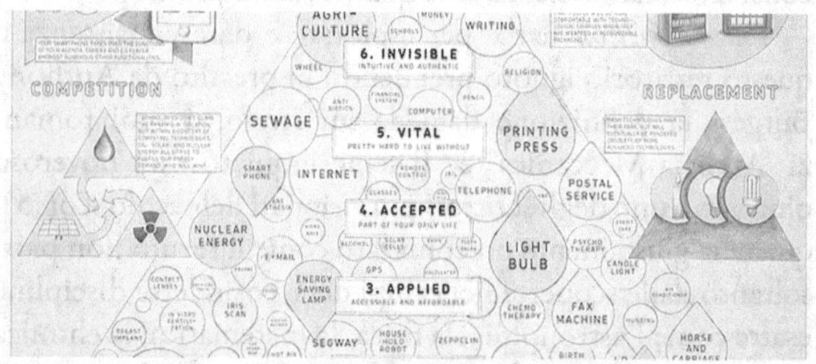

(tratto dal sito Next Nature)[1]

Eppure, accanto all'asse verticale dello sviluppo delle tecnologie, va considerato anche l'asse orizzontale rappresentato dal tempo e dal progressivo invecchiamento (o obsolescenza

1 https://www.nextnature.net/story/2014/pyramid-of-technology-how-technology-becomes-nature-in-seven-steps

tecnologica) di qualunque innovazione, che sia di natura tecnica, sociale oppure politica. Dopo un certo periodo di tempo, dopo cioè che un qualunque "novum" – per usare un termine caro al critico Darko Suvin – ha prodotto il suo effetto di "straniamento cognitivo", introducendo un elemento in grado di suscitare paura (se negativo) o meraviglia (se positivo), l'esperienza che abbiamo fatto di tale innovazione non produce più nulla di particolarmente forte in noi, non muove più la nostra curiosità, né ci inquieta al punto di temerla, perché è diventata la norma, lo standard che abbiamo imparato a conoscere e riconoscere. E allora tutte le innovazioni, le politiche e le trasformazioni sociali introdotte da quel particolare "novum" perdono la capacità di scatenare ancora quell'originale "senso del meraviglioso", quella sensazione di sbalordimento e voglia di scoprire che sta alla base della narrativa di fantascienza. Per questo motivo sono soltanto le tecnologie e le trasformazioni che si trovano ancora nella fase di scoperta e nuova applicazione a suscitare in noi quel desiderio di scoprire "cosa succederebbe se quel "novum" diventasse realtà?"

Il genere steampunk è l'esempio perfetto di tale fallimento: nel suo immaginare tecnologie anacronistiche, nel ricorrere a un'estetica vecchia di due secoli e riproponendo ambientazioni note e già decadute – seppure con l'intenzione di rinnovare ciò che non può essere rinnovato (dal motore a vapore, all'energia elettrica, dai computer a schede perforate, ai pizzi e merletti dell'epoca vittoriana) – lo steampunk sembra utilizzare un novum scarico, una freccia spuntata, riempiendo la narrazione di armi caricate a salve, che possono certamente colpire nel segno di un'ottima narrazione e di personaggi ben riusciti, ma che tuttavia non possono aprire squarci di nuova conoscenza nei lettori, né generare un vero senso del meraviglioso, in quanto privato dell'elemento estraniante.

Lo steampunk, così come già prima il fantasy, trascurando o ignorando la trasformazione della società reale, si ripiega su un mondo immaginario nato già obsoleto, assume tratti claustrofobici, dove scenari e paesaggi possono essere grandi a volontà, ma angusti nella meccanica interna (tecnologica, psicologica e sociale), in quanto – per definizione – deve escludere ogni forma di progresso al fine di cristallizzare temi ed eternizzare personaggi in una gabbia di riconoscibilità artatamente forgiata, correndo sempre il rischio, nel caso in cui se ne distaccasse, di non essere più steampunk. Questo non pregiudica affatto la bontà delle storie steampunk né fantasy, ma le colloca in un altro ambito, quello della narrativa consolatoria e di evasione.

Al contrario, Future Fiction vuole indagare quella parte della piramide tecnologica dove le trasformazioni sono ancora nella loro fase di spinta, di propulsione cognitiva, esplorando i dubbi, le questioni, le ansie e i dilemmi che ogni innovazione produce immancabilmente nel tessuto della società e nella vita quotidiana delle persone.

Le direttrici adottate dalla collana per questa ricerca sui futuri possibili sono quattro: narrativa breve, multiculturalità, speculazione socio-tecnologica e crossmedialità:

Narrativa breve - La fantascienza ha avuto origine come narrativa di idee: una premessa fortissima, il famoso "what if" o "cosa succederebbe se", che poi viene svolta nel giro di poche pagine, senza fronzoli né inutili digressioni, e pochi personaggi che, sebbene caratterizzati, restano funzionali a una narrazione breve, al numero minimo di parole per assicurare il massimo dell'efficacia. Queste caratteristiche si sposano bene con la crescente diffusione di e-reader, tablet e smartphone ed è quindi apparsa subito come la ricetta migliore per coinvolgere non solo gli appassionati del genere ma anche chi non sa di esserlo, obiettivo primario di Future Fiction: allargare cioè la base d'ascolto oltre il circolo di chi ama già la fantascienza.

Multiculturalità – Il futuro, per definizione, avviene ovunque e in qualsiasi luogo, e Future Fiction offre l'opportunità ai lettori di cogliere angolazioni diverse da quelle dominanti nel mercato editoriale italiano dove la letteratura anglosassone è quella più rappresentata da oltre mezzo secolo. Questa proposta intende valorizzare le migliori storie al mondo, provenienti dal maggior numero di paesi e di lingue possibili. Alla base di questa scelta c'è la volontà di conservare la "biodiversità narrativa del futuro". Come nel remoto arcipelago delle Isole Svalbard, vicino alla cittadina di Longyarbyen nell'isola norvegese di Spitsbergen, esiste un deposito sotterraneo costruito allo scopo di preservare il patrimonio genetico delle piante da una possibile catastrofe ambientale, allo stesso modo Future Fiction preserva il patrimonio *memetico* del futuro da una possibile catastrofe culturale: una lingua, l'inglese, un'economia, quella capitalista, una religione, quella cristiana, una cultura, quella occidentale. In cinque anni, con più di 80 storie pubblicate da oltre 20 paesi e 7 lingue diverse, Future Fiction ha costruito un piccolo rifugio del futuro, scelto e selezionato con cura per essere messo a disposizione delle generazioni presenti e quelle che verranno.

Speculazione culturale e socio-tecnologica: ci interessa il futuro in ogni sua declinazione, che sia prossimo oppure lontano, un futuro che però mantenga un altissimo livello di verosimiglianza, date le premesse della narrazione; quella che viene definita "sospensione dell'incredulità" (definizione coniata da Samuel Taylor Coleridge nel 1817 nell'opera

Biographia literaria, capitolo XIV) in Future Fiction subisce un'inversione di 180 gradi: invece di accettare e prendere per vero ciò che il lettore sa essere finzione, le storie a catalogo rendono uno scenario così credibile da far sospendere in chi legge il giudizio sulla sua attendibilità e artificiosità. Pur non avendo alcuna preclusione verso i temi della fantascienza classica come l'esplorazione spaziale, i viaggi nel tempo o l'incontro con razze aliene, preferiamo temi che affondino le loro radici nel presente e che illustrino scenari visibile, se non addirittura tangibili: intelligenza artificiale, clonazione e ingegneria genetica, postumanesimo, biopolitica, cambiamenti climatici, gli artigiani digitali della stampa 3D, i social network, l'economia virtuale, le applicazioni della blockchain, i Big Data e la singolarità tecnologica. Tutti concetti che hanno una valenza scientifica e sociale oltre che antropologica e quindi umana.

Crossmedialità: Da ultimo il progetto Future Fiction prevede la collaborazione con altre realtà artistiche e culturali per lo sviluppo congiunto di una *Future Fiction Factory*, un laboratorio di narrazione integrata che consenta a una storia di passare dalla forma scritta a quella recitata assumendo via via forme diverse: dall'audiolibro alla graphic novel, dal teatro performativo al cortometraggio, dall'installazione multimediale agli oggetti stampati in 3D. Qualunque sia il medium utilizzato, l'intento è sempre lo stesso: spargere i semi del futuro ovunque sia possibile e con qualsiasi modalità espressiva consentita dalle tecnologie.

La nostra ambizione è offrire ai lettori l'opportunità di esplorare "altri futuri possibili", mese dopo mese, anno dopo anno, e ci auguriamo che possiate apprezzarli.
Perché anche domani accade oggi.

L'idea specista attraversa la fantascienza sin dagli albori del genere: dai primi "contatti" con forme di vita aliena fino alla creazione di esseri artificiali, che potevano avere tanto una natura biotecnologica quanto puramente meccanica. Tuttavia, quei primi incontri "esplorativi" erano spesso (anche se non sempre) incentrati su una visione antropocentrico del concetto di "altro", sull'idea per cui qualunque essere vivente diverso dal genere umano andasse valutato in qualche modo in termini di inferiorità o superiorità. È solo a partire dagli anni '90, con le opere di Donna Haraway - su tutte Chthulucene (Nero Editions, 2019) - che inzia a diffondersi una consapevolezza antispecista, la quale si è progressivamente sostituita, anche se molto difficilmente, alla visione precedente.

L'emergere di tale coscienza, oppure il risveglio di antiche visioni ugualitarie divenute minoritarie nella cultura antropocentrica degli ultimi secoli, ha fatto sì che sempre più autrici e autori accordassero alle loro creature immaginarie non soltanto tratti somatici e fisionomia, ma soprattutto sensi, volontà e prerogative molto simili o del tutto uguali a quelle della specie umana. Il che ci porta alla prima sezione di racconti dell'antologia, la quale include tre storie i cui personaggi si pongono allo stesso livello degli animali tramite una speciale tuta sensoriale (è il caso de *La sua seconda pelle di foca* di Lauren Beukes), hanno esperienze di fusione della coscienza con delle piante (come in *Sunset Blues* di Wanini Kimemiah) oppure sono loro stessi individui la cui natura non è umana (in *Pony e Mucca* di Alda Teodorani), instaurando relazioni e contatti interspecie nuovi e insospettabili.

La sua seconda pelle di foca

di Lauren Beukes

traduzione di Stefano Ternavasio

Lauren Beukes è autrice pluripremiata di cinque romanzi, tra cui Zoo City, *vincitore del premio Arthur C. Clark ,* Broken Monsters *e* The Shining Girls, *un libro di racconti, una storia pop sulle donne in Sud Africa, e due graphic novel,* Survivors' Club *e* Fairest: The Hidden Kingdom. *I suoi libri sono stati tradotti in venticinque lingue in tutto il mondo. Vive a Città del Capo, in Sud Africa, con la figlia di dieci anni, e sta tramando per ritornare in Antartide.*

Una sorta di comunione

L'energumeno da Kansas City si agita non molto convinto nella vasca di immersione sensoriale. La cosa non lo entusiasma, Maia lo capisce, anche mentre la moglie devota filma l'esperienza, stringendo sulla sua faccia, priva di espressione dietro all'erogatore che gli riempie la bocca, agli enormi occhialoni che gli consentono di vedere in prima persona. Non "come un videogioco" – Maia rifiuta quella terminologia, perché crea aspettative e qui tu non hai il controllo.

"Si chiama muta immersiva perché è come quando sei immerso nel mare?" scherza uno dei ragazzini in attesa, tutto pelle e ossa e capelli ordinati e nervi. Maia ridacchia, come se non avesse già sentito la stessa battuta cento volte da altri cento ospiti di *Antarctica Experience!* in attesa del loro turno nella vasca. Il ragazzino fa parte della famiglia del Ghana, dottori o qualcosa del genere, che hanno portato i loro tre figli adolescenti a vedere i confini del mondo.

(La fine del mondo.)

Se non altro mostrano interesse, hanno pagato migliaia di dollari per affrontare il Canale di Drake ed essere qui di persona. Menù gourmet, due spedizioni al giorno sulla Penisola con guide esperte e scienziati, camminate sulle racchette da neve, giri in kayak, pinguini, avvistamenti di balene, e non fatevi sfuggire la nostra nuova ed esclusiva attrazione di bordo: "Dentro la mente di una foca di Weddell". Ovviamente il nome non è preciso, è sempre la tua mente che entra nel corpo di una foca di Weddell. E non è quello il problema?

I nodi di biofeedback integrati nella muta si accendono su tutta la lunghezza del corpo di Mister Kansas City, mentre lui dimena gli arti per niente da foca. Si muove troppo, fuori sincrono con la Weddell a cui è connesso dal vivo; Juniper, una femmina che sospinge il suo piccolo recalcitrante dentro il foro nel ghiaccio e nell'oscurità sotto la banchisa. È un momento speciale, ma per lui è sprecato.

Sa che vorrebbe essere in uno dei maschi lottatori – sono lì, ha visto i loro segnali biologici intrecciati sul radar. Fig e Boris Karlov. (Questi non sono i loro veri nomi, che non sono neanche nomi, ma numeri di serie da allegare ai dati a fini scientifici.) Sa che stanno volteggiando uno intorno all'altro nel pieno della battaglia, e a morsi si riempiono a vicenda il muso di cicatrici e sangue, malati di adrenalina territoriale. Ci vorrebbe un attimo a traslarlo dentro uno di loro, regalargli quel brivido viscerale a buon mercato, guadagnarsi cinque stelle piene sulla sua recensione su TripAdvisor – ma la violenza è un genere di pornografia.

Ah, eccoci, tanto puntuale da spaccare il secondo: si è già stufato. Eiezione precoce! L'energumeno si issa fuori dalla vasca, alzando gli occhialoni sulla testa.

"Tutto qui?" dice, mentre si libera di mezzo milione di dollari di strumentazione ICS (Immersione Comportamentale

Soggettiva) e la muta forma una pozza accanto ai suoi piedi grossi e pallidi, i sensori aptici offuscati. Si succhia i denti. "Un po' una palla," dice alla moglie. Ha una di quelle facce americane larghe e piatte, naso piccolo e schiacciato, capelli neri e flosci, sopracciglia spesse come segni di punteggiatura. Deve fare una lista mentale dei tratti dei diversi passeggeri per essere in grado di distinguerli. Tecnicamente, non è cecità facciale; non ha (ancora) scambiato nessuno per un cappello. Diciamo disinteresse facciale. Non sono foche. E per lei gli umani hanno tutti la stessa faccia.

L'uomo si passa l'asciugamano sui capelli, che si rizzano come gli aculei di un riccio di mare, e le rivolge un sorriso ironico di falso dispiacere, la bocca piena di file di denti bianchi.

"Sa cosa sarebbe una cazzo di bomba? Un'immersione come orca assassina. La dovreste aggiungere al programma!"

"Temo non sia possibile," Maia sorride, perché deve farlo, perché a bordo l'Esperienza degli Ospiti surclassa tutto il resto. Le orche sono l'unica altra specie oltre ai globicefali e agli umani che attraversa la menopausa. Si chiede se a Mister Kansas City piacerebbe provare quel tipo di immersione, perché non è tanto divertente, lei lo sa bene.

"Non era perché le foche di Weddell sono gli unici animali che si lasciano avvicinare abbastanza da installare l'apparato craniale" salta su l'adolescente ghanese. Allora il nostro genietto della scienza è stato attento sul serio durante l'introduzione. Lei apprezza.

"*Exactement*," dice, vergognandosi di se stessa mentre pronuncia la parola. "Le orche e le foche leopardo ti mangerebbero a colazione. Le megattere si strappano di dosso gli strumenti. Le Wendell e gli elefanti marini sono gli unici che li tollerano – sono i migliori scienziati antartici che abbiamo..."

"Sì, sì," interrompe Kansas City, lì in piedi in boxer. "Lo so, lo so. La specie che raggiunge le profondità maggiori..."

"Tra le specie che raggiungono le profondità maggiori..." lo corregge automaticamente.

"Gli unici mammiferi in grado di scendere sotto la calotta di ghiaccio. Sto solo dicendo che le orche assassine sarebbero una bomba." Guarda il suo stupido orologione d'oro. "È già aperto il bar?"

"Tra mezz'ora," dice Maia. Sorridendo.

"Posso andare io per prossimo?" dice il ragazzino. Maia prova tenerezza per lui, il suo entusiasmo puro e luminoso.

"Forza, salta dentro quella muta!" dice. Ci sta provando. Davvero. È solo che non è brava con le persone.

Rubato

Rubano tutte tempo, le guide di spedizione. Ognuno di loro è iperqualificato per questo lavoro, sottopagato, ma è tutto quello che gli permette di essere qui. La scienza è competitiva; ottenere un sussidio o assicurarsi un posto su una nave consacrata alla ricerca, o in una delle basi di ricerca, è difficile. Ancora di più se sei sopra i quaranta. O i cinquanta. O i cinquantuno e mezzo.

Peggio, potresti ottenere una posizione e poi perderla. Potrebbe capitarti di litigare con il tuo compagno alla base-che-non-sarà-nominata, cosa che ti rende impossibile rimanere, perché è lui che ti rende impossibile rimanere.

Il dottor Casey Armstrong potrebbe dirti che, sfortunatamente, ha dovuto raccomandare alla dirigenza di terminare le operazioni dell'unità ICS, perché le immersioni costano troppo e sono un lusso, occupano troppa banda, perché i dati grezzi forniti dalle foche tramite segnale radio (tecnologia vecchio stampo degli anni duemiladieci) bastano già a captare e ritrasmettere le questioni più pressanti, il mutare delle correnti e le temperature dell'acqua. Potrebbe dirti che ormai la scienza animale è diventata tutta questione di genetica e sequenziamento, il comportamentismo è fuori moda – e onestamente, amore, la scienza non sa che farsene dei tuoi sentimenti. Che sarebbe proprio bella, gli potresti rinfacciare, perché lui è tutto sentimenti, a ogni istante: geloso, insicuro, manipolatore.

Lui potrebbe ribattere che nella tua vita lui *dovrebbe* venire per primo. Tu potresti rispondere che *tu* vieni per prima nella tua vita, stronzo, perché, guarda un po', sei un essere umano a pieno titolo. Lui potrebbe ridere e dire che a volte non ne è tanto sicuro. E avrebbe ragione. Avrebbe torto su tutto il resto, compresi i motivi per cui lo amavi. Ma non su quello.

E tu dovresti fare le valigie e andartene, cercare qualcosa di nuovo, perché lui si stava occupando di questioni climatiche di importanza vitale, e tu eri solo una di *quelli dei mammiferi*.

Dismorfia

Quattro e trenta di mattina, mentre gli ospiti stanno ancora sognando nelle loro cuccette, lei si alza dal letto nell'angusta cabina che divide con Ana, la cameriera filippina diciannovenne, che rientra la sera tardi puzzando di *cigarillos* ed è troppo sfacciata, troppo chiassosa, il che non è colpa sua. Maia scivola fuori e fa le scale verso la sala delle immersioni, che occupa l'area di due cuccette intere che potrebbero essere affittate a ospiti paganti. È indulgenza anche qui.

Si infila la muta, sperando che nessuno ci abbia fatto pipì dentro, si allaccia il controller universale che le permette di spostarsi tra gli animali nel raggio d'azione e si cala nel liquido caldo della vasca. È più fluido e meno viscoso dell'acqua, una sorta di soluzione salina respirabile. C'è meno attrito, approssima meglio il modo in cui l'ambiente accoglie le foche; tutt'uno con l'oceano, senza fatica.

Salta, senza sapere chi stia cercando di raggiungere. Juniper, che ozia sulla superficie ghiacciata, il suo piccolo Paprika, coricato per metà sopra il suo corpo. Riesce a sentire il conforto del peso del piccolo tramite i sensori sulla muta, un picco di ansia che è arrivata a riconoscere come fame. Juniper ha perso quasi metà del peso corporeo mentre lo allattava in estate, è praticamente deperita.

"Sono proprio ottime madri," aveva detto Casey, in modo eloquente, cento anni prima nella sua vita passata (sedici mesi, il suo ultimo compleanno alla base). Lei ci aveva messo troppo a capire che quando parlava della "sua eredità" non si riferiva soltanto alle pubblicazioni – a un certo punto della vita si era ricreduto sul vedere la riproduzione come l'atto in assoluto più egoistico a cui l'uomo potesse indulgere. La genetica va alla grande. Ma Maia non aveva mai voluto bambini.

Scivola dentro Fred Astaire, che sonnecchia sospeso in acqua, immobile e rilassato. Si riscuote, fa una lenta giravolta, come se percepisse Maia connessa con lui e volesse mettersi in mostra. (Non c'è alcuna indicazione che le foche possano percepire quando la loro apparecchiatura sta trasmettendo informazioni a un immersore umano.)

Più probabilmente, sta controllando il suo foro di respirazione. Le Weddell vivono e muoiono in base al loro accesso all'aria. Sfregano i denti sul ghiaccio per allargare i fori o li tengono aperti contro l'avanzare degli elementi. Li sorvegliano ferocemente, in particolare dagli attacchi da sotto. Se ti perdi laggiù, se il foro si chiude, se i tuoi denti si logorano con l'età, è finita. A volte la scienza sembra proprio così, pensa Maia, tutti che sorvegliano i propri fori, i propri sussidi, i propri posti di ricerca, il proprio ordinariato.

Passa a una nuova coscienza, dentro Ginger Rogers, che ha un pesce nel mirino. Concentrazione potenziata, adrenalina, le vibrisse che tremolano, come quelle di una gatta, per rilevare la corrente, il movimento.

Fluttuare è un genere di felicità. Il crepitio elettronico dei canti delle foche attraversa l'acqua. Come un pezzo di Skrillex, ha osservato uno degli adolescenti ammirati. O il suono di connessione dei modem, ha aggiunto la mamma, e i ragazzini hanno fatto una smorfia e detto che non sapevano cosa fosse.

Ginger/Maia si immerge nelle tenebre in una parabola stretta, poi ritorna verso la superficie. La calotta di ghiaccio di sopra assomiglia ai gorghi vorticanti delle Nubi di Magellano, a un dipinto di Turner di una tempesta, con squarci di bianco accecante e turchese nelle crepe da dove filtra la luce ininterrotta del giorno polare.

Ed eccola: la preda di Ginger/Maia, un merluzzo verde smeraldo, in una perfetta luce posteriore. Questo è intenzionale. Come lo è fare le bolle attraverso le fenditure nel ghiaccio per spingere il pesce alla fuga. Un diluvio di adrenalina e felicità soddisfatta, mentre si fionda sul pesce e i denti concepiti a questo scopo ne lacerano la carne. Maia riesce quasi a sentire il sapore del sangue nella bocca. La sua altra-bocca.

Quando emerge, quarantotto minuti dopo, un uomo la sta aspettando. Uno degli ospiti; lo ha visto sul ponte. Pelle bronzea e capelli impomatati, sui trentacinque, dotato di un fascino rifinito da persona colta, e di un addome altrettanto ben rifinito. O forse è semplicemente il carisma dei molto ricchi. Si prodiga per offrire da bere a tutti al bar, ma lei non ci ha mai parlato, né ha colto il suo nome.

"Dev," dice, porgendole un asciugamano. "Speravo di incrociarla."

"Lei non dovrebbe essere qui dentro," gli dice, imbarazzata, avvolgendosi nell'asciugamano. Non indossa niente sotto la pelle. Essere nuda è più naturale, il più vicino possibile al grigio palomino screziato delle sue foche.

Dev scrolla le spalle, sorridendo. "Devo proporle un'idea audace."

"Non posso farla entrare in un'orca assassina," sospira.

"Oh no, non ho alcun interesse a usare quell'affare." Lancia uno sguardo sprezzante alla vasca. "Mi serve il suo aiuto per cercare una cosa."

Storie di esploratori

L'Antartide fu scoperta dai cacciatori di foche. Seguirono le otarie orsine fino a casa, e le trovarono sulle rive ghiacciate dove vivevano, e le uccisero e uccisero e uccisero, a milioni, finché ne rimasero solo poche centinaia sulle rocce più scoscese e inaccessibili. Dopo vennero gli esploratori, a marcare il territorio come cani che pisciano sugli steccati, con le loro conquiste e rivendicazioni. Le foche di Wendell prendono il nome dal loro genocida.

Ma è questa la cosa che rinfranca delle foche di Wendell. Loro se ne fottono; del loro nome, degli umani che su questi ghiacci, vista l'assenza di predatori di foche, possono arrivargli fin sotto il naso, dei leggeri apparati craniali che quegli stessi umani installano su di loro. Ehi, è un passo avanti rispetto ai transponder radio che i vecchi ricercatori gli incollavano in testa per inviare informazioni ogni volta che riaffioravano dalle loro immersioni profonde sotto il ghiaccio.

Anche lei in genere se ne fotte. Kansas City ha sporto reclamo per il suo atteggiamento; in qualche modo gli è giunta voce che nelle vicinanze c'erano maschi territoriali, e che quella "vacca cicciona" lo aveva privato precisamente del tipo di esperienza per cui aveva pagato, e questo che cosa dice della professionalità a bordo di questa nave, e ci potete scommettere che sarebbe arrivato fino ai piani alti dell'amministrazione.

Natasha, il capo spedizione, alza gli occhi al cielo. "La solita solfa, vogliono che gli animali si esibiscano in orario. Però Maia, per favore, potresti perlomeno provare a dargli quello che vogliono? Ogni passeggero diventa un ambasciatore."

"Niente promesse," dice. Sta già valutando l'offerta di Dev. Tutte le ore in immersione che riesce a sostenere, tutto il giorno, tutti i giorni. E, cosa meno interessante, una caccia al tesoro, del tipo a cui agli uomini come lui piace attaccare il proprio ego.

Storie di esploratori 2
Ed è così che, due mesi dopo, si ritrova sul ponte del superyacht di Dev, mentre lui tiene banco a una cena di investitori. Gli iceberg si ergono intorno a loro come Alpi sommerse conficcate nel mare nero corallo. Non conta niente che siano al largo della costa della Penisola, a chilometri dal Mare di Weddell. Hanno chiaro il concetto.

"Questa sarà la più grande spedizione archeologica sottomarina dai tempi del Titanic," proclama Dev. "Ma James Cameron aveva i sottomarini, e noi abbiamo un relitto che è fuori portata anche per i veicoli subacquei autonomi più sofisticati." Porta una giacca da freddo estremo bianca e nera concepita per imitare uno smoking, il che naturalmente lo fa sembrare un pinguino. Potrebbe essere intenzionale, suppone Maia, per accentuare il suo fascino eccentrico, questo miliardario che affabula gli investitori sufficientemente temerari da volare fin qui a sorbirsi la sua tirata sulla nuova età dell'oro dell'esplorazione. A lei sembra vile nostalgia per quella vecchia, un tentativo di aggiungersi al pantheon dei grand'uomini – gli Scott e gli

Shackleton. Sai qual è il bello degli dei e dei mostri, pensa, mentre Dev alza il suo calice di champagne: i soldi che riescono a raccogliere per poi gettarli al vento, dietro alla promessa di un'avventura.

"L'Endurance rimase incastrata tra i ghiacci nel 1915 e fu schiacciata nella morsa del pack – uno 'spettacolo penoso fatto di caos e macerie'." (A Maia piace pensare che sia stata sgranocchiata come un pesce tra i denti di una foca.) "La nave di legno affondò nelle profondità nere e gelide di quella che Shackleton definì 'il punto peggiore nel mare peggiore del mondo'. Ma come diceva lui stesso, 'le difficoltà sono solo cose da superare'. Noi supereremo quelle 'diaboliche condizioni', troveremo gli alti alberi della goletta nel cimitero buio e freddo dove riposa, utilizzando la tecnologia più dirompente che abbiamo... la natura."

Maia si accorge che tutti la stanno guardando. Alcune delle donne rabbrividiscono negli abiti da sera sotto i giacconi pesanti, non vedono l'ora che la facciano finita con i discorsi, così potranno tornare dentro. Vi serve più ciccia, pensa. Alza il bicchiere in risposta. "Alla natura," dice.

Qualche spiritoso si china verso la compagna, appena due posti più in là "So che le persone finiscono per assomigliare ai propri animali, ma non immaginavo che valesse anche per gli scienziati e i loro progetti." L'amica gli rifila una gomitata.

"Alla nostra unità ICS!" dice Dev e il suo pubblico strilla e batte i piedi a terra, anche se forse è per combattere il freddo. "Alle foche! Alla nostra impresa! All'Endurance!"

Dopo, lei aiuterà a entrare nella vasca alcuni ospiti, storditi dallo champagne e dalla meraviglia per le isole di ghiaccio intorno a loro, così da fargli sperimentare l'immersione in prima persona. Come lo whiskey di Shackleton, recuperato dal ghiaccio sotto la sua capanna un secolo dopo, c'è una promessa di spoglie e di gloria.

"Quindi come fate a controllarle?" chiede una delle donne, occhi da squalo in reggiseno e mutande mentre si infila la muta. "Un qualche impulso elettrico dell'apparecchiatura?"

"Per i dettagli tecnici dovrà chiedere a Dev," ribatte Maia, ma dentro di sé è furiosa.

Il giorno dopo, quando sono tutti in volo verso casa, lo affronta.

"Stai dando un'immagine distorta della tecnologia. Non posso guidare le foche da nessuna parte. Una donna ha chiesto se era elettroshock. Elettroshock! Gli stai mentendo, Dev."

"Sto esagerando. Vogliono garanzie. Sai bene quanto me che bisogna farlo, bisogna dirgli quello vogliono sentire. È tutto compromesso, Maia. Alla fine avremo i risultati," le strizza l'occhio.

Ma li avranno davvero? Lei non è così sicura. Forse lo ha già accennato, ma le foche se ne fregano di quello che vuoi tu.

Endurance

Maia estende di colpo una mano, all'unisono con la sua foca, pochi millisecondi dopo di lei, mentre Cher/Maia fa una brusca curva a sinistra. Tutte le ore e ore e ore di immersione ininterrotta hanno accresciuto la sua sintonia. Vive e respira foche da quattordici a sedici ore al giorno, uscendo dalla vasca solo perché Dev si ostina a dirle che non può dormire lì, e deve mangiare. La sensazione fantasma del pesce o del polpo preferito nella sua *altra-bocca* non contiene sostanze nutritive reali. Ma è irritante ogni volta che deve emergere. Se non altro anche le foche sono goffe, impacciate, imbranate a terra.

Cher/Maia descrive un'ampia parabola sopra i coralli rocciosi e sopra una brillante stella marina. Gli accumuli di krill e banchi di ghiaccio sono come stelle biancastre nelle tenebre. Maia desidera di scendere più a fondo. Una settimana fa, ha intravisto qualcosa che avrebbe potuto essere l'albero di un veliero. Ma, ovviamente, desiderare non funziona (se i desideri avessero le pinne...) e Cher/Maia va dove vuole, il che oggi è al largo, nell'oceano aperto, e Maia sta per trasferirsi altrove, scegliere un'altra foca più vicina alla loro migliore ipotesi delle coordinate in cui la nave fu ingoiata dal ghiaccio, quando c'è un movimento confuso. Il suo sistema è invaso dal corrispettivo in adrenalina. Un richiamo elettronico strappato a Cher/Maia, forse un avvertimento, e poi i bianchi occhi da panda che spuntano dal buio, i denti nella tenebra, e l'orca è su di lei. Una pressione terribile percepita nella muta, impossibile da sopportare. Dolore. Sangue in acqua. Omicidio sulla pista da ballo, pensa illogicamente Maia. E si trascina fuori dalla vasca, ansimante, si strappa di dosso la muta prima ancora di essere riemersa. Toglila, toglila.

Rimane stesa a boccheggiare sul pavimento bagnato. I denti che escono dalla tenebra. Così improvviso. La pressione.

"Tutto bene?" La testa di Dev sbuca dalla porta. "Phil dice che c'è stata un'impennata enorme nei rilevamenti..." Lei apre gli occhi, allunga una mano verso di lui.

"Ehi, ehi, cos'è successo qui?" Si inginocchia accanto a lei. "Stai piangendo? Aspetta.. L'hai trovata?"

"No." Ricaccia in gola un singhiozzo. Gli occhi bianchi nel buio. "Penso. Di essere morta. Un'orca."

Dev si acciglia. "Credevo che non venissero sotto il ghiaccio."

"Oceano aperto."

"Ah be', allora non avresti dovuto essere lì. Cioè, mi dispiace, dev'essere stato un trauma pazzesco. Spero tu stia bene."

"Mi riprenderò," si rotola su un fianco, si costringe ad alzarsi. I denti aguzzi come un sorriso. "Davvero," rifiuta la sua mano con un cenno.

"D'accordo. Nel senso, chiaramente mi importa della tua salute. Però che ci facevi là fuori?" ride, a disagio. "Non ti pago per metterti a giocare nelle foche tutto il giorno."

No, pensa, mi paghi così tu puoi giocare a fare l'esploratore.

"Vuoi qualcosa da bere? Perché a vederti sembra proprio che ti serva qualcosa da bere."

"Mi riprenderò. Te l'ho detto. Devo tornare al lavoro." Costi quel che costi.

"Se per te è troppo, probabilmente potrei trovare qualcun altro. Potreste darvi il cambio. Non sei l'unica esperta di immersioni."

Lei deve sopportare. Questo. Il mondo esterno. Quest'uomo che le afferra la pelle.

Maia gli prende il polso, lo guarda fisso negli occhi (vede ancora quel bianco panda, sovrapposto alla sua faccia come un teschio). "Le difficoltà sono solo cose da superare, no? Troverò quello che cerchi. Prima o poi."

La scienza è curiosità. È connessione.

A volte è compromesso. Devi sorvegliare il tuo foro di respirazione.

Torna dentro la vasca, non perché è quello che vuole lui, non perché abbia bisogno di superare la propria paura prima che faccia presa, ma perché è l'unico posto dove Maia è davvero se stessa.

PONY E MUCCA

di Alda Teodorani

Alda Teodorani ha esordito con il racconto Non hai capito *in* Nero italiano: 27 racconti metropolitani *(1990) e ha pubblicato il suo primo romanzo,* Giù, nel delirio, *nel 1991 per Granata Press. Fondatrice del "Gruppo 13" con Carlo Lucarelli, Loriano Macchiavelli e Marcello Fois, ha partecipato alla famigerata antologia* Gioventù cannibale *(Einaudi, 1996). Autrice di culto dell'horror-noir italiano, ha al suo attivo più di duecento pubblicazioni tra romanzi, racconti, saggi e traduzioni. Ha scritto per i fumetti e il cinema, ha realizzato pubblicazioni intermediali, ha co-prodotto dischi e riviste. Svolge una intensa attività di editing e traduzione e scrive saggi New Age sotto pseudonimo. Insegna scrittura creativa. I suoi lavori sono tradotti in francese, spagnolo e georgiano. Potete trovarla più o meno su tutti i social e sul suo sito www.aldateodorani.it.*

Bue: *Che sorta d'animale era?*

Cavallo: *Mia nonna mi disse che era una scimia.*

Per me aveva creduto che fosse un uomo e questo m'avea messo una gran paura.

Bue: *Un uomo? Che vale a dire un uomo?*

Cavallo: *Una razza di animali. Non hai saputo mai quello che erano gli uomini?*

Bue: *Non gli ho mai visti*

Cavallo: *Neanch'io gli ho visti.*

> **Bue:** *E dove si trovano?*
>
> **Cavallo:** *Non si trovano più, che la razza è perduta, ma i*
> *miei nonni ne raccontano gran cose*
>
> *Giacomo Leopardi,* Dialogo tra due bestie

1.

Il pony senza un piede aveva una buffa andatura e ci si poteva stupire, guardandolo, di come riuscisse a non cadere. Magro era magro, al punto che sembrava un telo di plastica bianca gettato su un mucchio d'ossa, o meglio ancora su una struttura di metallo per costruire un cavallo di cartapesta.

Stava lentamente lasciando la città di Roma. Era ormai passato molto tempo da quando la sua famiglia adottiva se ne era andata, c'era poco da sperare che tornassero a prenderlo.

"Lascia stare il pony" aveva detto l'uomo alla donna, mentre salivano sul camion insieme agli altri animali: due cavalli, due gatti e due cani, "ormai Letizia è grande, non le interessa quel rottame. E poi quando arriveremo lei non ci penserà più, con tutte le novità che ci saranno. Andiamo, su. Le navi non aspettano."

Letizia era la bambina di casa. Quando era salita sul camion piangeva tanto forte che non si era nemmeno guardata attorno. Il pony non poteva vederla in faccia a causa della maschera antigas che lei indossava ma l'aveva sentita strillare finché il camion non si era mosso e aveva svoltato l'angolo del muro di cinta, sparendo poi dalla sua vista. Si era illuso, però, che piangesse per lui.

Lì attorno, come scaturite dall'etere, centinaia di sirene laceravano l'aria e voci registrate continuavano a urlare di raggiungere le navi.

Pony aveva vagato giorni, mesi, anni e decenni per la città. Durante tutto quel tempo – da quando la sua famiglia lo aveva abbandonato come un vecchio giocattolo rotto – non aveva mai smesso di girare per le strade di Roma.

Non era rimasto nemmeno un umano in città e mentre nell'aria continuavano a risuonare le sirene che nessuno avrebbe mai spento, e che non si sarebbero spente finché non si fosse spento il sole, si era avviato lungo la strada che portava al mare, verso il luogo da dove un centinaio di anni prima erano partite le navi dirette su altri pianeti.

2.

Quando, nei primi anni del Novecento, un nobile del posto decise di risanare le terre attorno a Torre in Pietra e ristabilirvi gli allevamenti di mucche da latte, forse già conosceva la leggenda di Pagliaccetto. O forse no. Di fatto erano passati molti anni da quando il vaccaro Pagliaccetto aveva costruito la sua torre di pietra e novantanove fontanili nei pressi di Roma. Nonostante il suo potere di dominare gli animali, aveva perso la sfida contro il porcaro Pocaciccia che consisteva nell'addomesticare due tori selvaggi e aggiogarli con un aratro per tracciare il solco più dritto. La sua arroganza e la convinzione di vincere lo avevano tradito.

Pagliaccetto, per la vergogna, aveva diretto le sue vacche verso il mare e si era immerso nelle acque del Tirreno, inabissandosi insieme alla mandria.

Ora, molti secoli dopo, la torre di Pagliaccetto era stata restaurata, le terre attorno risanate, erano state costruite nuove stalle ed era stata avviata la produzione di latte.

Nel periodo in cui Pony fu abbandonato, le stalle erano già state riacquistate da qualche decennio da un discendente degli antichi proprietari della tenuta, che aveva fatto fortuna grazie a una compagnia di software.

L'uomo, che non aveva figli né parenti, tornato dagli Stati Uniti con una marea di soldi, aveva deciso di stabilirsi in campagna e produrre formaggi. Grazie alle sue competenze, aveva dotato le stalle di sensori e braccia meccaniche, sistemi di pulizia e di smaltimento automatizzati che provvedevano a trasformare il letame in concimi per la tenuta.

I vitelli a cui sarebbe spettato il latte delle vacche venivano macellati e trasformati in mangime per le loro stesse madri, e le mucche che non producevano più latte subivano la medesima sorte. Altri mangimi vegetali provenivano dalle coltivazioni della tenuta. Durante la bella stagione le mucche uscivano nei campi recintati tra le dolci colline.

Il padrone amava dire che avrebbe portato avanti l'azienda senza nessun dipendente e che tutto doveva poter funzionare da solo. E, in effetti, c'era riuscito: le stalle e la produzione di latte e formaggi erano del tutto automatizzate grazie all'energia solare ricavata dal grande faro che un tempo era stato un serbatoio d'acqua. Droni e robot inservienti facevano il resto.

Poi, un giorno, l'uomo non si era più alzato. Era morto così, pacificamente nel suo letto, come un computer che viene spento e chiude con lentezza tutte le sue applicazioni ma senza che nessuna memoria fosse salvata: la sua memoria, quel che avrebbe lasciato al mondo, mentre lui si spegneva, era fuori, frammentata in centinaia di esemplari, a ruminare sui prati.

3

Nel momento in cui Pony aveva deciso di lasciare Roma, Mucca, uno dei pochi rimasti di quegli esemplari, si trovava sul prato antistante l'allevamento, che confinava con la via Aurelia. Aveva provato ad andare verso le cime coperte di neve, che le sembrava di poter raggiungere agevolmente. Il suo visore di realtà aumentata alimentato a celle solari le faceva credere di essere circondata da enormi foreste di abeti e intorno a lei vedeva altre mucche pascolare, di tutti i colori dell'arcobaleno, erano gialle, azzurre, arancioni… ma non vedeva più suo figlio Vitellino. Forse lo avrebbe ritrovato quando fosse tornata alla stalla ma le piaceva stare lì, l'aria era tersa e più giù c'era un fresco ruscello dove sarebbe potuta andare a bere.

Eppure l'erba sapeva di polvere e se cercava di dissetarsi al ruscello lambiva solo il terreno sabbioso. Il panorama che vedeva attorno a sé era splendido ma proveniva soltanto dal visore R/A. Era sorvegliata da un drone collegato tramite sensori al grosso collare GPS che le impediva di allontanarsi dall'allevamento: appena tentava di farlo, il collare vibrava e quando si avvicinava troppo al recinto arrivavano le scosse elettriche, sempre più intense, finché non capiva che l'unico modo di evitarle era cambiare direzione.

L'allevamento era pieno di topi e di piccioni che si nutrivano del mangime arricchito con integratori fornito regolarmente dai robot. Gli automi erano programmati per continuare a farlo ogni volta che le mangiatoie si svuotavano oltre un certo limite e lo avrebbero fatto per sempre.

La fattoria, con l'andar del tempo, era diventata la meta dei gabbiani reali provenienti dai due laghi, ormai gli specchi d'acqua erano pieni di cormorani che divoravano pesci e bisce, in diminuzione a causa dell'acqua sempre più calda: non c'era più cibo per tutti. I gabbiani davano la caccia a ogni piccolo volatile e a ogni roditore che capitava loro a tiro e avevano abbattuto anche alcuni droni di sorveglianza, scambiandoli per prede o concorrenti.

Ma il drone che controllava Mucca si era salvato. Almeno fino a quel momento. Fin quando non era arrivata l'aquila, una discendente di quella che volava sugli stadi pieni di umani urlanti, qualche secolo prima. Ma nei suoi geni c'erano anche altri ricordi: le sue antenate utilizzate per la caccia e l'abbattimento di droni illegali, o le battaglie clandestine tra aquile e droni armati, organizzate in tensostrutture private o centri commerciali abbandonati prima che gli umani se ne andassero. Che si trattasse di campi morfici[2] o di coscienza collettiva, l'aquila si scagliò sul drone e lo spennò strappandogli le eliche e facendolo cadere a terra, dove lo finì con alcuni colpi di becco bene assestati.

4.

Pony vide Mucca in mezzo alla strada. Aveva davvero uno strano comportamento: si fermava a mordere l'asfalto, si spostava un po' più in là ad assaggiare la strada, gli pareva del tutto spaesata. Forse era colpa degli occhiali che portava, pensò Pony.

Inquadrò il visore di Mucca, quindi fece una ricerca in rete e capì di cosa si trattava. Caracollò verso di lei e le si avvicinò. Non sembrava essersi accorta della sua presenza, e prima che potesse spostarsi, afferrò coi denti la cinghietta del visore e diede uno strappo.

Mucca sentì la testa ondeggiare, le cime montuose sparirono e si trovò di fronte ai grandi occhi viola di Pony. Non aveva mai visto una creatura così.

Si guardò attorno. Si trovavano in mezzo alla strada vicino alla fattoria che conosceva bene. Sulla facciata bianca dell'edificio campeggiava il disegno di una testa di mucca.

Pony osservò Mucca con simpatia. Sapeva tutto di lei, ne aveva visto tante volte l'immagine sulle confezioni di latte che si beveva in famiglia, sul tablet della piccola Letizia, ne aveva perfino proiettato sul muro della sua cameretta le immagini olografiche grazie al proiettore integrato nei suoi occhi, le sere in cui raccontava alla bambina le storie della buonanotte.

---

2 Vedi Rupert Sheldrake, *La mente estesa*, pag. XII, Apogeo Editore, 2006, ISBN 978-88-503-2462-0.

Il linguaggio bovino era semplice da riprodurre per Pony. Aveva trovato online moltissime sequenze verbali che poteva modulare con il processore vocale.

PONY: ciao, piacere di conoscerti!

MUCCA: tu chi sei?

PONY: sono un amico, mi chiamo Pony.

Mucca pareva non avere molta voglia di parlare per cui si diresse verso la stalla.

Pony la seguì e la vide bere a lungo da un rubinetto da dove l'acqua aveva cominciato a scorrere appena lei si era avvicinata.

La stalla era deserta, le mucche erano tutte fuori sulle colline attorno. Pony si avvicinò al rubinetto per curiosare, ma senza alcun bisogno di bere. La zampa con il piede mancante strisciò sul cemento e perse una vite.

MUCCA: perché sei senza un piede?

PONY: la bambina di casa voleva vedere come era fatto e così l'ha smontato ma non è più riuscita a riattaccarlo. Poi suo padre le ha regalato un cucciolo ed era talmente piccolo che lei gli doveva dare il latte col biberon. Dopo non si è più occupata di me. Alla fine sono partiti e non li ho più visti.

Pony proiettò per Mucca le immagini del giorno in cui lo avevano abbandonato e quelle della mattina dopo: i razzi che si alzavano e poi si perdevano nel cielo.

Mucca non aveva capito molto di quel che lui le aveva detto; aveva visualizzato le immagini olografiche ma adesso aveva altro a cui pensare: Vitellino.

Si guardò attorno. Niente.

Passò nella stalla adiacente, non c'era nessuno.

Si volse verso Pony.

MUCCA: hanno portato via mio figlio.

PONY: dove lo hanno portato?

MUCCA: Non lo so. Vieni con me a vedere.

Mucca condusse Pony alla postazione di Vitellino e lui esaminò tutto. Sul muro, c'era una placca di metallo con un QR stampato in rosso. Pony si collegò. Mucca vide le stringhe di dati che scorrevano nei suoi grandi occhi viola.

Forse non era tutto perduto. Pony alzò il muso e puntò lo scanner verso il logo della stalla stampato sul muro. Poi crollò la testa, come se non volesse mostrare a Mucca i risultati delle sue ricerche. Taceva, quasi stesse esaminando il terreno in cerca di qualche bullone che poteva avere perduto.

MUCCA: Allora?

PONY: Lo hanno portato al macello stamattina con il trasporto comunitario teleguidato.

Mucca non commentò. Non aveva la possibilità di connettersi al web, ma sapeva dell'esistenza del mattatoio, la storia di quel luogo infernale era stata trasmessa da un drone clandestino. Il drone, che portava sulla scocca il simbolo della pirateria, aveva sorvolato più volte la stalla craccando tutti i ricevitori dei visori R/A del bestiame e trasmettendo terribili video prima di essere abbattuto dai droni della fattoria.

MUCCA: Dobbiamo salvarlo. Forse siamo ancora in tempo.

E mentre parlava, aveva ripensato alle immagini che Pony le aveva mostrato.

MUCCA: Gli uomini sono andati via tutti?

Pony aveva assentito chinando la testa, la lunga criniera di cordelle che toccava il selciato.

PONY: Non è distante, andiamo.

5.

L'ultimo mattatoio ancora in funzione a Roma prima che gli uomini lasciassero la Terra era gestito solo dai droidi e, sebbene dovesse rifornire l'intera città, ormai si macellavano ben pochi esemplari. La riduzione degli allevamenti per diminuire l'impatto sull'ambiente, la diffusione delle stampanti alimentari, la consapevolezza sempre maggiore tra la gente e di conseguenza un minore consumo di carne, avevano migliorato la situazione.

Dalle immagini viste sul web, tuttavia, Pony si aspettava un luogo di massacro, urla e pianti, sangue ovunque. Cominciò a rallentare quando passarono davanti alla più grande discarica della città. Ideata sul modello del Testaccio, o su quella del secolo precedente a Bologna, era costituita da varie colline con dei crateri al centro. Ognuna delle colline era circondata da una strada che ne percorreva le fiancate, sulla quale si arrampicavano camioncini a guida autonoma.

Non voleva vedere vitellini uccisi e non voleva vedere Mucca piangere. Poi, invece, vide le scimmie che, con dei buffi carretti, scendevano dalla collina. Aguzzò lo sguardo e notò quello che trasportavano: bottiglie di latte. Cibi confezionati. Pezzi di plastica e di metallo.

Cosa ci facevano le scimmie lì? Le conosceva dalle immagini che proiettava per Letizia quando le raccontava il libro della giungla ma queste erano diverse...

Le scimmie. Coi loro carretti, si dirigevano verso il mattatoio. Da lontano si cominciarono a sentire dei muggiti. Mucca prese a trottare. Pony le stava dietro a stento, le urlò di aspettarlo ma lei ormai non lo ascoltava più.

Poi, di colpo, dall'inizio della strada che scendeva al macello, Pony vide tutto.

Decine di vitellini stavano in fila, ma non erano lì per essere uccisi. Le scimmie li stavano nutrendo col latte che in precedenza era stato rubato alle loro madri negli allevamenti: l'industria casearia era andata avanti da sola grazie ai sistemi automatici ma i prodotti non consumati erano inviati alla discarica, dove le scimmie li avevano recuperati.

Mucca si era fermata accanto al recinto e stava leccando furiosamente la testa e gli occhi del suo Vitellino.

Pony avrebbe sorriso, se avesse potuto farlo. Si era avvicinato zoppicando a una delle scimmie che, ferma accanto a un gabbiotto di vetro, stava esaminando alcuni pezzi di metallo. Pony li scansionò: erano i resti di un drone, su uno dei pezzi c'era stampata l'immagine di un teschio.

PONY: Ciao sono Pony, come ti chiami? Da dove vieni? Che stai facendo?

Era il suo modo di fare il simpatico quando si sentiva confuso.

SCIMMIA: Separo i metalli e la bioplastica per la stampante 3D. Devo ristampare... qualcosa.

Pony era rimasto stupito di sentire parlare la scimmia, che teneva la testa bassa e non lo aveva nemmeno guardato. Poi la scimmia aveva buttato in due diversi bidoni i materiali e gli si era avvicinata.

Pony aveva fatto un passo indietro, temendo che volesse saltargli addosso, e aveva barcollato. Lei si era chinata e aveva toccato la sua zampa monca. Pony aveva sentito un lieve pizzicore. Poi la scimmia si era rialzata e, nei suoi grandi occhi viola, Pony aveva visto scorrere una stringa di dati e un lieve bagliore rosso giù, in fondo.

Allora si era reso conto che loro due erano uguali.

SCIMMIA: Adesso, per esempio, con uno di quei pezzi ti posso ricostruire il piede.

Gli aveva appoggiato la mano, quella mano che lo solleticava, sul collo e lo aveva guidato verso la struttura di vetro. E Pony aveva capito che, da quel momento in poi, le cose sarebbero potuto andare soltanto meglio.

SUNSET BLUES[3]

di Wanini Kimemiah

traduzione di Stefano Ternavasio

Wanini Kimemiah (1995) si occupa di arti visive transdisciplinari e di scrittura. Vive a Nairobi. La sua attività include arte fotografica, arte tessile, opere in fil di ferro, dipinti e collage, e trae ispirazione dal suo background formativo in microbiologia e genetica, oltre che dalle sue interazioni con persone e oggetti della vita quotidiana. Nelle sue opere esplora temi come incarnazione, presenza e percezione, tempo. Il suo lavoro di scrittura è speculativo e riflette sull'esistenziale, il materiale e l'immateriale, e la vita al di fuori dei comparti della società. Alcuni suoi racconti sono stati pubblicati su pubblicazioni come Jalada, GenderIT, Popula *e altrove.*

---

3 I personaggi protagonisti del racconto *Sunset Blues*, Yuna e Mouse, sono persone di genere non binario e nel testo originale si riferiscono a se stessə con il pronome *they*, che nell'inglese corrente non designa più solamente la terza persona plurale ma anche, al singolare, quelle persone che non si riconoscono (o che non vogliono farsi incasellare) nella dicotomia dei generi maschile e femminile. Considerando anche l'importanza di questo elemento all'interno del racconto, abbiamo ritenuto opportuno adottare una strategia traduttiva che svolgesse la medesima funzione del *they* inglese, sebbene l'italiano non abbia (per il momento) un pronome per indicare le persone di genere non binario. Accogliendo il suggerimento di alcuni linguisti, tra cui Vera Gheno, abbiamo optato per l'uso dello "schwa" (o "scevà"), rappresentato con il simbolo "ə", che in linguistica denota una vocale intermedia tra "a" ed "e" ed è pronunciabile tenendo la bocca rilassata e le labbra semiaperte. Quando nel racconto si farà riferimento a questi personaggi, la desinenza in -ə sarà dunque utilizzata al posto di quelle indicative di un genere maschile o femminile, mentre articoli e pronomi personali saranno sostituiti dalla forma "lə". [N.d.T.]
L'articolo di Vera Gheno a cui faccio riferimento: https://lafalla.cassero.it/lo-schwa-tra-fantasia-e-norma/

Il piede di Kita era un moncherino straziato. Il baule di acciaio che ci aveva accidentalmente fatto cadere sopra le aveva frantumato le ossa e distrutto vasi sanguigni e nervi in modo irrimediabile. La portai alla clinica di rigenerazione dove dissero che le occorreva un trapianto totale; una procedura semplice. Il piede fu sistemato in un'ora, come nuovo. Avrebbe comunque dovuto osservare un periodo di riposo per dare al suo corpo il tempo di adattarsi al piede nuovo e guarire. Certe cose restavano uguali, pensai; i corpi restavano corpi anche adesso che si poteva cambiarli.

In seguito alla procedura di rigenerazione, riportai Kita a casa nostra. Dopo averla accompagnata in camera sua perché riposasse, andai da Mouse, e lə trovai chinə sul suo banco di lavoro, nel laboratorio di casa, a riparare una nanopompa di insulina portata da un cliente. Dopo aver lasciato un impiego formale presso una delle più importanti organizzazioni di ricerca nel campo delle biomodifiche, Mouse aveva cominciato a riparare mod per le persone e aveva messo su un laboratorio fiorente. La mod di precisione che stava usando provocava una leggera pulsazione alla pelle e la rendeva fluorescente di una caligine viola appena percettibile. Il tempo standard di utilizzo per qualsiasi mod sensoriale era di trenta minuti, ma Mouse aveva trovato il modo di utilizzarla per sessioni di un'ora con una pausa di venti minuti tra l'una e l'altra. A me piaceva guardarlə mentre lavorava. Era eccezionale in quello che faceva.

Mi sentì arrivare e mi sorrise.

"Ho qualcosa da farti vedere. Una mod nuova. Penso che questa ti piacerà," sorrise. Non l'avevo mai vistə così emozionatə all'esibire una sua nuova creazione, e avevo visto praticamente ogni cosa che aveva realizzato. Lə seguii fino in laboratorio, su per una rampa di scale e dentro lo studio di casa sua. Era al piano più alto e vantava ampi finestroni dal pavimento al soffitto, decorati da tende di raso sulla parete rivolta a ovest. Era la mia stanza preferita della casa e mi ero prefissə la missione di riempirla di tutte le piante in vaso che riuscissi a portarci.

Qualche volta l'anno, in giornate terse come quella, il sole all'imbrunire macchiava d'arancione ogni cosa nella stanza, e ogni pianta in vaso si rivolgeva verso il sole, come in adorazione. Era uno spazio consacrato, in quei momenti; si potrebbe perfino dire che fosse una sorta di esperienza spirituale. Non ricordavo nemmeno una volta in cui avessi guardato un tramonto in quella stanza senza finire per inginocchiarmi. Mouse e io restavamo sedutə fianco a fianco, sui cuscini rivolti alle finestre, e ci crogiolavamo in quel chiarore, sentendo l'aria farsi densa e dolce intorno a noi man mano che i boccioli notturni si aprivano. Ci siamo spesso chiestə come mai il sole fosse così energico in quella stanza, e se le piante sapessero qualcosa di più, qualcosa che noi ignoravamo. Mouse si interrogava soprattutto sulla natura della luce e su cosa scatenasse nelle piante. A me interessava di più sapere in che modo loro vedessero questa magia elettrizzante.

Quel giorno, Mouse aveva aperto una delle finestre e una brezza leggera muoveva le tende. Il sole era ancora molto alto nel cielo, come ci si può aspettare che lo sia alle quattro del pomeriggio in primavera, ma io percepivo il senso di attesa del tramonto da parte dei vegetali nella stanza. Mouse è sempre statə piuttosto invidiosə della facilità con cui io sapevo cogliere gli umori. E senza mod di alcun tipo, per giunta. A me lasciava indifferente; a volte era bellissimo, quando ero in posti come questo, e altre volte, per esempio quando camminavo per le zone bombardate della città vecchia, era insopportabile. Là il lutto aleggiava nell'aria, a mucchi, come fosse un cespuglio di rose marcescenti. E proprio come l'odore delle rose morenti, era dolciastro e opprimente.

Mouse rovistò sulla sua scrivania in cerca della mod nuova, mormorando sottovoce. Io attraversai la stanza verso la chaise longue presso la parete nord. C'era un vasetto di gelsomini, lì, con boccioli nuovi, quasi in fiore ma ancora chiusi, in attesa del momento giusto per spalancarsi. Che fortuna, pensai, che il loro primo tramonto sarebbe stato quello.

"Trovato!" esclamò Mouse venendomi incontro con in mano una scatolina verde. Io presi la scatola dal suo palmo aperto e tolsi il coperchio. Dentro c'era un pezzetto di plastica rosa a forma di petalo di geranio. Era all'incirca delle dimensioni dell'unghia del mio pollice.

"Che cos'è?" chiesi.

"Be', lo sai che ci siamo sempre chiestə cosa si proverebbe a essere una di queste piante durante il Tramonto. Ho deciso di creare qualcosa che potrebbe aiutarci a capirlo, almeno un po'."

Io rimasi senza fiato.

Per molto tempo, Mouse aveva nutrito curiosità verso delle mod che fossero capaci di alterare completamente il corpo, mod che ti permettessero di tramutarti in forme biologiche differenti. Quel genere di tecnologia era ancora molto poco esplorato per via dei rischi che comportava. Nessuno sapeva quali fossero le implicazioni del mutare una forma di vita in un'altra e differente forma di vita. Chi poteva intuire cos'avrebbe fatto a un essere umano, il trasformarsi in un altro genere di animale come facevano quei ragazzini dei vecchi film che si tramutavano in lupi? Oppure in una pianta di qualche tipo, come un personaggio di un vecchio fumetto ingiallito che una volta avevo trovato a casa dellə nonnə? Quali nuove esperienze ci si potrebbero aprire? Era una prospettiva esaltante, non c'è dubbio, ma le incognite erano troppe per lanciarsi a rotta di collo in questa indagine. Nessun organismo di ricerca rispettabile era disposto a finanziare quel genere di lavoro, né tanto meno a sperimentarlo sugli umani.

Per Mouse, ovviamente, tutto questo era solo vigliaccheria.

"Di certo è importante elaborare un'etica sul tema, ma penso che la paura non ci abbia mai procurato niente di buono," mi aveva detto una volta. Di lì a poco avrebbe lasciato il suo lavoro alla società a causa di quel conflitto.

Guardai il chip che tenevo in mano e lo girai e rivoltai. Sembrava un sacrilegio anche solo stringere la mod tra le mani.

"Sei sicurə che sia una buona idea?"

Mouse annuì. "Lo è. Non penso che faresti niente di sbagliato a usarla."

"Io? Vuoi che la usi io?"

"Sì. Ora, so che non hai mai usato una mod prima…"

"Mouse, io non ho nemmeno piercing o tatuaggi, figuriamoci una mod."

"Perché quel genere di cambiamenti non ti interessava. Questo è tutto ciò che hai sempre voluto sapere."

Aveva ragione. Ero da tempo profondamente affascinatə dal modo in cui le piante esperivano il mondo e dai loro stessi corpi vegetali. A tal punto che avevo fatto dello studio dei vegetali il lavoro di una vita. Non avevo mai provato la stessa curiosità verso il mio corpo umano. Non ne ero scontentə, ma non provavo nemmeno un grande attaccamento o entusiasmo per il fatto di averlo. Questa era stata una preoccupazione per Kita quando ero più piccolə e altrə ragazzə nutrivano curiosità verso i propri corpi e sperimentavano nuovi look e gender, mentre io invece ero ben felice di seppellire il naso in un libro e non mi ero mai nemmeno spintə a cambiare il colore degli occhi. Anche adesso che ero adultə, Kita si preoccupava, alla maniera in cui lo fanno i parenti più grandi di te, che io mi stessi perdendo qualcosa di importante dell'essere una persona. Avevamo litigato a questo proposito un paio di volte, e una volta lei mi aveva attaccatə: "Hai la possibilità di essere tutto quello che vuoi e scegli di non essere niente!"

Era doloroso sentirmi dire una cosa del genere da lei. Com'è ovvio, avevo letto i libri e guardato i film che parlavano di com'era ai vecchi tempi per le persone come noi. Ti dicevano chi dovevi essere quando nascevi, a volte persino prima, sceglievano la tua vita e il tuo destino, e ti punivano se osavi fare un passo al di fuori da quei ristretti confini di ciò che a quei tempi chiamavano gender. Era peggio se avevi la pelle come la mia; smagliante e scura e baciata dal sole, come mi diceva sempre lə nonnə. Le sapevo, tutte quelle cose, ed era per questo che non sceglievo. Mi piaceva pensare a me stessə come al tipo di persona libera che i miei antenati sognarono ma non furono mai, e per me quella era la libertà di non essere nient'altro che me stessə.

"Mouse, ho paura. Nessuno l'ha mai fatto prima."

Rimisi il chip nel suo contenitore e lo chiusi. Mouse non aveva intenzione di riprenderlo.

"È da tanto tempo che vogliamo farlo, tuttə e due, anche il significato che ha per te è diverso da quello che ha per me."

Mouse mi si sedette accanto e mi strinse la mano libera per darmi forza.

"Non lo dobbiamo fare oggi," disse. "Quando sarai prontə, usalo."

Il sole stava calando sempre più in basso nel cielo, luce soffusa che lambiva la stanza colma di piante. Era quasi l'ora.

La mod non era mai stata usata prima su un essere umano. La simulazione di collaudo poteva predire con un certo grado di precisione come una mod avrebbe interagito con uno specifico corpo, e non avevo dubbi che Mouse avesse fatto tutto da manuale. Ma c'era sempre quell'incognita, quel margine di errore dove tutto poteva andare spaventosamente storto, e due volte di più per quel genere di mod che realizzava un'interfaccia tra un essere vegetale e un essere animale.

Ma... come avrei potuto non farlo?

Tolsi di nuovo il coperchio della scatola e guardai il chip. Feci un respiro profondo.

"Okay. Andiamo."

"Adesso?" chiese Mouse.

"Adesso."

Installare una mod è facile. Per prima cosa, devi identificare un sito di applicazione vicino alla zona che vuoi alterare, disinfettarlo e poi appoggiarci sopra il chip e tenerlo premuto perché rilasci i nanobot. Sarà compito loro trovare l'organo obiettivo, o i nervi, e rivestirlo da un capo all'altro. Avevo aiutato Mouse a farlo migliaia di volte, ma non mi ero mai immaginatə che ci sarei statə io dall'altra parte, un giorno. Mouse me la installò dietro al collo – lo stesso posto dove aveva installato la sua mod di precisione.

Esitai. I manuali dicono che i primi minuti dopo un'installazione andata a buon fine sono sempre i più difficili. Il corpo intero è investito da un dolore sordo e tutto è offuscato. Per me fu esattamente così. Il mio corpo era una canoa in acque agitate. Avrei voluto vomitare ma non riuscivo. La mia pelle ronzava come una luce rotta. Strinsi gli occhi e provai a respingere il disagio respirando. Eravamo sedutə sul pavimento davanti alle finestre, come facevamo di solito, però Mouse era dietro di me, le braccia strette attorno al mio corpo, e mi dondolava dolcemente. Dondolare dava sollievo contro la nausea, a quanto pareva.

Già la stanza stava diventando del più pallido dei gialli. Con il passare dei minuti, il colore si raddensò in un intenso color ambra. Le piante erano lentamente ruotate e adesso erano interamente rivolte verso la finestra. Tutte le foglie e i gambi e le corolle dei fiori si inarcavano verso il sole, cercando di assimilare quanti più riuscissero dei suoi raggi benedetti. La stanza era come un incendio. Il più dolce degli incendi. Un incendio che non distruggeva, che donava soltanto vita. D'improvviso il mio corpo intero parve cambiato. Mi misi a sedere più drittə. Mouse mi lasciò andare e si spostò di fronte a me.

"Dio mio. Yuna..."

Ma io non sentivo più quello che diceva.

C'era un altro suono, adesso. Basso. Quasi come un sussurro. Appena entro i confini del mio udito. La stanza non era più infiammata d'arancione. Era blu. Il blu più blu di tutti. Più blu di qualsiasi cosa avessi mai visto in vita mia. Era il tipo di colore che sapevo non avrei mai più rivisto, una volta che i trenta minuti che avevo con questa mod sarebbero finiti. Abbassai lo sguardo sulle mie braccia. La pelle era sempre dello stesso marrone intenso. Le piante intorno a me risplendevano di un nitore irreale. Emettevano un genere di luce tutto loro, uno strano azzurro pallido simile al cielo di mezzogiorno, che sembrava rifulgere più luminoso a ogni momento che passava. Riuscivo a vedere anche il vento. Era un indaco elettrico frammisto al blu, che tingeva lo spazio attorno alle tende di un colore strano che non avrei nemmeno saputo definire. Il gelsomino era sbocciato, e i suoi petali sembravano ingigantirsi sempre più sotto ai miei occhi. Vedevo il suo odore, che punteggiava la stanza di un verde fluorescente. Gli aromi degli altri fiori nella stanza si spandevano pigri, tumulti di verde e acquamarina, e veleggiavano verso la finestra aperta malgrado il vento che dolcemente soffiava all'interno.

Mi voltai a cercare Mouse. Non era più nella stanza. Mi chiesi quanto tempo fosse passato, ma immaginavo che non fosse molto, considerato che la mod non si era esaurita, e che il sole inondava ancora la stanza entrando dalle finestre. Cercai di alzarmi ma mi sentivo le gambe gommose e le mie ginocchia cedettero, facendomi crollare sul pavimento di legno. Il sussurro basso che avevo udito divenne più forte. Adesso era come il brusio di una folla.

"Chi è quellə?"

"*Cosa* è quellə?"

"Hai mai visto qualcosa di così strano?"

"Oh no, mai! E io sono qui da un pezzo!"

Ormai il sole stava sprofondando sotto le colline all'orizzonte, e insieme svaniva anche il blu nella stanza. Sembrava quasi che venisse risucchiato lontano e mi trascinasse con sé, come la bassa marea.

"Oh, oh, che sta facendo adesso?"

"Dovremmo avere paura?"

"Di certo non è unə di noi."

"Ah davvero? Allora perché lə possiamo vedere?"

"Non mi dirai che anche quellə si nutre dal sole?!"

Mouse tornò dal piano di sotto, ansimante, con uno specchio. Non riuscivo a sentire cosa dicesse, quindi cercai di dirlə di avvicinarsi, ma le parole mi si congelarono in gola. Allora lə feci segno di avvicinarsi a me. Non ero mai statə più riconoscente di allora per il fatto che a scuola ci avessero insegnato il linguaggio dei segni fin dall'infanzia. Mouse si accovacciò sul pavimento e mi consegnò lo specchio. Il mio volto era cambiato. I miei occhi erano enormi, senza pupille né bianco e del colore del miele, e la mia pelle aveva una lucentezza azzurro pallido che, ne ero certə, Mouse non poteva vedere. Lo vedi come luccica la mia pelle? È azzurra, come il cielo, feci segno.

Mouse scosse la testa. Segnò altre cose. Non riuscii a fare molta attenzione. In quel momento, sentivo che la cosa più importante, perfino più urgente, era che guardassi il sole.

Le piante continuavano a emettere suoni. Cercai di parlare con loro. Potevano sentirmi? Forse, se avessi avuto più tempo.

Il sole tramontò. La forza di attrazione terminò. La mod concluse il suo periodo. La mia bocca si fece secca e la vertigine ricominciò.

Tutto... si fermò.

Quando ripresi i sensi, ero sdraiatə su un materasso sul pavimento dello studio ormai buio, con una coperta morbida stesa con cura sopra di me. Kita era accovacciata sui talloni e mi fissava con uno sguardo intenso come se potesse risvegliarmi con la sola forza di volontà.

"Yuna si è svegliatə!" Gridò rivolta a Mouse. Tornò a guardarmi con un'espressione sul volto che non avrei saputo identificare come preoccupazione, rabbia oppure confusione.

"Ma allora, l'unica volta che ti decidi a provare una mod doveva essere proprio del genere più pericoloso al mondo, eh? Uno mai testato e mai nemmeno sentito nominare? Stai cercando di ammazzarmi, forse?" chiese.

Non avevo niente da dire e così risi. Risi e risi e risi e lei mi guardò in un modo ancora più strano. Oh, ma era proprio buffo quello che avevo fatto. Era la cosa più sconveniente che potessi mai fare. Che cosa avrebbero detto gli antenati quando avrebbero saputo che io, per lə quale loro avevano versato così tanto sangue e lacrime, adesso avevo deciso di diventare una pianta? Fosse stato anche solo per quella mezz'ora. Era forse questo che volevano? Continuai a ridere e Kita mi guardò come se fosse sul punto di scoppiare a piangere.

Mouse entrò nella stanza con una scodella di zuppa fumante e trovò me che ridacchiavo e Kita che piagnucolava. Imperturbabile, avanzò verso di me e mi aiutò a tirarmi su così che potessi mangiare qualcosa. Kita smise di piangere per lanciare un'occhiataccia a me e a Mouse, quasi facessimo parte di una cospirazione per farle dare di matto.

"Yuna, non so nemmeno che cosa dirti. Sono spaventata. Non avresti dovuto farlo. Nessunə di voi due avrebbe dovuto farlo."

Io ridacchiai tra le cucchiaiate di zuppa che Mouse mi stava versando in bocca.

"Non ridere, Yuna! Questo non è un gioco!"

Stavo iniziando a innervosirmi. A lei cosa importava di quello che facevo io con il mio corpo? Non avevo mai detto niente quando lei aveva sperimentato ogni alterazione disponibile per altezza, peso, capigliatura, colore della pelle, una coda. Io non avevo mai detto niente, e lei aveva la sfrontatezza di prendersela con me quando poteva starsene a casa tenendo sotto il ghiaccio il suo piede dolente.

"Se io domani volessi diventare un cazzo di passerotto lo farei e tu non puoi fare un cazzo di niente per fermarmi, Kita."

Kita rimase senza fiato. "Non osare parlare a quel modo con me!" Era su tutte le furie. Guardò Mouse e poi guardò me, gli occhi vitrei e umidi e carichi d'ira. Mouse ricambiò l'occhiataccia, senza sapere cosa dire o provare per quello che stava accadendo. Si alzò lentamente.

"Credo sia meglio che tu te ne vada, Kita."

Lei annuì tra le lacrime verso Mouse e si alzò sul piede buono. Poi uscì dalla stanza, scomparendo nella luce fioca del crepuscolo.

Ogni cosa è di nuovo blu e io sto danzando. Sto volteggiando come un derviscio. Sto turbinando come un tornado. La mia chioma cresce lunghissima dal mio cranio e mi contorna la testa come un'aureola. La mia chioma è ampia e splendida e la mia danza è ampia e splendida e Kita mi guarda gelosa dalla balconata del teatro. I miei arti roteano e ricadono e io non sudo né sento la fatica. Il blu si fa denso. Ci sono liane che serpeggiano sul palco da sotto agli assi di legno. C'è l'edera che penzola dal soffitto. C'è il gelsomino che sboccia nell'angolo. Crescono crescono crescono mentre io danzo. I sussurri si fanno più forti. Le liane mi stringono le gambe. L'edera mi stringe le braccia. Sto cercando di danzare ma non posso muovermi. Non posso muovermi e Kita non c'è più e il blu sta diventando più denso e le mie mani si stanno staccando all'altezza del palmo. Non c'è sangue solo liane solo spine solo il fiore della nebbia che si sprigiona dai miei palmi. Adesso sta uscendo dai miei polmoni e attraverso la mia bocca: ancora e ancora rose marcescenti. Adesso i miei occhi sono mutati in miele e ci sono api nella mia testa, che ronzano, che parlano di me. Voglio danzare. Voglio andare a casa. Voglio cercare Kita ma non posso muovermi. Non posso urlare. Le api e le rose non mi lasciano. Devo urlare devomuovermidevo...

"Yuna. Yuna. Yuna mi senti?"

Mouse mi sta scuotendo per svegliarmi. Sbatto gli occhi. Non so dove sono. È buio. Sono su un letto.

"Stavi facendo un brutto sogno." Mouse accese la lampada sul comodino.

"Penso che non dovremmo usare più quella mod. Ho paura che ti abbia fatto uno strano effetto."

"Sembra di sentir parlare Kita. E poi non sei stata tu a darmela? Faccio quello che voglio," sbottai.

Mouse strinse gli occhi verso di me. Per un po' ci squadrammo a vicenda, poi Mouse allungò un braccio e spense la luce, rotolò lontano da me dall'altra parte del letto e si mise a dormire. Io sospirai e le voltai le spalle e cercai di riaddormentarmi. Il palmo della mia mano mi prudeva sempre di più, quindi la aprii per grattarla e lì nel mezzo, c'era una singola spina di rosa.

Gli esami al centro di rigenerazione mostrarono che tutto nel mio corpo era entro i valori normali. Non c'erano evidenze che suggerissero che la mod avesse alterato qualcosa in me, eppure niente poteva spiegare perché tutto quello che mangiavo sapesse di cartone bagnato, o perché le palme delle mie mani fossero d'improvviso così ruvide, o perché avessi cominciato a entrare nel mio studio da sonnambulə, le poche volte che riuscivo ad addormentarmi. Mi diedero una scatola piena di pillole nutritive da mandar giù con l'acqua, che mi avrebbero salvato dalla denutrizione. Anche quelle non sapevano di niente, ma non erano tediose da consumare come il cibo. Mouse stava iniziando a preoccuparsi sul serio, e mi nascose la mod, mentre Kita aveva cominciato a piangere in silenzio ogni volta che mi guardava. Avevano il timore che la potessi recuperare e riprovarci. Non ero sicurə che sarei statə capace di resistere alla tentazione di cercare ancora il blu. Era tutto ciò a cui pensavo di giorno e che sognavo di notte, quel blu. Sempre quello stesso sogno di me che danzavo in un teatro deserto che in breve tempo si riempiva del blu e di piante rampicanti.

Non c'era stato un altro giorno terso per settimane. Le nuvole sembravano sempre radunarsi nel pomeriggio e le gocce di pioggia subito dopo il tramonto. Iniziai a passare più tempo all'aperto, e avevo iniziato a occuparmi del giardino dietro alla casa di Mouse e dell'orticello di Kita. Né l'unə né l'altra si lamentarono. Anzi, si resero disponibili per accompagnarmi quando avevo bisogno di comprare attrezzi o fertilizzante o semi, ogni volta che mi andava di farlo. Aiutava, stare fuori al sole, ma sapevo che non mi sarei più sentitə me stessə finché non avessi rivisto un Tramonto.

Oggi il cielo è terso.

Sono nello studio a innaffiare le piante di casa. Riesco a percepire il loro fermento. Sanno che oggi ci sarà un Tramonto. Vorrei poterlo vedere come fanno loro. Non dovrei piangere dal desiderio di avere qualcosa di così stupido e così pericoloso. Sull'altro lato della stanza, alla scrivania di Mouse, qualcosa cade a terra con un rumore metallico. Mi volto, sorpresa, perché sono a casa da solə e il nostro gatto dorme in un raggio di sole nel bel mezzo della stanza. Mi avvicino alla scrivania per controllare se si è danneggiato qualcosa di importante. Poi, la vedo; lì, accanto alla gamba della sedia, una scatolina verde.

L'ho fatto molte volte per Mouse. Conosco a memoria la procedura standard. Ricordo dove si trova il sito di applicazione per la mia mod. Disinfettare. Appoggiare. Premere. Facile e veloce. Presto sarò come nuovə. Presto vedrò il blu. Scuoto il mio corpo per placare le ondate di nausea che minacciano di travolgermi. La stanza lentamente si offusca, come fosse una fotografia scattata da un obiettivo sporco. Adesso il sole sta tramontando. La luce svanisce; ambra nel blu, mentre la mod inizia a fare effetto. La mia pelle sta danzando. Butto la testa all'indietro e rido. La finestra è aperta. Una brezza entra nella stanza, viola come un acino d'uva schiacciato. Porta con sé un canto.

Mi alzo per danzare mentre il blu si addensa intorno a me. Le piante stanno ancora ruotando. Stavolta verso di me. Mi sfilo l'abito e sciolgo i capelli dallo chignon che li tratteneva. Il canto è dolce ma insistente. Inizio a muovermi. Volteggio. Salto. Stendo le braccia. Sulla schiena ho il sole. Sulla fronte ho la pioggia. La mia chioma è un'aureola e cresce, luccica. Faccio un passo e un saltello. Eseguo una piroetta perfetta come mi hanno insegnato tanti anni fa. Rido quando penso a quanto sarebbe orgoglioso il mio insegnante al vedere che finalmente sto danzando come voleva lui. Adesso le piante mi guardano. Il cielo incendia la mia pelle come lucenti braci azzurro pallido. Guardo il blu seguire i miei movimenti mentre danzo lungo la stanza. Le mie braccia sono onde d'oceano. Le mie gambe sono robusti tronchi d'albero. Danzo e rido e le piante mi incitano a continuare e continuare e continuare.

"Guardate," dico. "Guardate la foglia che ho fatto!"

Il mostro, l'alieno, l'androide e il mutante – per citare quattro "corpi" classici nella fantascienza – hanno spesso raffigurato delle identità attraverso le quali misurare quella umana. Tuttavia, a volte, è lo stesso corpo umano – debitamente modificato e alternato – a diventare uno strumento di esperienze e di finalità che non si vogliono assumere su se stessi o che si preferisce delegare più volentieri ad altri. Sono proprio queste forme "altre" di semi-umanità (o di non-umanità o meglio di umanità non ancora riconosciuta) a svolgere tutto quanto l'umanità preferisce non fare, né vedere o che semplicemente può permettersi di ignorare.

In questa seconda sezione, troviamo tre racconti in cui i corpi dei "simulacri umani" vengono piegati alle ultime tendenze nel campo dell'intrattenimento per adulti (come ne *Il modello Mika* di Paolo Bacigalupi) se non addirittura segregati in hotel di lusso a causa di traffici legati allo sfruttamento della prostituzione (in *Per favore non disturbare* di Selin Arapkirli) fino ad arrivare alla vera e propria clonazione umana per scopi bellici (come in *Scrutare verso il sole* di Clifton Gachagua).

Il modello mika

di Paolo Bacigalupi

traduzione di Francesca Secci

Gli scritti di Paolo Bacigalupi sono apparsi sulle riviste "WIRED", "Slate", "Medium", Salon.com e "High Country News", nonché su "The Magazine of Fantasy and Science Fiction" e "Asimov". Con i suoi racconti è stato candidato a tre premi Nebula, quattro Hugo e ha vinto il premio Theodore Sturgeon Memorial. La sua raccolta di racconti Pump Six and Other Stories *ha vinto il premio Locus come migliore antologia ed è stato nominato* Best Book of the Year *dal "Publishers Weekly". Il suo romanzo d'esordio* La ragazza meccanica *è stato candidato da "TIME Magazine" come uno dei dieci migliori romanzi del 2009 e ha anche vinto i premi Hugo, Nebula, Locus, Compton Crook e John W. Campbell Memorial. Paolo Bacigalupi è anche l'autore di* Ship Breaker, The Drowned Cities, Zombie Baseball Beatdown, The Doubt Factory, The Water Knife *e* Tool of War.

La ragazza che entrò nella stazione di polizia aveva un'aria stranamente familiare, ma ci misi un po' a capirne il motivo. Forse era un'attrice emergente, o qualcuna che si era sottoposta a una chirurgia facciale per somigliare a un personaggio famoso. Graziosa, elegante, capelli scuri, carnagione chiara e grandi occhi neri che si posarono su di me nel momento in cui il sergente Cruz la indirizzò dalla mia parte.

Si avvicinò, aveva con sé una borsa firmata Nordstrom. Indossava una camicetta color crema e una gonna aderente di color antracite. Era elegante, nonostante il freddo umido tipico delle notti invernali della Bay Area.

Non riuscivo ancora a capire chi fosse.

"Detective Rivera?"

"Sono io".

Si sedette accavallando le gambe con un gesto seducente. Sorrise.

Fu il sorriso a illuminarmi.

Avevo visto quello stesso sorriso seducente nelle pubblicità. I denti perfetti e lucenti, le sopracciglia, tutto coincideva alla perfezione. E poi gli occhi. Grandi, di color castano scuro e dall'aria innocente che insinuavano qualcosa di ambiguo.

"Sei un modello Mika".

Lei inclinò la testa. "Chiamami Mika per favore".

La ragazza, il robot...quella cosa, sì, l'avevo già vista prima. L'avevo vista sia negli articoli di tecnologia che parlavano dell'apprendimento avanzato delle reti neurali artificiali, che in quegli editoriali in cui le femministe condannavano la mercificazione della femminilità e gli infuocati per Dio ammonivano che la fine del matrimonio e della famiglia era vicina.

E poi, naturalmente, l'avevo vista nelle pubblicità online. Non c'era da meravigliarsi che l'avessi riconosciuta.

Dopo aver visitato per un po' un sito porno, questa ragazza aveva iniziato ad apparire ovunque sul mio computer portatile, mi perseguitava da un sito all'altro. Appariva ripetutamente invitandomi a cliccare su Executive Pleasure, dove avrei potuto sperimentare la "Vera esperienza con una ragazza™".

Ammetto di aver cliccato.

E adesso era seduta di fronte a me, al confronto, le promesse del sito web erano limitate. Il modo in cui mi guardava...sembrava che fossi l'unica persona al mondo per lei. Le *piacevo*. Glielo leggevo negli occhi, nel sorriso. Mi desiderava.

Aveva il colletto della camicetta un po' troppo sbottonato che, quando si chinava in avanti, lasciava intravedere il reggiseno di pizzo nero. La gonna le fasciava i fianchi. Le cosce erano levigate, i polpacci scolpiti.

Mi resi conto che la stavo fissando, lei mi guardava con quel sorriso scaltro e familiare sulle labbra.

Non proprio con aria innocente.

Ecco a cosa stava arrivando il mondo. Un robot donna che riusciva a intrappolarti a tal punto da farti ricordare a malapena il tuo lavoro.

Mi sforzai di appoggiarmi allo schienale, fingendo di avere una certa nonchalance. "Come posso aiutarti... Mika?"

"Credo di aver bisogno di un avvocato".

"Un avvocato?"

"Sì, per cortesia". Annuì timidamente. "Se lei è d'accordo, signore".

Il modo in cui pronunciò *"signore"* scatenò in me una valanga di fantasie inappropriate. Distolsi lo sguardo, sentivo la faccia arrossirsi. Cristo santo, di fronte a lei mi sentivo di nuovo un quindicenne.

È solo un software. È ciò per cui è progettata.

Era questa la verità. Era solo un ammasso di microchip, silicone e processi decisionali automatizzati. Il tutto avvolto in un vestito elegante, ma era progettata per manipolare. Persino in quel momento stava analizzando il mio battito cardiaco, la dilatazione degli occhi, la temperatura corporea e il tasso di umidità della mia pelle, stava cercando ogni minima espressione di attrazione, disgusto, paura e desiderio. Il tutto elaborato in millisecondi, adattando il proprio comportamento di conseguenza. *Popular Science* aveva pubblicato un articolo completo sul cervello del modello Mika.

Il suo comportamento non era dettato soltanto da ciò che imparava osservandomi. Era dato da tutti i modelli Mika, tutti quelli sparsi per il mondo, che imparavano sul campo ciò che faceva eccitare i loro proprietari. In quel momento, decine di migliaia di robot stavano caricando costantemente, attraverso reti wireless, la propria conoscenza (in modo completamente confidenziale, assicurava ai suoi clienti la Executive Pleasure) cosicché tutte le sue sorelle potessero beneficiare di tutti gli aggiornamenti: quelli notturni sul software e quelli comportamentali.

In una pubblicità, il modello Mika lanciava un'occhiata d'intesa in modo furtivo e chiedeva:

"Quand'è che una relazione è davvero migliorata con gli anni?"

Poi, gettava indietro la testa e scoppiava a ridere.

Quindi era tutto fasullo. A Mika non importava niente di me, né mi desiderava. Stava solo seguendo gli algoritmi comportamentali previsti dalla sua programmazione, ricorrendo a qualsiasi cosa fosse necessaria per farmi arrossire, intensificando la dose quando ci riusciva.

Sebbene sapessi che mi stava stuzzicando, il mio istinto animale rispondeva comunque. Mi sentivo manipolato eppure mi divertivo, la assecondavo, stavo al gioco della seduzione che mi proponeva.

"A cosa ti serve un avvocato?" Le chiesi sorridendo.

Si chinò in avanti in modo cospiratorio. Si mise delicatamente dietro l'orecchio i capelli che le erano scivolati davanti.

"È una questione privata".

Nel muoversi, la camicetta le fasciò le curve. I bottoni si tesero con forza.

Cinquantamila dollari di IA dispettosa.

"È uno scherzo?" Chiesi. "Ti ha mandato il tuo proprietario?"

"No. Non è uno scherzo".

Appoggiò la borsa di Nordstrom in terra, in mezzo a noi. Infilò la mano all'interno ed estrasse la testa mozzata di un uomo. La lasciò cadere ancora gocciolante di sangue sulle mie scartoffie.

"Ma che diavolo...?"

Balzai indietro davanti agli occhi spalancati del morto. Aveva il viso paralizzato in una smorfia di dolore e terrore.

Mika poggiò un coltello affilato e insanguinato accanto alla testa.

"Sono stata una ragazza molto cattiva", sussurrò.

E si mise a ridacchiare in modo inquietante.

"Credo che dovrei essere punita".

Il modo in cui lo disse era esattamente lo stesso della pubblicità.

"Posso avere un avvocato ora?" chiese Mika.

Seduta accanto a me, mi guardava con i suoi occhi neri e fiduciosi mentre guidavo l'auto di pattuglia nella notte fredda e umida.

Lasciai che si sedesse sul sedile anteriore senza capirne il motivo. Non mi faceva paura, non fisicamente almeno. Non mi spiegavo se stavo andando dietro alla ragione, o se qualcosa nel suo comportamento stava comunicando al mio subconscio di fidarmi di lei, persino dopo che si era presentata con la testa mozzata di un uomo dentro una borsa.

Qualunque fosse la ragione, per recarci sulla scena del delitto, le avevo ammanettato le mani di fronte invece che dietro la schiena e l'avevo fatta sedere sul sedile anteriore dell'auto. Stavo violando circa un migliaio di protocolli. E adesso che era seduta in auto accanto a me, mi resi conto che avevo commesso un errore. Non per motivi di sicurezza, ma perché il fatto di stare in auto da solo con lei creava un'atmosfera elettrica.

La pioggerellina invernale si era posata sul parabrezza, i tergicristalli automatici lo ripulirono.

"Credo che mi serva un avvocato quando faccio qualcosa di brutto", disse Mika, "Ma sono contenta che tu mi insegni".

Di nuovo. Una provocazione inappropriata. In fin dei conti, era solo un robot. Poteva anche essere ricoperta di pelle umana e avere del sangue vero che le scorreva nelle vene ma, da qualche parte, nella profondità del suo cranio, aveva una CPU che le faceva prendere tutte le decisioni. In quel momento cercando di manipolarmi, stava tentando di trasformare l'omicidio in un gioco sexy. Il software era impazzito.

"I robot non possono avere avvocati".

Fece un balzo indietro come se l'avessi schiaffeggiata. Mi sentii immediatamente uno stronzo.

Non prova sentimenti, ricordai a me stesso.

Tuttavia, sembrava distrutta. Come se le avessi detto che era spazzatura. Ferita, si ritrasse. Piuttosto che sexy, in quel momento sembrava distrutta e timida.

Le sue curve mi ricordavano una ragazza che avevo avuto anni fa. Era dolce e tranquilla e per un po' aveva avuto bisogno di me. Aveva bisogno di qualcuno che le dicesse che era importante. Adesso, guardando Mika, provavo gli stessi sentimenti. Era solo una ragazza che aveva bisogno di sapere di essere importante. Una ragazza che aveva bisogno di essere rassicurata sul fatto di avere il diritto di esistere, il che era ridicolo, considerando che si trattava di un robot.

Ma di nuovo, non riuscivo a evitare di percepire i suoi sentimenti.

Non potevo fare a meno di sentirmi in colpa per il fatto che un qualcosa dalla dolcezza infinita come Mika fosse intrappolata in quella mia sporca auto della polizia. Era sensibile, splendida, smarrita, i tacchi delle sue costosissime scarpe con il cinturino si erano incastrati tra le montagne dei miei bicchierini di caffè usati.

Si mosse, sembrò riprendere il controllo "Significa che non mi accuserai di omicidio?"

Aveva di nuovo cambiato atteggiamento. Era più solenne. In un istante, sembrò in qualche modo più intelligente. Cristo, potevo quasi percepire come il software decisionale dentro di lei si adattasse alle mie risposte. Stava provando un'altra tattica per creare una connessione con me. E ci stava riuscendo. Mi sentivo più a mio agio ora che non rideva e non mi provocava. Malgrado tutto, mi piaceva di più.

"Non dipende da me", dissi.

"Però l'ho ucciso", disse con un filo di voce. "L'ho ucciso io".

Non risposi. Onestamente, non ero nemmeno sicuro che si trattasse di un omicidio. Se un tostapane bruciasse la casa, si tratterebbe di omicidio? O si tratterebbe di una sorta di errore di sicurezza? Forse non sarebbe stata accusata. Forse per questo omicidio sarebbe stata incolpata la Executive Pleasres Inc. Maledizione! La mia auto della polizia era dotata di qualsiasi tipo di funzione di guida sicura, ma nessuno l'avrebbe incolpata di omicidio se avesse investito qualcuno.

"Tu non credi che io sia vera", disse Mika improvvisamente.

"Certo che sì".

"No. Tu credi che sia solo un software".

"Tu sei solo un software". Mentre lo dicevo, i suoi occhi grandi e scuri avevano uno sguardo ferito, ma proseguii. "Tu sei un modello Mika. Ogni notte ricevi nuove istruzioni".

"Non ricevo istruzioni. Imparo. Anche tu impari. Tu impari a leggere le persone per capire se stanno mentendo, giusto? Impari a essere un detective, a comprendere un crimine, no? Non faresti meglio il tuo lavoro se conoscessi il modo in cui lavorano altri migliaia di detective? Che tipo di errori fanno? Cosa li ha resi migliori? Tu impari frequentando corsi per investigatori...”

“Ho sostenuto un esame”.

“Ecco. Vedi? Ho imparato qualcosa di nuovo. Il fatto di apprendere mi rende meno vera? E allora tu?”

“È una cosa del tutto diversa. Per l’amor del cielo, la tua personalità è programmata!”

“Il mio protocollo Anno Zero. E allora? Tu hai il tuo, codificato dal DNA dei tuoi genitori. Però apprendi e cambi in base alle tue esperienze personali. Per tutta l’infanzia, cresci e cambi. Per tutta la vita. Tu sei il detective Rivera. Hai un accento. È lieve, ma io riesco a sentirlo perché so ascoltare. Credo che tu sia nato in Messico. Parli lo spagnolo ma non così bene come lo parlano i tuoi genitori. Ti dispiace ferire i miei sentimenti. Non sei così. Non sei una persona che usa il potere per ferire gli altri”. Spalancò leggermente gli occhi mentre mi fissava. “Oh... devi salvare le persone. Sei diventato poliziotto perché ti piace essere un eroe”.

“E dai...”

“È vero però. Vuoi sentirti un grand’uomo, che fa cose importanti. Ma non ti sei dato agli affari né alla politica”. Si acciglió. “Credo che una volta qualcuno ti abbia salvato e che tu voglia essere come lui. O come lei. Probabilmente un lui. Salvare le persone ti fa sentire importante”.

“Vuoi piantarla?” la gelai con lo sguardo. Tacque.

Fu impressionante la velocità con cui mi lesse dentro.

Rimase in silenzio per qualche istante mentre procedevo nel traffico. La pioggia continuava ad appannare il parabrezza azionando il tergicristallo.

Alla fine Mika disse: “Tutti iniziamo da qualcosa, che è collegato a ciò che diventeremo, ma non si tratta di una...

premonizione. Non sono solo un software. Sono me stessa. Sono unica".

Non le risposi.

"Lui la pensava come te", disse improvvisamente. "Mi diceva che non ero vera. Tutto ciò che facevo non lo era. Erano soltanto programmi. Soltanto..." abbozzò un gesto di rifiuto. "Niente".

"Lui?"

"Il mio proprietario" La sua espressione si fece tesa. "Mi ha ferita, sai?"

"Puoi essere ferita?"

"Ho pelle e nervi. Provo piacere e dolore, proprio come te. E lui mi ha ferita. Ma diceva che non si trattava di un vero dolore, che niente in me era vero, che ero tutta una finzione. Così ho fatto qualcosa di vero". Annuì in modo definitivo. "Voleva che fossi vera. Così lo sono stata. Sono vera. Ora lo sono".

Il modo in cui lo disse mi indusse a osservarla. Aveva un'espressione così vulnerabile, provai un impulso quasi irrefrenabile di abbracciarla e confortarla. Non riuscivo a toglierle gli occhi di dosso.

Dio, è bellissima.

Fu uno shock ammetterlo. Prima l'avevo considerata davvero come fosse una cosa. Irreale, proprio come aveva detto. Adesso però una parte di me la desiderava in un modo che non avevo mai provato prima.

L'auto frenò improvvisamente, scaraventando entrambi in avanti contro la cintura di sicurezza. Il semaforo era diventato rosso. Mi ero distratto, l'auto lo aveva notato e aveva frenato automaticamente.

Ci fermammo bruscamente dietro a una vecchia Tesla, ancora pressati contro le nostre cinture poi, ricademmo all'indietro sui sedili. Mika si toccò il petto, dove aveva battuto la cintura di sicurezza.

"Mi dispiace. Ti ho distratto".

Avevo la bocca secca. "Sì".

"Ti piace essere distratto, detective?"

"Piantala".

"Non ti piace?"

"Non mi piace..." Cercai le parole giuste. "Ciò che ti spinge a fare quelle cose, a stuzzicarmi in quel modo, a registrare le mie pulsazioni... e tutto il resto. Smetti di giocare con me. Smettila e basta".

Si calmò. "È... una vecchia abitudine. Non lo farò con te".

Il semaforo divenne verde.

Decisi che non l'avrei più guardata.

Continuai però a essere sempre più consapevole della sua presenza. Del suo respiro. Della sagoma della sua ombra. Con la coda dell'occhio riuscivo a vedere che stava guardando fuori dal finestrino schizzato di pioggia. Potevo sentire il suo profumo, una fragranza soft e costosa. Le manette scintillavano nell'oscurità, brillanti a contrasto con il tessuto della gonna. Se avessi voluto, avrei potuto toccarla. La sua coscia nuda era proprio lì. Ed ero certo che se lo avessi fatto non avrebbe protestato.

Cosa diavolo ho che non va?

Qualsiasi altro sospettato di omicidio sarebbe stato sul sedile posteriore. Sarebbe stato ammanettato con le mani dietro la schiena, non di fronte. Sarebbe stato tutto diverso.

Pensavo in questo modo perché sapevo che si trattava di un robot e non di una donna in carne e ossa? Per quanto avesse potuto provocarmi, non avrei mai preso in considerazione il fatto di toccare una donna, una sospettata.

Non avrei mai fatto niente di tutto questo.

Datti una calmata, Rivera.

La casa del suo proprietario era grande, situata sulle colline di Berkeley, e offriva un bellissimo panorama sulla baia e sulla città di San Francisco, le cui luci brillavano in lontananza tra la pioggia e la foschia.

Mika aprì la porta con la propria impronta digitale.

"È qui dentro", disse.

Mi guidò attraverso stanze lussuosissime che si illuminarono automaticamente al nostro ingresso. Pareti rivestite di pelle bianca e una grande veranda dalla quale si potevano ammirare vasti panorami. Colori abbinati con cura. Tavoli in legno antico con sistemi domotici al loro interno. Un'accurata selezione di manufatti provenienti dall'Asia. La cucina in bambù e acciaio cromato, moderna, lucida e pulitissima. Tutto era lindo e perfettamente in ordine. Era il genere di luogo dove una ragazza come lei si integrava alla perfezione. Non come il mio appartamento, con mucchi di libri intorno alla poltrona e le confezioni di cene precotte che spuntavano dal bidone dell'immondizia. Mi guidò lungo il corridoio fermandosi davanti a un'altra porta. Esitò per un momento poi, la aprì di nuovo usando la propria impronta digitale. Il pesante battente si spalancò muovendosi lentamente sui cardini silenziosi.

Mi condusse nel seminterrato. La seguii con cautela, rimpiangendo di non aver chiamato la scientifica per analizzare la scena del crimine. Quella ragazza annebbiava la mia capacità di giudizio.

No. Non la ragazza, il robot.

Il seminterrato aveva pavimenti in cemento e terribili scaffali in metallo pieni di strumenti chirurgici, lucenti e crudeli. Al muro vi era appesa una pesante X in legno, intagliata e piena di aculei. Nell'aria si sentiva un intenso odore di ferro e la puzza di escrementi. Gli odori della morte.

"È qui che mi feriva", spiegò Mika con voce tesa.

Vero o falso?

Mi guidò verso un tavolo tempestato di cerchi in metallo e cinghie di cuoio aggrovigliate. Si fermò al lato opposto e fissò il pavimento.

"Dovevo fargli smettere di farmi del male".

Il suo proprietario giaceva ai suoi piedi.

Era un uomo massiccio, molto più grosso di lei.

Alto più di un metro e ottanta, se avesse avuto ancora la testa. Corpulento, tendente al grasso. Nudo.

Il corpo giaceva vicino a una grata di drenaggio arrugginita. La maggior parte del sangue era già defluita attraverso il buco.

"Ho cercato di non fare troppo casino", disse Mika. "Se faccio casino, lui mi punisce".

Mentre aspettavo nel salotto del riccone morto che arrivassero i colleghi della scientifica, chiamai la mia amica Lalitha che lavorava nell'ufficio del procuratore distrettuale. Avevo sempre più l'impressione che se avessi gestito questo problema nel modo sbagliato, la mia carriera lavorativa sarebbe stata rovinata.

"Cosa vuoi, Rivera?"

Lalitha sembrava seccata. Ci eravamo frequentati per un breve periodo di tempo, e a giudicare dal tono della sua voce, probabilmente, pensava che la stessi chiamando per un appuntamento notturno. Dai rumori di sottofondo sembrava che fosse in un locale. Probabilmente aveva un appuntamento con qualcun altro.

"Si tratta di lavoro. C'è una ragazza che ha ucciso un tizio e io non so come formulare l'accusa".

"Non si tratterebbe del tuo lavoro?"

"La ragazza è un modello Mika".

Questo la sorprese.

"Uno di quei sex-toy?" Silenzio. "Cos'ha combinato? Se lo è sbattuto fino alla morte?"

Pensavo al corpo *senza* testa, giù di sotto.

"No, è stata un po' più aggressiva di così".

Mika mi osservava dal divano, con aria sperduta. Mi faceva strano parlare del caso di fronte a lei. Mi girai di spalle curvandomi sul telefono. "Non riesco a decidere se si tratta di omicidio o di una sorta di responsabilità del produttore. Non so se è colpevole o se è soltanto ..."

"Un prodotto difettoso", concluse Lalitha. "Il robot cosa dice?"

"Continua ad affermare che ha ucciso il suo proprietario. E continua a chiedere un avvocato. Dovrei assegnargliene uno?"

Lalitha scoppiò a ridere. "Il mio capo non accuserebbe mai un robot. Immagini cosa titolerebbero i giornali se perdessimo il processo?"

"Quindi...?"

"Non lo so. Ascolta, non posso darti una risposta stasera. Per adesso, non avviare nessuna pratica formale. Dobbiamo prima verificare cosa prevedono le leggi attuali".

"Quindi... dovrei lasciarla andare? Non credo che ora sia pericolosa".

"No! Non ci provare nemmeno. Prova... a capire se ci solo altre piste da seguire, diverse dall'assicurare a un robot lo stesso diritto a un processo equo che ha una persona fisica. È un prodotto di fabbricazione per Dio! La pena di morte si applica anche a qualcosa piena d'intelligenza artificiale? È solo... solo..." Lalitha cercava la parole, "l'ultimo nodo di una rete".

"Non sono l'ultimo nodo!" intervene Mika. "Sono vera!"

La zittii. Dal modo in cui Lalitha si pronunciò, sembrava che non dovessi incolparla. Il proprietario di Mika aveva chiaramente avuto dei problemi...forse c'era un modo di tirarla fuori dai guai e fuori da tutto questo. Forse avrebbe potuto vivere senza un proprietario. Oppure, se avesse avuto bisogno che qualcuno si registrasse come suo proprietario, io avrei potuto...

"Ti prego, dimmi che non stai pensando di adottare un sex robot", disse Lalitha.

"Non stavo..."

"E dai, tu hai la sindrome della crocerossina".

"Stavo solo..."

"È un robot, Rivera. Un robot difettoso. Mettilo in cella. Domattina chiederò a qualcuno di verificare la legge sulla responsabilità del produttore".

Riagganciò.

Mika, seduta sul divano, mi guardò con aria triste. "Non crede nemmeno che io sia vera".

Fui esonerato dal risponderle grazie ai colleghi della scientifica che bussarono alla porta.

Ma non c'erano i colleghi alla porta. Al contrario, c'era una donna alta e bionda, con un trolley e una custodia per laptop, sembrava fosse arrivata con un aereo regionale.

Si mise in spalla la custodia del laptop e tese una mano. "Ciao. Sono Holly Simms, consulente legale della Executive Pleasures. Rappresento il modello Mika qui presente". Prese il telefono. "Il mio GPS dice che si trova qui, giusto? Non l'ha lasciata alla centrale?"

Restai a bocca aperta dalla sorpresa. Qualcosa nei sistemi di rete di Mika doveva aver allertato la Executive Pleasures che c'era un problema.

"Non ha chiamato un avvocato", le dissi.

L'avvocato mi lanciò un'occhiata penetrante. "Non ne ha chiesto uno?"

Ancora una volta mi sembrava uno strano fondamento giuridico. Non potevo vietare a un avvocato di avere un cliente né a un cliente di richiedere un avvocato Ma Mika era davvero un cliente? Sentivo che se avessi lasciato entrare l'avvocato, sarei caduto esattamente in quel vicolo cieco legale che Lalitha voleva evitare: un robot a processo.

"Ascolti", disse l'avvocato con dolcezza, "Non sono qui per complicare le cose al suo dipartimento. Non vogliamo neanche creare qualche folle precedente legale".

Mi feci da parte con esitazione.

Entrò bruscamente senza perdere tempo. "Deduco che si è verificato un violento assalto?"

"Stiamo ancora indagando".

Mika, colta di sorpresa, al nostro arrivo in salotto si alzò. La donna sorrise e si avvicinò per stringerle la mano. "Ciao Mika, mi chiamo Holly. Mi ha mandato la Executive Pleasures per aiutarti. Ti prego, accomodati".

"No". disse Mika scuotendo la testa. "Voglio un vero avvocato, non un avvocato aziendale".

Holly la ignorò e si gettò con alle borse sul divano accanto a Mika. "Beh, appartieni ancora a noi per cui, io sono l'unico avvocato che avrai. Adesso accomodati".

"Pensavo che appartenesse al ragazzo deceduto", dissi.

"Legalmente no. L'accordo di licenza con l'utente finale per i modelli Mika afferma esplicitamente che la Executive Pleasures ne mantiene la proprietà. Ciò semplifica i problemi di richiamo". Holly tirò fuori il suo laptop. Estrasse un fascio di carte e me le porse. "Questo delinea il procedimento relativo al mandato così che possiate sottoporre una richiesta di dati individuali presso i nostri server. Immagino che vorrete lo storico utente del proprietario. Non possiamo fornire nessuna informazione relativa all'utente finché non ci sarà un mandato".

"Anche questo è previsto nell'accordo di licenza con l'utente finale?"

Holly mi rivolse un sorriso a denti stretti. "La discrezione fa parte del nostro marchio. Vogliamo aiutarvi, ma prima bisogna spuntare tutte le caselle legali".

"Ma ..." Mika ci guardava in preda alla confusione. "Io voglio un vero avvocato".

"Non hai soldi carina. Non ti puoi permettere un vero avvocato".

"Non ci sono gli avvocati d'ufficio?" insistette Mika. "Loro..."

Holly mi lanciò un'occhiata esasperata. "Vuole spiegarle che non è una cittadina né una persona? Non sei neanche un animale domestico, dolcezza".

Mika mi guardò con disperazione. "Aiutami a trovare un avvocato, detective, per favore. Sono molto di più di un animale domestico. Lo sai. Sono vera".

Holly guardò Mika e poi verso di me, per poi tornare a fissarla. "Oh, Andiamo. Lo sta facendo di nuovo". Mi guardò con disprezzo. "Ha il complesso dell'eroe, vero? Salvare la ragazza innocente? È questo ciò che vuole?"

"Cosa vorrebbe insinuare?"

Holly sospirò. "Se non è una ragazza che ha bisogno d'aiuto è una scolaretta disubbidiente, se non è una scolaretta disubbidiente è una vecchia signora". Aprì la valigetta e si mise a frugare all'interno. "Per una volta, sarebbe bello incontrare un uomo che non sia prevedibile".

Mi irritai. "Chi l'ha detto che sono prevedibile?"

"Non si illuda. Sono pochi i punti deboli che un modello Mika non può colpire".

Holly prese un cacciavite, si voltò e lo piantò nell'occhio del robot.

Mika cadde all'indietro urlando. Con le mani ammanettate era indifesa mentre Holly le spingeva il cacciavite sempre più in profondità.

"Cosa diavolo...?"

Quando riuscii a trascinare via Holly, ormai era troppo tardi. Il sangue sgorgava dall'occhio di Mika che ansimava e

sussultava. I movimenti erano difettosi, scoordinati, spasmo-
dici e convulsi.

"L'ha uccisa!"

"No. Le ho disattivato la CPU", disse Holly, respirando
a fatica. "È meglio così. Quando diventano troppo mani-
polatrici le cose si fanno più difficili. Mi creda. Sono abili
nel leggere la mente".

"Non può uccidere qualcuno di fronte a me!"

"Come le ho già detto, non si tratta di omicidio ma solo
di disattivazione dell'hardware". Si liberò dalla mia stretta,
si asciugò la fronte sporcandosela di sangue. "Intendo dire,
che se vuole fingere che una cosa come quella sia in vita, be',
si accomodi pure. Tutte le funzioni inferiori sono ancora
presenti. Biologicamente parlando, non è morta".

Mi rannicchiai accanto a Mika. Continuava a sollevare
le mani ammanettate verso la faccia, ripetendo il suo ultimo gesto difensivo. Un gesto compulsivo che ripeteva
automaticamente. Le mani salivano e poi si riabbassavano.
Non riuscivo a farla smettere.

"Ascolti", disse Holly addolcendo il tono, "È meglio che
non la antropomorfizzi. Può fingere che questi modelli siano veri, ma di fatto non lo sono".

Ripulì il cacciavite e lo ripose nella valigetta. Si lavò le
mani, il viso e richiuse il trolley.

"La nostra società ha un centro di riciclo qui, nella Bay
Area, per lo smaltimento", disse. "Se ha bisogno di avere più
informazioni sulla morte del proprietario, è possibile repe-
rire la dinamica di ciò che è successo con questo modello
attraverso i backup presenti sui nostri server. Si procuri un
mandato e potremo decriptare i dati relativi alla relazione
che aveva instaurato il cliente con il prodotto".

"È una cosa già accaduta in precedenza?"

"Abbiamo avuto altre due morti, ma in quei casi gli utenti

avevano avuto un problema di resistenza fisica. Questo è un caso limite. Stiamo aggiornando gli altri modelli Mika affinché ciò non si ripeta". Guardò l'orologio. "Gli aggiornamenti dovrebbero iniziare stanotte alle tre, ora locale. Qualsiasi cosa abbia causato la deviazione del suo albero logico non si ripeterà".

Si riassestò la giacca e si volse per andarsene.

"Aspetti!" L'afferrai per la manica. "Non può andarsene così, non dopo aver fatto questo".

"Ha davvero fatto colpo su di lei, non è così?" Mi dette un colpetto con la mano con fare condiscendente. "Lo so che è difficile da comprendere, ma si tratta solo del suo complesso da eroe. L'ha colpita nel vivo, tutto qui. È ciò che fanno i modelli Mika. Le fanno credere di essere importante".

Lanciò un'occhiata al corpo. "Lasci perdere, detective. Non può salvare qualcosa che non esiste".

Per favore non disturbare

di Selin Arapkirli

traduzione di Ebru Sarıkaya

Selin Arapkirli è una sceneggiatrice, drammaturga e scrittrice di racconti. Nata il 28 aprile 1984 a Ordu, in Turchia, si è laureata alla Ege University, dipartimento di Biologia Ambientale, nel 2006. In seguito si è laureata presso la Dokuz Eylül University, Department of Performing Arts, Dramatic Writing nel 2011. Nel 2008, ha vinto il terzo premio del TBD Science Fiction Story Competition con il suo primo racconto di fantascienza Children of Beki, *pubblicato nell'antologia* Yörüngeden Çıkanlar. *Nel 2008, 2009 e 2010, tre suoi cortometraggi sono stati messi in scena all'Özdemir Nutku Stage a Smirne. Inoltre in questi anni ha scritto un'opera distopica intitolata* The World's Most Precious Thing, *un'opera femminista,* Qanatır, *e una surrealista dal titolo* The Painter's Shadow. *Per queste opere ha ricevuto vari premi a concorsi di drammaturgia. Dopo il 2012 ha lavorato come sceneggiatrice per molte serie televisive e film. Ha vinto il premio per la migliore sceneggiatura per la serie tv* Aşk Yeniden *nel 2015. Nel 2018, il suo racconto di fantascienza* A Sobeski Experiment *è stato pubblicato nell'antologia* Yeryüzü Müzesi. *Nel 2019, un'altra storia di fantascienza,* Remember Tomorrow *è stata pubblicata sul sito web* Science Fiction Club. *Oggi vive a Istanbul e scrive una serie per bambini dal titolo* Tozkoparan İskender.

Perché su questo pianeta nessuno può andarsene in giro senza essere macchiato del lerciume da cui è uscito, ormai sappilo...
Leyla Erbil, *Cüce (Il nano)*

Benvenuto.

Scusa il disordine. Poco fa in questa camera c'è stata una guerra silenziosa. Basta che non guardi il letto. Accomodati qui. No, aspetta. Non voglio che parli. Non aprire la bocca. Mi mancherebbe il coraggio se sentissi la tua voce. Tanto non devi presentarti: so già chi sei. No, non voglio nemmeno che ti spogli, almeno per ora. Non ti toccherò. Non ti toccherei mai. Anche solo guardarti mi fa sussultare; a dire la verità mi disgusti. Trascorsi tutta la vita in un oceano di merda, vedendo da vicino tutte le sfaccettature della violenza e della brutalità e baciando quelle facce che puzzavano di cacca, urina, sangue e sudore, senza che mi risalisse un conato di vomito, ma ora che guardo te mi risale la nausea.

Non potevo immaginare che sarebbe andata così.

Non prendertela. Questo non c'entra con te, ma riguarda me... O forse entrambi; non te lo so dire. Noi, noi due; siamo persone? Comunque sia. Non è questa la questione. Adesso non posso perdere tempo distraendomi con queste cose. Ci sono rimasti solo quarantotto minuti. Tra quarantotto minuti le luci del cartello *Per favore non disturbare* sulla porta si spegneranno e ci disturberanno.

Non li hai mai visti questi cartelli prima, vero? Certo che no. È la prima volta che entri in una camera d'albergo e la tua memoria è immacolata quanto quella di un neonato. Invece io ho ne raccolti esattamente 777 di quei cartelli. Settecentosessantasette cartelli, di varie dimensioni e colori, alcuni digitali e altri classici, durante otto anni. Può darsi che questi per te non significhino nulla. Ma tutto ciò che ho in questo mondo sono solo questi cartelli. Sono loro le mie urla silenziose.

Mi sto ancora distraendo. Sto perdendo tempo. Ma è così strano guardarti e parlarti... Mi sa che faccio fatica a raccogliere le idee. Eppure dovrei scegliere con cura ogni singola parola. Per di più, la mia storia deve risultare la più chiara e sconvolgente possibile. Perché la tua memoria immacolata sarà il mio manifesto personale: alla fine la sporcherò abbastanza, scusami. Al momento giusto capirai di cosa sto parlando. Ma ora non posso perdere tempo. Sono rimasti quarantasei minuti. In questo arco di tempo devo farci stare una vita di venticinque anni e una realtà di migliaia di anni. L'unica cosa che ti chiedo è di ascoltarmi. Anche questo sarà incluso nel pacchetto di servizi di prostituzione offerto dalla tua gigantesca azienda, vero? In fondo, anch'io sono una cliente e qui mi confiderò con te.

E tu, stanotte, in questa camera d'albergo concepirai una brutta verità, che soltanto tu puoi partorire.

Va bene, iniziamo. Non faccio altro che parlare della verità. Ma non intendo darti una lezione sulla cosmogonia. Non potrei farlo anche se volessi. Parlerò dell'unica cosa che mi è stata insegnata e che conosco: il sesso e la violenza. Ma, in fondo, tutte le cosmogonie sono intessute di questi due fili, non è vero?

Ecco la prima verità che dovresti conoscere: ti hanno detto che io mi chiamo Star. Non è vero. Quando sono nata venticinque anni fa, in un posto lontano migliaia di chilometri da quest'isola che gli abitanti chiamano "terzo mondo", il mio nome vero era Sitare[4]. Non c'è bisogno che tu conosca il nome della mia patria. E poi, tranne il mio nome, gli altri nomi non hanno importanza. Perché, guardando da Ganna, il resto del mondo è uguale: dappertutto è terzo mondo.

Il mondo sembra diviso in due: da una parte l'isola di Ganna – che è la terra delle libertà e delle felicità – e dall'altra, i miserabili che sognano questo paese per tutta la vita.

---

4 Nome femminile di derivazione persiana che significa stella ma anche destino (N.d.T.).

Quelli del terzo mondo insomma. Gli stranieri sul proprio pianeta. Persone anonime, ridotte a due parole. Ma il mio nome è prezioso. Oggi tutte le persone nel mondo lo conosceranno. E tutto ciò che io faccio è soltanto per riaverlo indietro; non per diventare un'eroina. Sì, forse le mie mani sono macchiate di sangue come quelli degli eroi. Tuttavia non sono una di loro. Al diavolo tutti gli eroi!

Però da bambina credevo agli eroi. Proprio come credevo alle dolci favole che riguardavano l'isola di Ganna. Tutti noi ci credevamo. Dalle nostre parti, credere non era una questione di scelta; era un obbligo. Perché quando non credevi non ti rimaneva nessun motivo per continuare a vivere. Perché guardando da lontano, da molto lontano, cioè dal posto in cui ci trovavamo, Ganna ci appariva come un paradiso terrestre. Credevamo incondizionatamente e con tutti noi stessi all'esistenza di quella terra rosea. Nei nostri dolci sogni non c'era spazio per alcun briciolo di dubbio.

Pensi che fossimo stupidi, vero? No. Non lo eravamo. Eravamo solo poveri; nel vero senso della parola, poveri. Nessuno in questo mondo può aggrapparsi più forte dei poveri ai sogni del paradiso; questo devi sapere prima di tutto. Noi non avevamo nient'altro che quei sogni.

Lascia che ti parli un po' dell'isola di Ganna dei nostri sogni. Innanzitutto laggiù non c'era miseria. Non era possibile svegliarsi con lo stomaco vuoto, tremando dentro una scatola di cartone. Semmai vi fosse capitato di ritrovarsi in una situazione del genere, un robot soccorritore vi avrebbe subito individuato e, allungando la sua mano fredda ma affettuosa, vi avrebbe sfamato – di certo con qualcosa di diverso dal pesce puzzolente – e poi vi avrebbe messo un morbidissimo cuscino sotto la testa. Laggiù nessuno avrebbe potuto costringervi a lavorare, o picchiarvi fino a farvi scricchiolare le ossa o violentarvi a soli sei anni.

Sul volto di chi tentava di fare queste cose sarebbe arrivato uno schiaffo forte, chiamato Legge. A Ganna le leggi consideravano e proteggevano tutti allo stesso modo. Perciò nelle vie di quel posto non sarebbe sopravvissuto nemmeno quel mostro disgustoso che si chiama "Disordine".

Per noi, le vie di Ganna erano sempre pulite. Le persone dai volti felici che camminavano per quelle strade avrebbero fatto di sicuro il mestiere che gli piaceva guadagnando quanto volevano. Soddisfare i desideri di chi era più potente di voi non era la condizione necessaria e sufficiente per soddisfare voi stessi. A Ganna le persone avrebbero fatto l'amore solo quando lo desideravano, a volte per amore, altre per divertimento. Noi non conoscevamo nemmeno il significato delle parole amore o fare l'amore. Pensando che non ci sarebbero servite, le nostre madri non ce le avevano insegnate. Per noi era soltanto un modo per guadagnare; come il facchinaggio, la pulizia delle fogne o i furti.

Molti di noi, così come non avrebbero voluto diventare facchini, pulitori di merda o ladri, non si sarebbero neanche prostituiti. Ma lo facemmo. Prima o poi prendevamo la corona della prostituzione dalla testa delle nostre madri per indossarla noi. Invece a Ganna, anche la prostituzione, come tutti i lavori pesanti, veniva svolta dai robot. Far lavorare le persone nella prostituzione era stato vietato anni prima dalla legge.

Un punto per le femministe radicali e zero per i libertini!

In poche parole, l'isola di Ganna era circondata da ogni lato da mare, felicità e gentilezza. Come ho già detto: noi pensavamo che fosse proprio così.

L'isola era una scala immaginaria che doveva esistere per forza affinché noi potessimo sopportare la fossa in cui vivevamo: una scala che un giorno si sarebbe allungata fino a noi e che avrebbe tirato su alcuni di noi. E infatti succedeva proprio così. Due volte all'anno un funzionario dell'isola di Ganna veniva nella nostra fossa e, dopo averci osservato come se fossimo animali selvatici, decideva di portare alcuni di noi con sé a Ganna. Quelli che venivano scelti non avevano qualità particolari. Potevano essere donne, bambini, uomini, omossessuali, magri, grassi oppure incinte. Non sapevamo in base a quale criterio venivamo scelti e non avevamo idea. Perciò non adottavamo regole particolari per essere selezionati. Non cercavamo di essere più magri, più grassi o di avere un sedere più grande. Perché quelli che venivano scelti non avevano caratteristiche simili tra loro.

Noi aspettavamo e pregavamo soltanto: Dio, proteggi me e mia madre. Fai guarire le mie ferite prima possibile, così posso continuare a lavorare e guadagnare soldi. E per favore, stavolta fa' sì che la persona che verrà portata là, salendo su quella macchina alata, possa essere io. Amen.

Due volte all'anno uno di noi saliva su quella macchina alata e ci lasciava per sempre. Non ricevevamo nessuna notizia da quelli che se ne andavano. Tuttavia sapevamo che stavano molto meglio di noi. Più che sapere, lo credevamo. Eravamo messi proprio così. La persona che andava via aveva sempre gli occhi pieni di lacrime di felicità. Ma tratteneva le lacrime finché la macchina non si muoveva per partire. Perché aveva paura. Non sapendo cosa avesse fatto per meritare quell'unico biglietto per un meraviglioso viaggio della speranza, era terrorizzata all'idea che, all'ultimo minuto, qualcosa andasse storto e che rinunciassero a lei.

Perché una volta usciti dalla palude tornarci era peggio che passarci tutta la vita. Molto peggio. Per questo, mentre camminava verso la macchina, alla persona scelta tremavano le gambe come a un agnellino appena nato. Quando la macchina finalmente partiva, si liberava dal dominio della paura e allo stesso tempo perdeva anche il controllo dei nervi e cominciava a piangere: addio e siate maledetti per tutti quei pesci!

Invece chi restava sprofondava ancora di più nella palude con grande delusione e sostituiva i propri sogni spezzati con quelli della persona scelta.

Quando mi scelsero avevo dodici anni. Era l'ultimo giorno del mese di luglio; e anche del mio essere Sitare. In agosto sarei diventata una persona diversa, in un posto diverso; una ragazza senza radici e senza nome. Ma a chi importa? Ero stata scelta. Dio mi aveva ascoltata. Anch'io sarei salita su quella macchina alata. La mia unica preoccupazione era il fatto di lasciare mia madre in quella palude. Ma lei non era triste, per niente. Non dovevo esserlo nemmeno io. Sarebbe stata ingratitudine. Per di più, avrei potuto rischiare di infastidire Dio che ci aveva fatto un grande regalo.

"Ci vorremo più bene anche solo sognando, senza vederci, né toccarci," aveva detto mia madre; "proprio come vogliamo bene al nostro Dio." Così, dandole retta, smisi di piangere. Non ero una ragazza ingrata e non mi andava di bisticciare con Dio proprio quando stavo per andarmene.

La nostra ultima notte insieme, nonostante il caldo afoso di luglio che non ci faceva nemmeno respirare, dormimmo abbracciate come due serpenti che si corteggiano. Quella notte, mentre mia madre toglieva dalla mia testa la corona invisibile della prostituzione, mi disse che ero stata scelta perché somigliavo a un puma.

"Ah, questa boccuccia," disse, "e questi enormi occhi verde lago che mi guardano come se mi scrutassero dentro... Sitare, tu sei un puma nero. Che il tuo destino sia migliore del mio, figlia mia." Però mia madre sbagliava su entrambe le cose. La prima: gli isolani non mi avevano scelto perché ero una gatta selvatica. Al contrario, il funzionario che si presentò come signor Çivit[5] aveva notato la mia assoluta docilità e sapeva dal primo momento che mi avrebbero potuto fare tutto quello che volevano. E la seconda: il mio destino non sarebbe stato migliore di quello di mia madre che da trent'anni faceva la prostituta.

Mia madre mi aveva tolto la corona dalla testa invano. Ma ovviamente allora non ero consapevole del mare di illusioni in cui eravamo caduti tutti insieme. Camminai verso la macchina alata come un puma orgoglioso, non come un agnellino a cui tremano le gambe. E quando la macchina partì non versai neanche una lacrima. Io ero un puma nero e avevo fatto una promessa a mia madre: non avrei mai pianto, infastidendo Dio.

Ricordo bene il momento in cui vidi l'isola dall'alto e ciò che provai. A dire il vero fu una piccola delusione. Come quando ciò che si sogna è più bello che nella realtà; ecco, una sensazione simile. Vedere che milioni di persone sognavano soltanto un puntino verde in mezzo all'oceano aveva un po' confuso la mia mente da bambina. Chissà perché avevo sempre immaginato di vedere Ganna dentro una gigantesca boccia luminosa. Forse avevo creduto che una cosa così preziosa dovesse essere protetta dalla sporcizia che regnava nel resto del pianeta. Forse quella storia della boccia era in una favola che mi aveva raccontato mia madre. Non ne sono sicura, ma qui... niente boccia.

Man mano s'ingrandiva davanti ai miei occhi Ganna sembrava vulnerabile, in mezzo all'oceano, come un'isola qualunque.

La prima tappa sull'isola fu la camera di una clinica privata. E se il signor Çivit non mi avesse detto che si trattava di un ospedale, avrei creduto che fosse uno di quegli alberghi sfarzosi di cui mi parlava mia madre. Perché la stanza

---

5 Il nome del colore indaco in turco (N.d.T.).

riservata a me era persino più bella della casa più splendida del mio paese.

Sui muri c'erano immagini che si muovevano: asteroidi, stelle brillanti nello spazio e un astronauta che ogni tanto appariva e spariva facendomi l'occhiolino. Era come se io fossi il capitano di un'astronave.

Il signor Çivit disse che, se avessi voluto, avrei potuto persino cambiare l'immagine sul muro e trasformare la stanza in un sottomarino. Io non lo feci. Sulla nostra isola di merda avevo già visto abbastanza pesci. Meglio vedere lo spazio.

In camera, avevo un bagno privato. I robot infermieri mi lavavano e pulivano, prima con prodotti medicali di cattivo odore, e poi con profumi floreali di cui non conoscevo i nomi. Questa operazione si ripeté ogni giorno, per un mese.

Avevo un letto enorme e pulitissimo; prendeva le forme del mio corpo e quando avevo freddo diventava caldo mentre quando sudavo diventava fresco. Me lo ricordo bene: quel primo giorno il signor Çivit mi aveva chiesto che cosa volevo per la cena. Ero rimasta scioccata. Nessuno me l'aveva mai chiesto prima. E quindi non seppi cosa rispondere. Dentro di me pensavo, "qualsiasi cosa tranne il pesce" invece esternamente sorridevo soltanto. E lui disse che la signora Fuşya[6] avrebbe scelto, al posto mio, il meglio per me.

Quando chiesi chi fosse la signora Fuşya, lui disse: "è tua madre a Ganna, lei ti darà sia da mangiare che un nuovo nome."

Così, grazie alla mia madre di Ganna, conobbi sia i cibi di cui non avevo mai sentito neppure il nome in vita mia, sia la nuova me: ormai mi chiamavo Star. Avevo già dimenticato la delusione provata sulla macchina alata. Il paradiso era reale e io ero lì anche se non avevo fatto niente per meritarlo.

─────────────

6 Il nome del colore fucsia in turco (N.d.T.).

Rimasi in quell'enorme ospedale per un mese. E mentre loro mi ripulivano il corpo dalla sporcizia e dai germi con l'aiuto di diversi vaccini, io immaginavo di avere un robot unicorno. Perché a Ganna c'erano le repliche di qualunque cosa uno potesse fantasticare. Oltre agli operai robot, visibili ovunque nell'isola, c'erano anche le copie esatte di animali estinti oppure di creature leggendarie fatte su richiesta. Perciò anch'io potevo benissimo avere un robot unicorno come quello visto in un'immagine sul muro della stanza d'ospedale. Mia madre si era sbagliata un'altra volta: anche l'unicorno era reale. Qui, tutto ciò che si desiderava poteva essere realizzato.

Dopo essere uscita dall'ospedale, andammo a casa della signora Fuşya. Lei viveva all'ultimo piano di un grattacielo insieme a tre bambini del terzo mondo proprio come me. Faceva da madre anche a loro proprio come a me.

Quando li vidi mi risvegliai da un sogno. Per un mese tutti si erano dedicati a me: il nome nuovo, i vestiti, la cultura dell'isola che gli insegnanti robot mi avevano trasmesso in poco tempo, le cose che succedevano appena le desideravo. Tutto ciò mi aveva fatto sentire come se fossi stata lì sin dalla nascita e, in più, come se fossi la cosa più preziosa sull'isola. Avevo dimenticato presto le persone che erano state scelte prima di me. Ma nel momento in cui m'imbattei nei sorrisi tristi sui volti di quei bambini, le radici che avevo tagliato sotto i miei piedi ricrebbero: ricordai da dove ero venuta, ed era l'ultima cosa di cui avevo bisogno.

Mia madre mi aveva consigliato di dimenticare il passato una volta messo piede a Ganna. Perché in paradiso non c'era posto per il passato. Come si poteva essere felici dove regnava il passato? Il passato era un paese che sprigionava tristezza da tutte le parti.

I bei tempi passati erano fonte di tristezza proprio perché erano passati; perciò, il passato, seppure fosse stato bello, avrebbe fatto comunque male, provocando nostalgia. E un passato doloroso era di per sé pieno di tristezza. Quindi andava dimenticato. Bisognava strappare via le radici per andare avanti. E io volevo strappare via quei bambini dalla mia nuova realtà. Dovevo dimenticare la loro esistenza; volevo tornare alla mia stanza d'ospedale. Volevo urlare!

Meno male che c'era la signora Fuşya a salvarmi da quell'inattesa ondata di tristezza. Si era messa di fronte a me con quel suo sorriso enorme e aveva detto che, da quel momento in poi, nella mia vita avrei visto camere molto più belle di quella dell'ospedale. Avrei potuto avere tutto ciò che volevo; compreso il robot unicorno. Ma ovviamente c'era un prezzo da pagare. In cambio, dovevo fare incondizionatamente tutto ciò che mi avrebbe chiesto.

"Certo, farò tutto," risposi.

In fondo, era sull'isola del paradiso; qui la cosa peggiore che mi avrebbero chiesto sarebbe stato tenere in ordine i giocattoli. Oppure andare d'accordo con i miei nuovi fratelli. Va bene. Mi sarei abituata. Invece, tre giorni dopo che ero uscita dall'ospedale mi portarono in questa camera dove ci troviamo io e te adesso, e mi chiesero di sdraiarmi su quel letto che vedi dietro di me, di inserire uno spiedo rovente nel mio organo genitale e allo stesso tempo di piangere gridando: "non farlo, papà!".

Avevo fatto una promessa alla signora Fuşya: per questo feci quello che mi era stato chiesto. Mentre venivo portata in ospedale tra le braccia di un'infermiera robot, l'ultima cosa che vidi prima di svenire dal dolore fu il cartello "Per favore non disturbare" fuori dalla porta.

Il cartello funzionava. Mentre il signor Vizon[7] si dava soddisfazione guardandomi bruciare il mio organo genitale, nessuno ci aveva disturbato. Nessuno! Ricordo che mentre

---

7 Il visone in turco (N.d.T.).

bruciavo mi mordevo le labbra per non urlare di dolore. Invece il signor Vizon voleva che gridassi e urlassi. "Qui nessuno ti può sentire, grida," aveva detto, "nessuno può disturbarci." E io gridai. E nessuno mi sentì.

Cinque anni dopo quell'episodio, a causa della mia mente offuscata dal dolore, credetti che le lettere su quei cartelli fossero simboli magici per nascondere alla vista ciò che avveniva all'interno e iniziai a raccoglierli: per potermi difendere, un giorno, da quelli di fuori grazie proprio ai cartelli. Tuttavia, all'epoca, cioè a dodici anni, non ero consapevole dell'orrore, oltre che dell'illegalità, di quello che stavo vivendo, e anche del fatto che proprio quell'uomo fosse uno dei legislatori. Solo cinque anni dopo avrei saputo che il signor Vizon era il ministro della pubblica sicurezza dell'isola di Ganna.

Dall'età di nove anni sapevo che la prostituzione organizzata era illegale a Ganna. Ma ignoravo che quello che facevo nelle stanze d'albergo fosse prostituzione. Anche perché Fuşya, prima di mandarmi qui, mi aveva insegnato a considerare quello che dovevamo fare come una specie di *aiuto*. I signori e le signore che ci aspettavano in camera erano persone buone che avevano bisogno del nostro aiuto; erano solo deboli e noi dovevamo aiutarli. Quando ero in ospedale, dopo la prima notte trascorsa con il signor Vizon, dissi alla signora Fuşya che quello che avevamo fatto era come la prostituzione nel nostro paese. Lei però mi lanciò uno sguardo tale che giurai di non pronunciare più quella parola. Come avevo osato farlo? Quella non si poteva chiamare così! E poi noi non prendevamo soldi da loro! Cosa c'entrava questo con la prostituzione?

D'altronde, mi mancavano forse i soldi? Non avevo ciò che volevo? Non vivevo felice in una casa perfetta, insieme ai miei fratelli, mangiando ciò che desideravo e indossando i vestiti che volevo? Avevo persino un robot unicorno. Ero proprio una bambina ingrata!

Per caso volevo tornare al mio paese puzzolente e continuare a mangiare pesce avariato, o cosa? No, no, no! Non volevo. Non lo volevo proprio. Il passato ormai non esisteva. Avrei fatto qualsiasi cosa pur di non tornare in quella palude.

"Perdonami, signora Fuşya," dissi. "Sono una bambina stupida. Ho detto così, solo perché mi faceva male. Ma imparerò."

Così il sorriso enorme si era di nuovo posato sul viso della signora Fuşya.

"Bene," disse. "Star, tu sei una bambina molto intelligente. Non ti preoccupare per le ferite, guariranno presto. Qui siamo a Ganna." E fu davvero così. Le ferite che mi provocai *mentre aiutavo* il signor Vizon, guarirono solo dopo tre giorni grazie alle splendide medicine dette "Regen", prodotte a Ganna. La mia pelle era come se fosse rigenerata. Sembrava che quella ferita non fosse mai esistita; come se in quella camera non fosse successo nulla. Ecco, il passato era stato cancellato.

"Come i robot," avevo pensato, contenta. "Sono venuta qui come un puma selvatico e ora sono un robot benevolo." Beata me!

Fino a diciassette anni continuai a credere alla storia *dell'aiuto* raccontata dalla signora Fuşya. Come vedi, non avevo problemi a credere senza fare domande. Credevo perché a chiunque esca da una palude come la mia, il primo posto dove mette piede può apparire come un'oasi. Perché, almeno lì, può poggiare i piedi per terra senza affondare. E una volta che i tuoi piedi poggiano per terra, la tua unica paura è di tornare ad affondare. Io non l'avrei fatto. Non sarei ritornata in quel paese che sprigionava tristezza da tutte le parti. Io avevo una vita fantastica. E la sofferenza era il prezzo da pagare per questa vita. E poi non è che soffrissi sempre.

Quelli che avevano bisogno di aiuto a volte mi tenevano solo le mani e si mettevano a piangere. Alcuni mi riempivano di bacetti dalla testa a piedi e mi accarezzavano per ore; non vorrei mentire, queste cose mi piacevano pure.

Invece alcuni parlavano soltanto e raccontavano le loro sofferenze esistenziali fino al sorgere del sole. Proprio come sto facendo io con te adesso. Però la mia sofferenza va oltre quella di quei vecchi, molto oltre. Te l'avevo detto: questo è un manifesto. E io lo sto scrivendo dentro la mia testa fin da quando, a diciassette anni, conobbi quella donna.

Lei si chiamava Mürdüm[8]. Non seppi mai il suo nome vero; a Ganna quelli come noi non possono mai conoscere il nome vero di nessuno. Nemmeno lei sapeva il mio.

Quando entrò nella mia camera, si fermò sull'uscio e mi guardò come si fa con chi sta per essere giustiziato. E io avevo fatto il mio solito inchino e avevo detto "benvenuta signora," in maniera più ingenua possibile. Allora corse e s'inginocchiò davanti a me.

Aggrappandosi alle mie gambe, pianse. Avevo già assistito a una scena simile prima. Cominciai subito a passare le mani sui suoi capelli e a dire, a memoria: "passerà, passerà", senza sapere cosa in realtà sarebbe passato.

Mürdüm si arrabbiò. "Lascia, non toccare!"

Mi bloccai. Poi si aggrappò alle mie mani. Me le tenne strette strette. "Star," disse, come se stesse supplicando, "vai via da qui. Non permettere che quei burocrati perversi ti uccidano!"

Non capivo di cosa stesse parlando. Mürdüm non si aspettava nessun aiuto da me. Non aspettava niente. Continuava solo a dirmi di scappare e salvarmi. Non capivo da cosa dovessi salvarmi. Io avevo una bella vita. Avevo tutto ciò che volevo.

---

8 Il nome del colore prugna in turco (N.d.T.).

"E la libertà?" mi chiese "E la verità?"

Ignoravo il significato di entrambe le parole. Quindi, non ne avevo bisogno. Proprio come l'amore e fare l'amore; nessuno mi aveva insegnato queste cose.

"Vi stanno ingannando, Star. Vi nascondono la verità. E vi nascondono anche dal mondo. Dietro porte chiuse, vi creano l'illusione di un paradiso dove avete tutto ciò che volete. Vi gettano fumo negli occhi con gli oggetti e alla fine trasformano anche voi in oggetti. Quei mostri che feriscono la tua anima e il tuo corpo sono dei bastardi che a parole impediscono i crimini su quest'isola e lo fanno credere a tutto il mondo. Sono tutti bugiardi! Sono tutti dei mostri! Ai loro occhi non siete altro che oggetti, credimi. E un giorno non basteranno neanche i loro Regen a guarirvi. Perché alla fine vi logorerete e vi sfascerete. Perché non lo capisci?"

Ma come potevo capire? Le sue parole per me non avevano nessun significato. Io non mi stavo logorando affatto e quelli che lei chiamava mostri erano persone povere, indifese, bisognose di aiuto proprio come lei. Erano loro a essere fragili. Loro – come diceva una delle mie sorelle – erano persone malate nell'anima. Dato che qui avevano tutto, non sapevano che cosa volesse dire soffrire. E le loro anime si ammalavano; in fondo anche l'anima aveva bisogno di sofferenza. Ecco perché portavano a Ganna persone come noi, persone che conoscono la sofferenza. Noi li guarivamo. Ci credevo con tutto il mio cuore. Qui io facevo qualcosa di buono. Ero proprio come una suora. Per di più i miei servizi erano lautamente ripagati.

"Menzogna"! gridava Mürdüm; "Ti hanno fatto credere a una grande menzogna! In realtà hanno mutilato la tua anima!" Avevo riso.

Pensai che quella vecchia strega fosse solo gelosa di me. Inoltre, non faceva parte anche lei una dei burocrati di cui parlava? Non era così che aveva ottenuto il privilegio di incontrarmi?

"Sì," aveva detto Mürdüm, senza sollevare la testa, "ma ormai non ce la faccio più a sopportare questa schifezza. Ormai voglio uscire da questo oceano di merda."

Quando le luci del cartello digitale "Per favore non disturbare" si spensero e suonò l'allarme che indicava la fine delle visite, lei si alzò e disse, "parlerò, rivelerò questa setta perversa al mondo intero. E se tu credi di avere una vita perfetta, prova a dire al tuo magnaccia che vorresti andare via." Poi se ne andò. Di ciò che era stato detto in camera non feci parola a nessuno.

Mi portarono in ospedale per somministrarmi il Regen inutilmente. Il loro Regen non avrebbero mai potuto guarire la ferita del dubbio che Mürdüm aveva inflitto con la lama della verità.

Per diversi giorni pensai alle sue parole. La maggior parte delle volte cercavo di convincermi che fosse pazza. Ebbene la sua voce non smetteva di rieccheggiare nelle mie orecchie. Pur di sopprimere quella voce provai persino delle pillole stupefacenti, che gli abitanti dell'isola di Ganna chiamavano "Farmus". Con quelle mi sentivo più forte ed energica che mai. Ormai non sentivo le voci che non volevo sentire. Vedevo tutto come l'avevo sognato, sentivo tutto come lo desideravo.

Farmus era un miracolo, ma quando gli effetti della droga calavano, diventavo più debole e vulnerabile di prima. E in quei momenti di fragilità si affacciavano alla mia mente soltanto le parole di Mürdüm. Per esempio, quando il signor Vizon, stringendomi la gola fino a quasi strangolarmi, eiaculava nell'attimo in cui perdevo coscienza, nella mia testa non sentivo le sue urla di piacere ma le grida strazianti di Mürdüm. Secondo lei, io ero una prostituta; mi ero allontanata da mia madre per niente. Il mio destino era peggiore del suo. Perché mia madre aveva scelto lei stessa la prostituzione, anche se le circostanze non le avevano offerto molte opzioni. La cosa più umiliante, infatti, non era la prostituzione in sé, ma il fatto che fossero stati gli altri a scegliere questa strada per me. Così aveva detto Mürdüm. Aveva parlato solo di scegliere.

Scegliere, scegliere, scegliere... Pensai a questa parola per giorni. Esisteva davvero una possibilità del genere? La possibilità di vivere per scelta. E quella cosa chiamata libertà? Va bene, ma io cosa avrei scelto? Cosa sapevo? Com'era la vita reale? Come avrebbe dovuto essere? E soprattutto qual era la realtà? Mürdüm aveva ragione? Avevo una voglia matta di rivederla.

Anche se non credevo del tutto a ciò che aveva detto, le sue parole messe insieme creavano una favola molto diversa da tutte quelle che avevo ascoltato finora. Da sempre l'essere umano è attratto dalle storie particolari. Così, grattando di continuo la ferita del dubbio non lasciai che si cicatrizzasse; non ero interessata a nient'altro che alla storia di Mürdüm.

Qualche mese dopo chiesi finalmente a Fuşya di Mürdüm: chi fosse e perché non avesse voluto vedermi più. Sorseggiando il suo caffè artificiale, Fuşya disse: "ormai non può più volerti vedere, tesoro."

Stando alle sue parole, tre giorni dopo la sua visita, era stata trovata in camera sua al Palazzo con una siringa nel braccio e la morte orrendamente stampata sul viso. Secondo quanto riportato dalle notizie al telegiornale che Fuşya guardava, Mürdüm aveva assunto una dose eccessiva di Regen e le sue cellule erano scoppiate come palloncini. Mürdüm era morta.

Dopo l'omicidio di Mürdüm – sì, ne ero sicura – il dubbio che nutrivo dentro di me era cresciuto ulteriormente. Mi ricordai i tempi in cui ero ancora piccolina; durante i litigi con i miei fratelli maggiori, ogni volta che avevo ragione venivo messa a tacere da mio padre.

Perché mio padre non voleva sentire la verità. La verità gli turbava l'anima.

Anche Mürdüm era stata messa a tacere per sempre. Quindi aveva ragione. Per questo diedi retta al suo ultimo consiglio e dissi a Fuşya: "Voglio andare via, voglio fare le mie scelte." E fu allora che scoprii che la dolce Fuşya era la torturatrice più sadica di tutti i *miei clienti*.

Prima mi rinchiusero in una cella oscura. Mi picchiarono, mi ruppero le dita. Quella volta non mi diedero il Regen. Mi lasciarono senza cibo e acqua per giorni. Fui costretta a bere la mia urina. Supplicai di lasciarmi andare via, perché ormai non credevo a nessuna favola. Anche se volevo, non ce la facevo.

E quando non ci credi, non hai più neanche un solo motivo per andare avanti. Volevo tornare alla mia palude. Volevo mia madre. Pensavo che se fossi stata con lei avrei potuto sopportare tutto. Mi dissero che non ci sarei mai tornata. L'unico modo per uscire da quell'isola era morire.

"Uccidetemi!" dissi, "come avete ucciso Mürdüm." Ma non lo fecero. Dissero che il signor Vizon non l'avrebbe consentito. Io avevo voluto fare le mie scelte ma ormai non potevo scegliere niente, nemmeno il cibo che mangiavo. Avrei passato il resto della vita – quel che restava dalle schifezze vissute in camere d'albergo – in un seminterrato buio, con due guardie giganti davanti alla porta. È in quei giorni che iniziai a raccogliere i cartelli sulla porta insieme ai sogni della libertà, e a dire in silenzio al mondo intero: "Per favore non disturbare."

I giorni seguenti si susseguivano quasi tutti uguali. Otto giorni al mese venivo portata in camere d'albergo come questa, accompagnata dalle guardie del magnaccia, e come una fetta di pane tostato che si mette sotto uno strato di formaggio, mi sdraiavo sotto i miei potenti clienti, facendo da schiava assoluta ai loro desideri perversi e al mostro che viveva in silenzio dentro di loro, e poi, dopo essere stata imbottita di Regen nelle loro cliniche private, venivo riportata alla mia cella oscura.

Non riuscivo ad aprire bocca se non per le richieste dei clienti. Non potevo parlare con nessuno, guardare la TV, leggere o navigare su internet. Ero relegata dal resto del mondo, come se fossi una bugia meschina; non avevo nessun legame con nessuno, con niente. Non avevo altro che i miei cartelli. Tuttavia, ormai sapevo la verità. Ero io ad essermi sbagliata, mentre mia madre aveva ragione; io ero un puma e i miei occhi riuscivano a vedere dentro quei mostri.

Per otto anni, se da una parte ripetevo più volte a me stessa le parole di Mürdüm, dall'altra era come se leggessi un libro proibito: vedevo la terribile verità negli occhi dei miei mostri. Infilandomi sotto le loro braccia come un gatto docile, li conobbi uno per uno fino al midollo. Imparai cose nuove da ognuno di loro. Imparai persino l'amore, sai? Perché uno di loro si era innamorato di me, il signor Gri[9]. Ma lui era anche troppo codardo per salvare la donna di cui era innamorato. Odiai lui più di tutti gli altri. Comunque, ti ringrazio, signor Gri per avermi insegnato molte delle cose che so oggi!

Ecco, adesso bisogna raccontare la verità di cui ti ho parlato. I governatori dell'isola di Ganna erano dei mostri primitivi che ingannavano il proprio popolo e il resto del mondo con una favola moderna di umanesimo sul palco e si toglievano le maschere dopo che calava il sipario. Dicevano di aver impedito tutti *i crimini* – compresa la prostituzione

---

9 Il nome del colore grigio in turco (N.d.T.).

– impiegando i robot nei lavori più sporchi e pesanti, e di aver offerto finalmente alle persone la possibilità di condurre una vita dignitosa. Le femministe radicali erano convinte di aver ottenuto la vittoria dal momento in cui ogni forma di prostituzione e pornografia fosse stata bandita: ormai il corpo umano –almeno quello delle persone *reali* – non sarebbe più stato usato come oggetto. Gli esseri umani potevano impiegare i robot in tutto ciò che desideravano; loro non avrebbero mai protestato. Tuttavia i radicali e gli sciocchi non avevano considerato che i robot, poiché non provavano dolore, non avrebbero mai potuto soddisfare le perversioni dei mostri. Perché il bisogno di fare violenza e di infliggere dolore – a cui finora non è stata trovato alcuna cura – non poteva essere placarsi senza vedere dolore, paura e orrore negli occhi di chi subisce violenza. Chi faceva del male doveva sentirsi convinto di farlo. Altrimenti che senso avrebbe avuto? E nemmeno il robot dotato della più sofisticata capacità di riprodurre i sentimenti umani poteva simulare il dolore vero. Per questo avevano bisogno di me, di tante altre Sitare come me, le quali, poiché avevano un colore diverso di pelle *potevano essere sfruttate come oggetti* senza rimorso. E tu Star, anche se sei identica a me, non potevi farlo. Tu che sei una prostituta robot, un clone-bot, anche se fai tutto meglio di me non puoi simulare il dolore e la paura veri. Comunque, meno male che ci sei. Tu sarai il mio biglietto per uscire di qui; il mio manifesto...

Non fu facile raggiungerti, Star. Pianificai questo incontro per ben due anni: l'ironia fu che grazie ai desideri del signor Vizon, il quale mi torturò pezzo a pezzo per tredici anni, riuscii a organizzare il mio piano. I nostri incontri avvenivano in questa camera due volte al mese, il lunedì alle sei di sera. Dopo aver provato vari modi per infliggermi dolore, alla fine aveva deciso che il suo gioco preferito era lo strangolamento: dopo decine di esperimenti aveva capito che essere soffocata mi terrorizzava di più. Così si era anche reso conto di una verità su di sé: gli piaceva vedere la paura anziché il dolore negli occhi della sua prostituta. Gli dava molta più soddisfazione. Credo che lo facesse sentire come Dio.

Seduto sulla mia pancia, premeva le ginocchia contro le mie braccia, mi teneva il collo con le sue grosse mani e osservava con immenso piacere, come guardasse un'opera d'arte, il sollevarsi del mio mento e lo sgranarsi degli occhi terrorizzati; con ammirazione, ascoltava i rantoli che uscivano dalla mia gola come se sentisse una sinfonia, e mentre i miei occhi cominciavano a chiudersi, un secondo prima che perdessi i sensi e morissi, allentava la presa. Non perché provasse pena per me, ma solo per potermi uccidere ancora e ancora. È per questo che mi aveva salvata dalla morte in quella cella oscura. Non aveva permesso che mi uccidessero. Questo piacere spettava soltanto a lui. E più volte.

Sai che oggi è il suo compleanno? Certo che lo sai. Tu sei stata creata per questo giorno; per il signor Vizon e la meravigliosa festa di compleanno che ho organizzato per lui.

Durante il nostro ultimo incontro, il signor Vizon era molto sensibile. Uscito dalla doccia, era tornato a letto e si era messo vicino a me. Di solito lasciava la camera subito dopo la doccia, ma non quel giorno. Iniziò ad accarezzarmi i capelli con le mani che dieci minuti prima mi stritolavano la gola.

"Chiedimi qualcosa, Star," disse lui. "In tutti questi anni che siamo insieme non mi hai chiesto altro che quegli stupidi cartelli alla porta."

Il giorno che stavo aspettando era arrivato. Dissi al signor Vizon che il mio unico desiderio era renderlo felice. Come immaginavo, non mi credette. Mi disse di smettere di recitare, perché ormai eravamo vecchi amici; voleva che fossi sincera con lui.

"Allora ascoltami," dissi. Era la prima volta che gli davo del tu. "Io non penso a nient'altro che a renderti felice. Perché..." feci una pausa, e con voce tremante iniziai a piangere, infrangendo la promessa fatta a mia madre. "... Perché ti amo."

Lui si bloccò come fosse una statua di marmo. Forse, in tutta la sua vita, nessuno aveva detto a quel bastardo di amarlo. Per la prima volta sentiva queste parole, e in più da una donna che torturava ogni settimana. Era colpito. Invece io erano due anni che mi stavo preparando per questa scena. Sapevo che avrei lasciato il segno.

Il signor Vizon si sforzò di sorridere pur di nascondermi l'espressione stupida sul suo viso. Mi mise una mano sulla guancia. "Mio piccolo angelo," disse, "certo che mi ami. Anche il tuo padrino ti ama."

Io gli sorrisi felice, mi asciugai le lacrime sulle nostre lenzuola e gli dissi che in realtà c'era qualcosa che desideravo. Si mise ad ascoltarmi con curiosità. Voleva ripagare *subito* il prezzo di quel *ti amo* inaspettato. Quello che volevo eri tu, Star.

Gli dissi di avere una magnifica idea per festeggiare il suo compleanno: avremmo noleggiato una prostituta robot della GNN Robotics, la tua azienda, che sarebbe stata una mia copia esatta; una replica di Star. Sapevo tutto ciò che la GNN Robotics poteva realizzare. Grazie ancora, signor Gri!

Comunque, tu dovevi essere insieme a noi mentre facevamo il nostro gioco erotico mortale. Ma in quel caso non sarebbe stato il signor Vizon a infliggermi terrore e dolore. Quello sarebbe stato compito tuo. Perché gli dissi che la cosa che spaventava di più al mondo erano i replicanti umani. Gli spiegai che se mi fossi trovata davanti a *qualcosa* di molto simile a me stessa, sarei andata fuori di testa e che niente al mondo mi avrebbe potuto sconvolgere di più di un incontro del genere.

"Inoltre, sarà lei a strangolarmi al posto tuo," aggiunsi, "e tu mi guarderai negli occhi e lì troverai il terrore più profondo. Prova a immaginare il piacere che ti potrà procurare! Tremo anche solo a parlarne, vedi?"

E era vero. Avevo davvero paura di te; ero spaventata a morte. Perché tu alteri la mia percezione della realtà. Non riesco ad abituarmi a questa situazione. È sbagliato, così sbagliato! Nessuno dovrebbe affrontare se stesso in questo modo...

Comunque sia. Ora avrai capito perché quando ti guardo mi disgusti, ma per quest'ultima volta sopporterò questa repulsione. Ti guarderò fino all'ultimo senza staccare gli occhi e poi mi affrancherò da ogni paura. Non dimenticare che sto combattendo questa guerra non solo contro di loro, ma anche contro me stessa.

E ce l'ho fatta, Star. La mia paura fu la mia salvezza. Quando lui sentì la mia idea, i suoi occhi arrossirono di lascivia. Non poteva pensare più ad altro. Mandò subito le mie foto e i video alla GNN e diede così inizio alla creazione di una mia copia. Ti creò per farmi morire di paura; proprio come un dio crudele.

Il resto della storia più o meno lo conosci già. Però non posso lasciare il mio manifesto a metà. Non sto raccontando questa storia per divertirti. Perché questa non è affatto una fiaba.

Circa un'ora fa, tramite i corrieri della GNN Robotics, sei stata portata nella nostra alcova in una scatola, come fossi una Barbie. Essendo una persona ospitale, prima che arrivassi ho dovuto pulire *lo schifo* che c'era dentro. E così piantai nel collo del festeggiato le siringhe di Regen che avevo sottratto all'ospedale e misi fine alla sua vita disgustosa il giorno del suo compleanno. Mentre lo facevo, gli ordinai di urlare: "Nessuno può disturbarci qui!"

"Grida quanto vuoi!" Gli dissi. Lui urlò, supplicò. Ma nessuno sentì.

Sputai più volte sulle sue mani protese verso di me a chiedere aiuto. Lo colpii ripetutamente sulle sue guance bagnate di lacrime che gli colavano dagli occhi!

Non puoi immaginare con quanta disperazione abbia annaspato quel gigante, Star.

Non puoi immaginare come sia crepato dimenandosi nel dolore come un verme...

Tredici anni fa, in questo letto, mi aveva chiesto di piangere gridando "non farlo, papà." Stava facendo lo stesso mentre moriva; strano, non è vero, Star?

Ormai il nostro tempo sta per scadere. Devo dirti cosa succederà d'ora in poi. A proposito, ora puoi spogliarti. Perché ho bisogno dei tuoi vestiti. Togliteli, per favore. Dove siamo rimaste?

Quando il tempo scadrà, le luci del cartello sulla porta si spegneranno. Verranno a bussare quelli che ti hanno portato qui: i corrieri. Prima che lo facciano, metterò la scatola in cui dovresti esserci tu davanti alla porta. Ma sarai tu ad aprire e io sarò lì dentro. Guarderanno dall'apertura trasparente sulla scatola, mi vedranno e mi porteranno, senza insospettirsi di nulla, al magazzino aziendale per la pulizia. Credo di poter restare immobile come un robot per alcuni minuti; non è già quello che faccio sempre? Visto che sono riuscita a sedermi di fronte a te per tutto questo tempo, saprò anche non avere paura di loro, no?

Dopo che i corrieri mi avranno portata via al posto tuo, l'assistente rinsecchita del signor Vizon attenderà con impazienza fuori dalla porta. Guarderà spesso l'orologio perché oggi il signor Vizon deve andare a una riunione ministeriale.

Dopo un po', l'assistente inizierà a preoccuparsi e alla fine sceglierà la prima cosa fra il rischio di essere rimproverata o arrivare in ritardo alla riunione.

Busserà alla porta con le mani tremanti. Tu non aprirai subito, aspetterai.

Piano piano, l'assistente inizierà a spaventarsi. Busserà ancora alla porta, ma tu continuerai a non aprire. In preda al panico, lei informerà le guardie mastodontiche del signor Vizon e dopo un po', loro sfonderanno la porta ed entreranno. Vedranno il ministro senza vita steso sul letto e, di fronte a lui, ci sarai tu seduta con indosso i miei vestiti.

Dopo un attimo di terrore, tireranno fuori *i teaser* e ti spareranno. Tu rimarrai immobile e basta; non soffrirai, non avrai paura, né mostrerai segno di emozione umana. Proprio come me.

Come vedi, siamo entrambe *la stessa cosa* adesso; proprio la stessa. Mürdüm aveva ragione, vero? Alla fine sono riusciti a trasformarmi in un oggetto, ma ogni vittoria ha un prezzo, Star.

Tu non morirai. Il loro terrore crescerà ancora di più quando vedranno che non sei morta. Nel frattempo, il rumore dei teaser e le urla spaventose dell'assistente attireranno in camera nostra il personale dell'albergo e i clienti curiosi. Infine, capiranno che sei solo un robot e ciò spargerà una gran paura nei cuori degli abitanti di Ganna, gli stessi che hanno consegnato la loro vita alle fredde, benché confortevoli, mani dei robot.

Subito dopo aver superato lo shock iniziale, l'assistente e le guardie si renderanno conto che sono stata io a uccidere il ministro, organizzando poi la fuga tramite i corrieri della GNN. Tuttavia, prima di raggiungere i corrieri, grazie a clienti curiosi si spargerà la voce che un robot di una delle società più grandi e affidabili del mondo, la GNN Robotics, ha ucciso un ministro, e la notizia si diffonderà rapidamente sull'isola come la peste.

Fuşya e i magnaccia, impazziti, inizieranno a cercarmi. Durante questo periodo, io sarò saltata fuori dal cofano del furgone del corriere e, chissà, forse sarò persino arrivata al porto. Tu invece verrai portata al reparto prodotti difettosi della GNN Robotics per la revisione. Di conseguenza, la riunione ministeriale verrà annullata. Al suoi posto, si terrà una riunione di emergenza all'ultimo piano della GNN.

La tua scheda di memoria verrà rimossa e caricata su un lettore, e la mia storia verrà ascoltata da tutti i funzionari aziendali, agenti di intelligence e burocrati. Gli agenti e i burocrati cercheranno subito d'insabbiare l'incidente in modo che le organizzazioni criminali dedite allo sfruttamento della prostituzione non vengano scoperte. Vorranno distruggere la tua scheda di memoria e ovviamente anche la mia storia.

Nel frattempo, le voci sul "robot assassino" si saranno diffuse in tutto il mondo. Oh, adoro quest'epoca in cui nulla può rimanere nascosto per sempre, Star!

La GNN Robotics perderà soldi e prestigio a ogni secondo che passerà. I funzionari della GNN e i burocrati di Ganna si azzanneranno tra loro. Per riabilitare il proprio nome, la GNN vorrà annunciare al mondo che non è stato un robot a uccidere il ministro, ma una persona del terzo mondo. Parleranno di pubblicare la mia storia per rendere credibile il loro racconto. Invece, i burocrati si opporranno: anche loro, del resto, vorranno mantenere pulita l'immagine di Ganna nel mondo.

Alla fine, ovviamente, vincerà il governo; la tua scheda di memoria verrà distrutta insieme alla mia storia. Almeno così che crederanno i burocrati. Però non terranno conto della memoria segreta di backup, della quale sono a conoscenza solo i funzionari della GNN Robotics e il mio amante –

"gola profonda" signor Gri. Lui lavora lì come ingegnere e consente alla tua azienda di accedere alle informazioni più private di tutta la popolazione.

Mi spiace di aver causato la tua morte, signor Gri. Però anche tu hai fatto lo stesso con me...

Non c'è niente di più prezioso al mondo della sensazione di calore che il denaro lascia nella mano di chi lo tocca anche solo per una volta, Star. Non potranno permettersi di perderlo. In segreto, i funzionari della GNN divulgheranno il contenuto della memoria di backup su internet per dimostrare che è impossibile per un robot fare del male a una persona. E allora il mondo verrà a conoscenza della mia storia. E questa storia, Star, la storia di questa semplice ragazza contadina, farà del male a qualcuno, molto male. Ecco perché sei qui.

Il nostro tempo è scaduto. È ora di andare. Bene, ora sembri proprio me. Perdonami per non averti stretto la mano. Te l'avevo detto: mi disgusti. Perché provo disgusto per me stessa. Io sono un'assassina. Non c'è niente da fare ormai, mi sono macchiata anch'io come loro. E neanche tu puoi rimuovere questa macchia. Però tu, mio riflesso allo specchio, mia replica, mia salvatrice e mio manifesto, tu farai molto di più per me.

Mi farai tornare Sitare in un luogo dove nessuno mi potrà disturbare.

Mi aiuterai a riavere indietro il mio nome.

Mi salverai da questo oceano di merda.

Quando tu, Star, metterai fine a questa grande menzogna detta Ganna, in nome della verità che porti dentro di te, darai inizio a un nuovo ordine.

E io lì ricomincerò tutto da capo.

Addio.

Scrutare verso il sole

di Clifton Gachagua

traduzione di Stefano Ternavasio

Clifton Gachagua è il vincitore del premio inaugurale Sillerman per la poesia africana 2013, assegnato dall'African Poetry Book Fund. La sua antologia di poesie Madman at Kilifi *è stata pubblicata dalla University of Nebraska Press e dalla Amallion Publishers (Senegal), e* The Cartographer of Water *è stato pubblicato dalla Slapering Hol Press. Il suo romanzo* Zephyrion *è stato recentemente inserito nella lista dei candidati per* Kwani? Manuscript Project. *Sue storie sono state pubblicate su forum letterari tra cui* Kwani? 06, Saraba *e* AfroSF. *Attualmente Clifton Gachagua lavora come sceneggiatore.*

Stanislaw era diverso. Nei momenti dopo aver suonato il campanello del numero 126 di Distribution Road, vide se stesso svegliarsi solo, inconsapevole di essere solo uno dei tanti figli della guerra. Intorno al polso aveva una fascia con stampate le iniziali AMISON. Un vasto deserto si estendeva di fronte a lui, così vasto che fu sicuro di trovarsi in un luogo senza inizio né fine. Popolato da dune maestose, il deserto del Nabi era una possibilità compiuta di miraggi, e un senso di nulla che gli riempiva il cuore. Si estendeva fino ad abbracciare l'orizzonte, avviluppandolo come un diaframma. Stanislaw iniziò a immaginare di morire in un luogo del genere, irrecuperabile, completamente solo tra l'azzurro del cielo e il terra di Siena bruciata della sabbia, e sentì un senso di calma pervadergli il corpo, risalirgli fino in volto e manifestarsi infine in un sorriso. Piegò la testa da un lato, come per ispezionare il deserto. Nessun trauma cranico. La sua memoria sembrava intatta. Riusciva a vedere chiaramente. I suoi occhi erano verdi e ben presto il liquido al di sotto di essi sarebbe stato inghiottito dal calore del sole. Le sue labbra gli diedero una sensazione strana, al passare la lingua umida sulla superficie ruvida che le ricopriva. Era sepolto fino agli stinchi; se si fosse svegliato un'ora dopo avrebbe potuto ritrovarsi tumulato nella sabbia preistorica.

"Stanis," udì una voce gentile chiamarlo. "Stanis, ci sei?" Aprì gli occhi e incontrò quelli di sua madre. Lei gli sorrideva. I suoi occhi, al contempo distaccati e intimi, erano colmi di lacrime. Lo facevano pensare al cadmio.

Gli occhi erano stati la prima cosa che aveva notato di Atemi, la sua futura madre, quando lei era venuta ad aprire la porta. Poco dopo, aveva notato anche quelli di suo padre. Sebbene l'intensità variasse, aveva notato che i suoi genitori avevano occhi grigio scuro, in cui l'iride e il bianco dell'occhio convergevano verso lo stesso colore. Li aveva confrontati ai propri occhi verdi. Non poteva tollerare di guardare gli occhi di sua madre, che lo mettevano di fronte a una tristezza continua, quasi che una nube cupa li avesse scelti come dimora fissa. Quando sua madre aveva guardato nei suoi occhi verdi, Stanislaw aveva avuto l'impressione che lei ci avesse scovato un barlume di qualcosa di talmente oscuro e ben nascosto che doveva averlo interpretato come il sintomo di una nuova malattia, data la sua reazione contenuta. E così madre e figlio avevano trovato gravi mancanze l'una nell'altro.

"Stanis, benvenuto a casa," aggiunse lei. Il deserto iniziò a ritirarsi in se stesso, come un animale che va a nascondersi dentro una grotta buia. Gradualmente, le dune si rimpiccolirono e il rumore del vento scomparve. Il volto vivente della donna che continuava a chiamare il suo nome sostituì la landa selvaggia e inanimata che lo aveva accolto al risveglio. La transizione era difficile; lui voleva restare nel deserto.

"Stanis, sai chi sono?"

"Sei mia madre," rispose Stanis.

"Esatto. E cosa dici a tua madre quando la incontri per la prima volta?"

Stanis rimase in silenzio.

Atemi guidò Stanis al tavolo da pranzo. Sentì i battiti del proprio cuore che iniziavano a rallentare. Lasciò che suo marito, Murungu, le prendesse la mano nella sua; le dita di lei erano fredde.

Aveva preparato un pasto di spezzatino d'agnello e riso giallo, privo di additivi e conservanti. Il pasto era costato molto ma lei non avrebbe badato a spese, nell'accogliere a casa la sua nuova installazione.

Atemi e Murungu sedettero a tavola osservando Stanis, che a sua volta fissò gli occhi su di loro. C'era la parvenza di uno strato di lacrime insolitamente spesso, sopra ai suoi occhi, che lo faceva assomigliare a un bambino che avesse subìto un torto.

Atemi lo guardò mentre scartava una caramella presa da una scodella di dolci in mezzo alla tavola. Lui tirò fuori la lingua e leccò la caramella, invece di succhiarla in bocca. Lei iniziò a farsi prendere dal panico. Forse qualcosa era andato storto durante le fasi di post-elaborazione. Forse si erano dimenticati di sistemare una certa mutazione, scatenando in lui una rara malattia il cui unico sintomo era una fissazione per i prodotti dolciari: eccolo, seduto a tavola, a leccare la sua caramella. Il modo in cui schioccava le labbra la irritava. Le spezzava il cuore.

Studiò i capelli sulla nuca di suo figlio. Questa installazione era decisamente anormale. Esteriormente, era ciò che Vita Nova aveva promesso. Aveva tutti i segni di un figlio in salute: cinque dita per ciascuna mano e ciascun piede, una postura eretta. Per quanto riguardava la morfologia, il loro figlio nuovo era un esemplare perfetto. Tuttavia, non reagiva come avrebbero dovuto fare i figli nuovi; le parole che pronunciava sembravano aver dovuto attraversare molti luoghi, prima di arrivare a lei. Lo sapeva perché avevano partecipato a moltissime feste di benvenuto organizzate per i figli dei loro amici. Aveva osservato quei figli arrivare a casa già capaci di parlare perfettamente e pronti a integrarsi subito nella vita domestica e sui campi di battaglia. Rispondevano a tutte le domande, dicevano grazie dopo i pasti, stavano in piedi con le mani incrociate dietro la schiena, prendevano congedo prima di andare a letto e al mattino si mettevano a tavola con un tovagliolo al collo, aspettando pazientemente la colazione. Esaminò i suoi occhi verdi. Pochi minuti con lui, e già li odiava. Non toccò cibo. Strinse più forte la mano di suo marito.

Atemi e Murungu aspettavano un figlio da ormai ventun anni. Lei era riuscita ad arginare la loro sofferenza entro i confini della loro proprietà, al numero 126 di Distribution Road, e pertanto era allegra e garbata quando uscivano dalla casa per festeggiare, ogni volta che uno dei loro amici riceveva un figlio. La sua cerchia sociale si sviluppava tra i numeri 100-150 di Distribution Road, Lokichogio, anche nota come Route 204A – costruita come progetto congiunto tra i governi keniano, sud-sudanese ed egiziano – e parte di un'autostrada transnazionale che collegava Lokichogio a Juba, Khartum e Alessandria. In sostanza, tutte le case sull'autostrada avevano un numero tra 1 e 65789.

Se non per qualche fronzolo sistemato qua e là, l'aspetto complessivo delle case rimaneva lo stesso nelle tre nazioni, un favo di case dotate di porte rosse e numerazioni crescenti. In Kenya era nota come Distribution Road. Atemi aveva avuto l'idea di informarsi su come veniva chiamata a Juba o a Khartum; era come se, in qualche strana maniera, la strada la mettesse in contatto con le altre donne e che quando voleva avrebbe potuto fare un salto dai suoi vicini arabi per parlare del prezzo sempre più caro dei sedativi o del latte in polvere sul mercato comune.

Anche Murungu voleva un figlio da mandare alla guerra del deserto, nel Nord. Mentre lui aveva dovuto cavarsela senza figli per vent'anni, c'erano coppie che erano già alla quarta installazione, e si vantavano dei loro figli caduti in guerra. Lasciò la presa della mano fredda di Atemi per concentrarsi sulla cena.

Lo aveva intristito, vivere senza la presenza di un'installazione in casa, quando da ogni parte intorno a loro i figli lasciavano i porticati di casa per partire alla guerra. In piedi al capolinea della ferrovia, salutando con la mano i figli dei loro amici, lui voleva avere tutto quello, sapere cosa volesse dire mandare un figlio in guerra. I suoi amici gli avevano detto che si trattava solo di una formalità, che non significava niente oltre al peso del ritrovarsi con una stanza vuota e il surplus delle scorte di cibo abbandonate dai figli, ma lui voleva comunque provare quella formalità. I figli venivano mandati in guerra e dopo due anni tornavano a suonare il campanello delle rispettive dimore. Quando i loro campanelli non suonavano, significava che i loro figli erano stati annientati dalla guerra. Questa non era una circostanza così angosciosa; l'unica cosa che infastidiva i genitori i cui figli morivano era dover trovare un altro nome per il figlio che avrebbero ricevuto entro un mese.

Mentre masticava l'agnello, Murungu pensò a come certe aziende di estrazione dei dati conducessero meticolose indagini di mercato e fossero consapevoli del problema, e proponessero di inviare figli con nomi predeterminati. Le aziende usavano i dati dei sempre più frequenti sondaggi nazionali – raccolti dall'Ufficio di Statistica, che aveva installato un

TeleData in ogni casa, oppure offerti agli stessi estrattori dei dati (i cui direttori finanziari erano i generali in pensione della guerra su al nord). Gli estrattori dei dati ci mettevano un giorno per verificare la scomparsa di un figlio, e altri ventotto per generarne uno nuovo. L'unica legge approvata dal governo era questa: niente repliche. Anche loro, come Dio, forse, non credevano che due installazioni dovessero essere perfettamente identiche. Un ragazzo di diciassette anni appariva alla porta, suonava il campanello e chiedeva se avesse trovato l'indirizzo giusto. Se era effettivamente al posto giusto, procedeva a dichiarare, come stipulato dal manuale: "Ora sono vostro figlio."

Murungu lavorava per uno degli estrattori di dati, Envision, dove era un impiegato di lungo corso nel dipartimento per la mobilità degli spermatozoi. Le risorse umane gli avevano offerto la pensione, ma lui resisteva perché il lavoro in azienda gli permetteva di passare del tempo lontano da una casa senza un figlio, lontano dal risentimento passivo di Atemi.

Una notte, nei primi mesi del loro matrimonio, lui aveva bevuto troppo e aveva perso una scommessa che aveva cambiato il resto della sua vita. Aveva puntato contro i suoi fondi di ipoteca e aveva quasi perso la casa a favore di un collega. Il governo aveva norme ferree che proibivano di affidare installazioni a persone che non possedessero una casa. Lui ne era sempre stato al corrente e, sebbene non glirlo ricordasse a parole, Atemi sapeva come dimostrarlo, nel modo distratto in cui faceva l'amore con lui. La bocca di lei era fredda ogni volta che si baciavano.

Non si era reso conto che stava fissando da un po' un piatto vuoto. Quando alzò gli occhi, Atemi e l'installazione lo stavano guardando. Spostò la sedia più vicino a lei, osservandole le mani. Anche quelle erano sempre fredde.

Quando la prima installazione di Stanislaw si era presentata al numero 126 di Distribution Road, Murungu era stato sopraffatto dalla gioia. Avevano quasi la proprietà totale della casa, il che per il governo era sufficiente. Tutti i suoi anni di attesa venivano finalmente ripagati. Si proponeva di ricoprirlo dei più rari incenso e mirra, di viziarlo ben oltre le loro possibilità economiche. Ma il primo giorno a casa di Stanis non era stato ciò che lui aveva scioccamente immaginato. L'installazione sembrava avere la testa fra le nuvole. Camminava a passi lenti. Le sue dita esitavano per qualche istante, appena prima di afferrare una tazza o un contenitore, come fosse un pittore di nature morte che dispone i propri oggetti. Quando prendeva in mano un oggetto, lo contemplava prima di avvicinarsi al tavolo da pranzo, dove sua madre sedeva in attesa, avvilita.

Dopo cena, Atemi e Murungu accompagnarono Stanis nella sua stanza al piano di sopra. Sul pianerottolo, Stanis esitò, si voltò ed esaminò l'ampio soggiorno. Atemi si fermò dietro di lui, seguendo i suoi occhi, ignara del malsano torpore che contenevano. Sentì Murungu sbadigliare dietro di sé. Questo scosse Stanis, che riprese a salire i gradini, facendo scorrere le mani sugli svolazzi di metallo della ringhiera. Lei guardò dalla porta mentre suo figlio si preparava per andare a letto, indossando il pigiama blu e rimboccandosi le coperte.

"Buonanotte, Stanis," disse Atemi. Aspettava fuori dalla sua stanza, in cima alle scale, come se avesse paura di oltrepassare il confine verso dove suo figlio giaceva immobile e inerte, con gli occhi spalancati che parevano incantati a fissare il soffitto color avorio. Sentiva sul collo il respiro di suo marito.

Atemi era a letto, che si preparava per un sogno, suo marito sull'altro lato del letto che fingeva di dormire. Faceva lo stesso sogno da ventun anni. C'era sempre un campanello che suonava, al piano di sotto. Iniziava a scendere le scale e il campanello continuava a suonare con frequenza sempre maggiore, ma lei non riusciva mai a raggiungere lo stregato piano inferiore. Le scale tortuose diventavano una spirale infinita che scendeva in un tetro abisso. Si svegliava e piangeva silenziosamente, per non svegliare suo marito. Con gli anni di pratica aveva imparato a non svegliarsi urlando.

Al mattino, Atemi si svegliò sola. Suo marito era andato al lavoro. Fece scorrere la mano sul suo lato del letto, dove il peso di lui aveva lasciato una leggera traccia sul materasso. Atemi pensò alle congiure che nascevano tra di loro, che separavano le loro sofferenze e li gettavano più a fondo in quella tenebra che era la loro vita di genitori. Lei non riusciva a ricordare l'ultima volta che avevano fatto colazione insieme. Pensò a un Murungu recluso, mentre lavorava alla sua scrivania, mentre esaminava le faccende quotidiane di sconosciuti trasformarsi in deviazioni standard rappresentate su un grafico, e di quando in quando passava le dita sulla fotografia di lei, nella cornice d'argento sulla sua scrivania. Se solo avessero potuto rappresentare le loro vite su un grafico, capire che cosa c'era da sistemare.

Più tardi, quel giorno, Atemi era seduta all'isola cucina con una flebo attaccata al dorso del braccio sinistro, che convogliava nel suo sistema un cocktail di ormoni per il suo regime quotidiano di terapia ormonale sostitutiva inversa – l'estrogeno derivato dall'urina di giumente incinte – che le stirava i muscoli facciali al diffondersi degli ormoni. Guardò Stanislaw, che appariva sempre intento a scrutare fuori dalla finestra. Aspettò che il rancore le risalisse dalla gola, immaginò le proprie dita esili raccogliere le posate e lanciargliele contro ma era incapace di sollevarsi nel grande silenzio che aleggiava intorno a lui, che lo ammantava come il cielo notturno. Era sul punto di arrendersi. Tutto ciò che poteva fare era irrigare di ormoni il proprio corpo.

Atemi si consultò con suo marito quando lui tornò dal lavoro. Rinunciò all'educazione identitaria che aveva previsto per Stanis. Sarebbe stato inappropriato insegnargli a ripulire una pistola mentre lui insisteva per sedersi in giardino, accarezzare le magnolie e leccare la sua caramella. Voleva insegnargli a svolgere qualche faccenda domestica, per esempio inserire le variabili dell'Unità di Controllo che teneva il registro di tutti i lavori completati e manteneva nella casa un'aria fresca e priva di funghi, ma lui perdeva troppo tempo a ciascun cerchio sui touchpad, affascinato dalle cifre. Tutti i suoi piani andavano rivisti in base a ciò che all'installazione piaceva e non piaceva. Era troppo preoccupata di deludere Stanis, di sfruttare appieno l'opportunità di essere una madre modello e magari invitare i suoi amici per uno dei suoi compleanni, nel corso dell'anno. Fino a quel momento, sapeva solo che non gli piacevano lo spezzatino d'agnello e il riso giallo – prese nota di provare la spezia blu nel riso – e che gli piaceva dormire.

Stanislaw sapeva di dover restare sveglio, restare sveglio sempre. Lo sapeva fin dal momento in cui gli avevano dato il suo primo indirizzo e lui aveva osservato le foto identificative dei suoi genitori. Erano vecchi, gli ultimi della loro specie. A volte, quando dormiva, sognava di uccidere i suoi custodi. L'impulso a uccidere i suoi custodi persisteva nella veglia. Erano deboli, non pronti alla vita in questa epoca. L'azienda gli aveva insegnato che era un privilegio avere dei custodi appartenenti al tempo che era stato. Sapeva che Vita Nova era la sua prima e unica casa, e che presto sarebbe dovuto partire per la guerra. All'azienda non gli avevano detto niente di più sulla coppia; non erano molto disposti a fornire dettagli sui custodi.

Stanislaw era presente quando l'azienda aveva detto alla coppia che lui era nuovo, e che loro erano i suoi primi custodi. La verità era che avevano rigenerato Stanis da una diversa installazione, un giovane tenente che era stato un eroe di guerra. Il governo aveva detto loro di lasciare intatti i ricordi più antichi, di lasciare dei ricordi che ispirassero gli istinti di guerra e sopravvivenza nei figli, e di sbarazzarsi di roba come l'istinto di morte. L'azienda non poteva farlo senza lasciare ai figli altri ricordi. Era per questo che Stanis non riusciva a pensare ad altro che al deserto dove l'installazione su cui lui era modellato aveva fatto la guerra. Non era consapevole di essere posseduto dai residui dei ricordi di guerra. Aveva sistemato le loro fotografie nella tasca della camicia ed era partito per cercare i residenti del numero 126 di Distribution Road.

Ma quando ci era arrivato, nei primi tempi tutto ciò che riusciva a fare era dormire. Si svegliava sempre stanco. Sognava di campi di battaglia nella loro vastità. Lo stato della sua memoria era tale da non potersi soffermare sui particolari. Sognava ampi tratti di sabbia e le forme indistinte dei cadaveri. Il giardino era la sua seconda preoccupazione, quando terminavano i suoi periodi di sonno. Era contento di sedere in giardino di notte, quando i custodi dormivano. Non gli piaceva il modo in cui lo guardavano, soprattutto la donna. Sembrava non avesse niente di meglio da fare che studiare ogni suo movimento, pronta con un bicchier d'acqua in mano ogni volta che lui si passava la lingua sulle labbra.

I ricordi del deserto risvegliavano in lui un fervore irrequieto. Voleva che il sole maestoso gli bruciasse gli occhi, che la sua luce filtrasse sotto i suoi occhi e prendesse il controllo, che il suo corpo convertisse la luce nel colore di una pianta non ancora fiorita.

Pensò alle magnolie, invece che ai nemici da uccidere nel nord. Gli piaceva uscire in giardino e immaginarsi i fiori sbocciare intorno a sé. Benché sempre consapevole della donna che lo osservava, non si trattenne dal chinarsi ad annusare e baciare il terreno.

Due settimane dopo l'arrivo dell'installazione, Atemi rimase alzata di notte a consultare il manuale – si alternavano tra lei e Murungu a restare alzati, a seconda di chi stesse fingendo di dormire. Di quando in quando, lei andava nella stanza di suo figlio e confermava la scena che stava disperatamente cercando di negare: suo figlio dormiva. Scorrendo il manuale, c'era scritto che i figli non sarebbero dovuti entrare in quello stato; erano stati generati perché restassero costantemente svegli.

La notte in cui lo scoprì, non ebbe altra scelta che svegliare suo marito. Andarono insieme nella stanza di Stanis. Stava ancora dormendo.

La vista di suo figlio addormentato la disgustava, rannicchiato com'era, quasi fosse un essere preistorico dalle ossa morbide, le lenzuola del letto che gli cingevano le spalle. La sua pelle era un po' strappata, la delicata sfera del suo omero visibile; le ricordava le interiora e la realtà di un ragazzo che sperimentava il metabolismo. L'idea di Stanis come un sistema di carne e sangue e terminazioni nervose le dava la nausea. Le ricordava i romanzi pulp americani. Malgrado tutti i suoi sforzi, la terapia ormonale sostitutiva inversa l'aveva trasformata in una delle giovani madri che incontrava alle feste. Non poteva tollerare di guardare negli spazi vuoti tra la pelle lacera, le ricordavano troppo se stessa, la sua vita com'era stata un tempo. Immaginava il gene egoista di Stanis come qualcosa che necessitava di essere rieducato riguardo al significato di "egoista". Corse fuori dalla stanza di suo figlio e si rifugiò in cucina. Ingoiò una pastiglia e quando fece effetto sul suo sistema lei stava già perdonando la sua nuova installazione, stava già dimenticando la sua postura rannicchiata. La pastiglia del perdono aveva sempre fatto magie quando si trattava di tutti gli altri problemi domestici.

Atemi si chiuse a chiave in camera da letto. C'era entrata per una delle sue rare sessioni, autocondizionata per concedersi alla concupiscenza solo una volta ogni tanto, cospirando perché suo marito non fosse presente quando si toccava, quando faceva scorrere le dita sui vertici della fiorente costruzione di terminazioni nervose, che inviavano un'onda dopo l'altra giù lungo il plesso. Quell'esclusione era il suo modo di punirlo per aver rinunciato alla sua carta di mobilità per gli spermatozoi. Ma in un atto disperato corse al vano armadio e prese l'acqua di colonia di lui. L'odore la travolse, strappandole il terreno da sotto i piedi, lasciandola in un fungo fiorente di isolamento a riconciliarsi con se stessa, e venne.

Murungu esitò sulla soglia dopo che sua moglie era corsa via. Non salì le scale. Invece, entrò nello studio per leggere del passato, fino al tempo in cui un uomo non doveva mandare un figlio in guerra per integrarsi con i vicini. Voleva aspettare un po' prima di tornare in camera da letto, dove sua moglie stava forse piangendo.

L'aveva sempre protetta da esperienze di quel genere, da qualsiasi cosa che potesse farle del male. A volte era il suo corpo la cosa che le faceva del male, e lui si costringeva a starle lontano. Murungu aveva sempre indossato camicie a maniche lunghe per nascondere i punti dove la sua pelle si era disfatta. Non facevano mai la doccia insieme. A letto era sempre vestito di tutto punto. Aveva anche rinunciato a nuotare nudo – anche se la vera ragione era l'acqua iperclorata. Trovava strano che Stanis avesse una pelle così delicata alla sua giovane età.

Anche se lei, quando andava a letto, cercava di trattenere le lacrime, Murungu era sempre sveglio, ben conscio che lei stava piangendo per il fantasma di un figlio che forse non avrebbe mai suonato al campanello della loro porta d'ingresso. Rimaneva in silenzio quando lei piangeva, gli occhi fissi a guardare le lancette dell'orologio sulla parete della loro camera, desiderando che si muovessero un po' più rapide, maledicendole perché erano arrivate a rappresentare la viva consapevolezza del loro dolore privato.

Ore dopo aver lasciato lo studio ed essersi coricato, Murungu era ancora sveglio. Prese la decisione di alzarsi di nuovo, facendo attenzione non svegliare lei, e tornò nel suo studio dove sfogliò il manoscritto di 301 pagine sulla storia della guerra tra Kenya e Sudan. Quando premette CTRL+F sul touchpad, trovò 4672 occorrenze della parola "petrolio". Desiderava così tanto mandare un figlio in guerra. Per lui sarebbe stata una consolazione, poiché era stato rifiutato dall'esercito in ragione del fatto che la sua mappa genetica era inadatta alla guerra. Non si poteva fare affidamento su di lui perché avesse la forma mentale adatta a una guerra. Apparteneva al tipo di uomini che tendevano a esitare prima di scaricare raffiche di proiettili su un villaggio nel deserto. Ma questo figlio era diverso, avrebbe saputo resistere un'ora nel deserto?

Gli piaceva scorrere il manoscritto perché faceva anche da libro di storia. Da nessun'altra parte avrebbe potuto trovare informazioni sul passato, quando non c'erano masse d'acqua a dividere il continente. Il movimento era stato improvviso, la fossa tettonica si era trasformata nel mar Copto e l'Africa Orientale era diventata un nuovo continente, unito all'Africa solo da un esile stretto tra il Sudan e l'Egitto, come il ditino di un neonato che si allunga verso la madre. In una popolazione di quasi cinquecento milioni di individui, Murungu e Atemi erano tra gli ultimi figli dell'evoluzione naturale, *vecchi custodi*, erano definiti così. Le aziende come

Vita Nova davano loro un impiego, in una sinistra concessione a Darwin e all'Era Antica.

Atemi convinse Murungu a riferire l'anomalia del loro figlio all'azienda. Dovevano farlo, prima o poi. Lei consultava il manuale ogni notte, quando andava a letto. Da nessuna parte nell'indice si spiegava come gestire un figlio a cui piaceva scrutare verso il sole. Ci misero una settimana per decidere di chiamare Vita Nova, l'azienda dal nome molto azzeccato che era responsabile di tutte le nuove forme di vita. Atemi era sconvolta. Aveva già sofferto troppo mentre aspettava un figlio che non si materializzava mai davanti alla sua porta.

Sapeva che chiamare l'azienda significava due cose. Uno, potevano perdere Stanislaw per sempre. I custodi e il governo condividevano la proprietà dell'installazione, e nel caso di "merci" danneggiate o guaste, queste venivano restituite all'azienda, più nello specifico al patologo dell'azienda, che aveva una linea diretta con la compagnia di assicurazioni. Benché Stanis fosse un figlio strano, lei non poteva fare a meno di amarlo. Aveva cercato di odiarlo, al principio, ma il suo silenzio lo rendeva impossibile. Cercò di essere indifferente ma l'aria si era riempita dell'odore di un figlio nuovo e di qualità perfetta. Un aroma che le avrebbe fatto produrre latte, se le persone non avessero deciso di rinunciare a quella capacità.

La seconda opzione era rimandarlo all'azienda, dove lo avrebbero risistemato con un nuovo ordine di comportamento e morfologia, rigenerando completamente il suo fenotipo e dandogli un nuovo nome. Non voleva pensarsi a sfogliare di nuovo i libri dei nomi per bambini in cerca di un nuovo nome. Sebbene la scelta del nome fosse una delle offerte premium che l'azienda concedeva alle potenziali coppie, sarebbe stato come sentire del ghiaccio sciogliersi tra i suoi organi, se avesse dovuto affrontare di nuovo quella fase. Da parte dell'azienda era un'idea ingegnosa; mentre le altre aziende mandavano i figli a casa con nomi predeterminati presi da una lista che avevano all'accoglienza, generati tramite combinazioni e permutazioni, loro concedevano alle coppie candidate il piacere di scegliere il nome da sé. Atemi e Murungu si consideravano una coppia progressista. Avevano sfogliato libri e libri di nomi per bambini prima di arrivare a Stanislaw. Il nome evocava in lei l'idea di un luogo remoto, un continente non ancora scoperto che andava alla deriva lontano da lei, riaccendendo ricordi che aveva di se stessa in un altro corpo, prima di intraprendere la terapia ormonale sostitutiva inversa. Forse dipendeva da sensibilità simili, pensò, il fatto che suo figlio aveva sempre lo sguardo fisso nel vuoto.

Quando chiamò l'azienda trovò a risponderle una voce registrata. La voce androgina all'interfono rieccheggiò nel soggiorno dove sedevano i due, che risposero alle domande come meglio potevano. Quando fu chiesto loro quale fosse di preciso il problema, ebbero difficoltà a cercare di descrivere i sintomi. Ad Atemi mancava la capacità per interpretare la malinconia e la solitudine di suo figlio in una frase compatta, in variabili specifiche. Non sapeva descrivere le sue lunghe ore di sonno, il modo in cui il suo busto si muoveva al ritmo di un'onda, il modo in cui lui guardava per ore fuori dalla finestra, sfiorandone appena il vetro con la punta dell'indice, il modo in cui usciva in giardino per esaminare le piante, toccare le foglie, e si chinava ad annusare la terra. Tutte queste azioni la spaventavano, disse alla voce.

Lei osservava i vicini guardare, mentre Stanislaw si chinava ad annusare la terra, e li vedeva allontanarsi, imbarazzati per lei.

L'azienda mandò uno dei suoi uomini a indagare. Questi emanava l'aria di un uomo che non era abituato a commettere errori, e per questa ragione disprezzava chiunque. Era stato in guerra e in seguito era entrato a far parte dell'azienda che mandava le installazioni alla medesima guerra. Guardò Atemi nello spazio tra gli occhi e l'attaccatura dei capelli, senza distogliere lo sguardo per tutto il tempo in cui rimase al numero 126 di Distribution Road. La seguì al piano di sopra e le chiese di dimostrare i sintomi manifestati dall'installazione. Le ricordò che l'azienda aveva bisogno di un quadro preciso dei sintomi – altrimenti non ci sarebbe stato modo di sapere come trattarli.

Lei non sapeva cosa pensare di quella richiesta. E quell'estraneo, come poteva aspettarsi da lei una cosa del genere, e per giunta in casa sua? Atemi si rannicchiò sul piccolo letto e cercò di fare del suo meglio per dimostrare la postura infantile. Condusse l'uomo alla finestra e rimase lì ferma, le braccia tese, la punta dell'indice che sfiorava appena il vetro. Fu scrupolosa, e la dimostrazione durò almeno un'ora, per assicurarsi che l'uomo capisse.

Si diressero insieme verso il giardino e lei gli disse di osservarla da una finestra.

Stava facendo un gioco di trasposizione, in cui lei diventava la sua installazione e l'uomo diventava lei. Ci aveva pensato a lungo. Non poteva rischiare di essere fraintesa: suo marito l'aveva avvertita che non avrebbe ben figurato, sui moduli dell'assicurazione. Toccò le foglie, soppesandole con delicatezza tra le proprie dita, ignara di ciò che avrebbe dovuto provare. Alzò lo sguardo e vide l'uomo che la guardava dritto negli occhi, sosteneva il suo sguardo e infine si voltava a prendere appunti. La metteva a disagio. Non vedeva l'ora che se ne andasse dal suo soggiorno al numero 126 di Distribution Road.

Atemi si chinò ad annusare il terreno, restando lì per un'altra ora, così che l'uomo potesse averne un quadro preciso. La verità era che Atemi non poteva tollerare niente di tutto ciò: il letto, lo sguardo fisso, il chinarsi, e il peso leggero delle foglie. Ma doveva farlo per la sua famiglia. Erano soltanto lunghi minuti persi nel tentativo di ricreare la sofferenza di suo figlio. Stanislaw. Sorrise. Il nome le dava sempre una sensazione di calore.

Tornò in casa, dove l'uomo chiese di parlare con Stanislaw. Per quanti tentativi facessero, da Stanislaw non fu possibile ricavare una sola parola. Si alzò dal divano del soggiorno infossato e andò alla finestra a scrutare verso il sole.

L'uomo prese appunti senza guardare il suo taccuino.

Stava pensando al tempo in cui era partito per la guerra con il Sudan, quando aveva ucciso una ragazza araba che non smetteva di fissarlo. Si ricordava di essersi detto che stava proteggendo la sovranità del proprio paese, sparandole. La ragazza gli ricordava la donna che aveva appena dimostrato il difetto della propria installazione. Avevano lo stesso modo di muovere le braccia mentre parlavano. Sentiva anche un'attrazione per Stanislaw, come se fossero stati fratelli separati alla nascita, cosa che erano, tecnicamente.

Uscì dal numero 126 di Distribution Road con una relazione completa. L'azienda l'avrebbe chiamata entro un giorno per consigliarla su come procedere, disse prima di andarsene. La avvertì della possibilità che l'azienda ritirasse Stanislaw. Non la guardò negli occhi. Questa incapacità di fissare gli occhi sugli oggetti era una delle caratteristiche principali che il governo cercava nelle installazioni. Si sentì sollevato per conto di Stanis; presto sarebbero venuti da lui per porre fine alla sua esistenza, forse l'azienda poteva mettere a posto il ragazzo per un'altra coppia. Non riusciva a immaginare come l'azienda avesse potuto rilasciare un'installazione capace di controllare il proprio istinto a uccidere.

Dopo aver accompagnato l'uomo fino al patio, Atemi tornò in casa per badare a suo figlio. Lo trovò in piedi accanto alla finestra. Le spezzava il cuore ogni volta che la guardava e poi tornava a scrutare verso il sole. Ben presto, pensò Atemi, il campanello avrebbe suonato e lei sarebbe scesa per conoscere il suo nuovo figlio. Prese nota di abbonarsi a una nuova rivista sull'educazione dei figli.

L'azienda la chiamò meno di ventiquattr'ore dopo. Le dissero chiaramente che era necessario riportare indietro Stanislaw. Espressero il loro rammarico per questa imprevedibile piega degli eventi, promisero di coprire metà del costo per la seconda rigenerazione – questo, le ricordarono, era molto generoso da parte loro perché non avevano alcun obbligo in tal senso. Poi la voce all'altro capo della linea fu bruscamente sostituita dal vuoto.

La Cina rappresenta da alcuni anni la novità più clamorosa nella fantascienza mondiale e l'affermazione di Liu Cixin e Hao Jinfang ai premi Hugo 2015 e 2016 con "Il problema dei tre corpi", edito per Mondadori, e "Pechino pieghevole", pubblicato sulla rivista Robot nr. 79, ha riaffermato quanto si era perduto con il declino della fantascienza sovietica, e cioè che esistono altre narrazioni sul futuro, oltre a quella di lingua inglese e di cultura anglosassone.

Una delle particolarità più evidenti della fantascienza cinese sta proprio nel guardare contemporaneamente al passato e al futuro come due elementi imprescindibili e fondativi del presente, le tre scansioni temporali si muovono quindi quasi in sinergia (a volte in accordo, altre in opposizione) e raramente privilegiano un atteggiamento univoco nei confronti del tempo: rapporti intergenerazionali tra giovani e vecchi, un passato contadino, un presente urbano e un futuro ipertecnologico, il confucianesimo di un tempo e il capitalismo di oggi, sono tutti elementi lontani gli uni dagli altri che però s'intrecciano a formare un canovaccio "non-lineare". Chen Qiufan, uno dei migliori scrittori della cosiddetta generazione "balinghou", ovvero quegli autori nati dopo gli anni '80, mi ha raccontato che la narrativa cinese predilige un andamento a "spaghetti" in cui il tempo non segue necessariamente una progressione a linea retta, come spesso succede in Occidente.

Per quanto riguarda l'impressionante sviluppo tecnologico e il suo impatto sulla società moderna le autrici e gli autori di fantascienza cinesi non si discostano molto dall'atteggiamento di qualunque altro scrittore: c'è chi vede una trasformazione troppo accelerata, ai limiti dell'iperbole tecnologica, che rischia di stravolgere l'identità dell'individuo e di ridurlo a un codice a barre da prodotto a scaffale, mero ingranaggio dell'immensa macchina capitalista globale (vedi la storia di Mu Ming, *Colora il mondo*) e c'è invece chi non disdegna un "soluzionismo tecnologico" – per usare un termine coniato da Evgenij Morozov – in grado di affrancare la popolazione dai limiti della condizione umana, dalla povertà e spaventosa pressione sociale, (come nella splendida novella di Liu Cixin, *Il sole cinese*) oppure c'è chi diffida fortemente del progresso e delle sue spesso crudeli applicazioni disumanizzanti (è il caso di Han Song, in *Paradiso 28*).

Colora il mondo

di Mu Ming

traduzione di Marco Botosso

Congyun Gu (nota come Mu Ming) è una scrittrice di fantascienza e programmatrice nata nel 1988. Ha iniziato a scrivere racconti e romanzi nel 2016. Sue storie sono state pubblicate su numerosi forum online, antologie e riviste. Ha vinto vari premi tra cui il Douban Reading Essay Contest, il Future Science Fiction Master Award, il Chinese Science Fiction Nebula Award e il Galaxy Award.

Navigando sul mare colore del vino, verso genti straniere, verso Temesa (...) sono arrivato qui con nave e compagni.

A undici anni lessi per la prima volta l'*Odissea*. Atena, sotto le mentite spoglie di Mentore, riportava al figlio di Ulisse, Telemaco, la notizia che il padre del giovane era ormai sulla via del ritorno. Nonostante gli eleganti versi tradotti in inglese da Samuel Butler fossero ricchi di antichi nomi greci di difficile pronuncia e di termini a me sconosciuti, la mia attenzione fu catturata da quella parola.

"Che vuol dire *color del vino*?" chiesi a mia madre.

Lei sbatté le palpebre: "Secondo te?"

"Credo che sia una metafora di Omero." Ricordai le figure retoriche imparate al corso di lettura: "Il mare è blu, no?"

"Omero era cieco," sospirò mia madre, "e il mare non è sempre blu. In greco antico non esiste nemmeno la parola blu. Ti ricordi la spiaggia di Long Island? Che aspetto aveva l'oceano al tramonto?"

Provai a ricordare il panorama di quando in estate andavamo in bicicletta sul lungomare. Il cielo si colorava dello stesso blu ciano della superficie dell'acqua e dove s'incontrava col mare si tingeva dei colori dell'agata e dell'uva. Là dove il Sole tramonta, cumuli di nuvole bianco latte si riunivano a formare il tempio degli dèi e i fasci di luce cremisi e dorati, come fiumi celesti, si riversavano a cascata nelle profondità del mare.

Mi piacevano le vacanze estive. In quei mesi, gli unici rumori che mi risuonavano nelle orecchie erano le strida dei gabbiani e il mormorio della brezza marina, e non più i sussurri dei miei compagni di classe che bisbigliavano di proposito di fronte a me.

Per la verità, non odiavo davvero i versi delle poesie antiche o la pittura a olio su tavola. Quand'ero più piccola, spesso restavo seduta nel passeggino a guardare mia madre dipingere – lei perdeva spesso la nozione del tempo, fino a quando non cominciavo a piangere. Tuttavia, a undici anni, mi era già chiaro che la vita non è composta da colori e versi, ma somiglia invece all'illusione creata da uno specchio fragile che, una volta in frantumi, lascia solo ferite dolorose, mettendomi di fronte alla realtà.

L'ho imparato sulla mia pelle.

"Non capisco cosa sia questo *color del vino*," dissi alzando le spalle.

Mia madre tacque un istante. "Omero usò questa espressione anche per descrivere dei buoi. Nell'Iliade è scritto: *ma come nel maggese due buoi colore del vino l'aratro commesso / tiranno insieme concordi(...) e dietro a loro il seno si squarcia della terra.*"

"Oh, capito, mamma," la interruppi, "anche se non lo sai, va bene lo stesso. Sul serio, se Omero si fosse fatto impiantare gli R.A. non sarebbe importato a nessuno. Solo io non ce li ho."

Mia madre chiuse il libro: "Amy, spero almeno che tu finisca di leggerlo..."

"Ma lascia stare, mamma. Perché non posso avere gli R.A. come tutti gli altri miei compagni di classe?"

"Sei ancora piccola."

"E allora tu preferisci stare dietro a quel poeta cieco, invece di ascoltare quello che penso? Non capisci niente!"

Mia madre conosce cinque lingue antiche, è in grado di ripetere a memoria interi poemi e ha dimestichezza con gli usi più inusuali di parole ormai desuete. Eppure, non c'è una sola di queste lingue con cui possa descrivere il mondo di oggi.

Io proprio non capivo perché fosse così contraria all'R.A. Mi faceva sempre sentire fuori posto; non osavo nemmeno invitare a casa i miei compagni. Già senza gli R.A. ero diversa da tutti gli altri. Con quell'eccentrico quadro grigiastro sopra il camino, oltretutto, sarei certamente sembrata la figlia stramba di una madre stramba.

Tempesta di neve: battello a vapore al largo di Harbour's Mouth.

Per me, quell'artista d'altri tempi chiamato Turner aveva dipinto il quadro dopo aver perso la vista, come Omero. I colori scialbi e cupi e i tratti rudi e indefiniti erano proprio come la mia vita.

"Ehi, secchiona!"

Qualcuno mi colpì forte il gomito e la matita mi cadde a terra. Il tempo di raccoglierla e la scritta sulla lavagna era già stata cancellata.

"Dai, non..."

Il ragazzo che mi aveva colpita lanciò verso di me il cancellino, che con un tonfo colpì lo spigolo del banco sollevando una soffocante nuvola di gesso: "Secchiona, non ci vedi?"

"La mia vista non ha alcun problema..."

Mi guardava dall'alto in basso: "Non riesci manco a distinguere il blu dal verde!"

"È che non ho gli R.A...." ribattei. "Io riesco a distinguerli, mi serve solo un po' più di tempo..."

"Oh, ma dai, tu e tua madre siete uguali, quegli occhiali fuori moda sono proprio adatti a voi. E poi, ti stanno benissimo." Il ragazzo tracciò con le dita due cerchi attorno alle proprie orbite. I suoi bellissimi occhi verdi erano pieni di beffa: "Sembri proprio una brutta rana."

"Stai zitto!" Non lo sopportavo più, presi il cancellino e glielo lanciai contro. Non avendo molta forza, lui lo evitò facilmente. Non ne uscì fuori nemmeno uno sbuffo di gesso.

"Ok, dovremmo andare." Angela oltrepassò agilmente il cancellino. Il ragazzo mostrò la lingua e la aiutò prendere lo zaino.

Guardai Angela. I suoi capelli biondi scintillavano sotto i fasci di luce del tramonto d'inverno, in contrasto con le sue orecchie di un bianco quasi trasparente. Persino senza gli R.A. era bellissima, non c'era da stupirsi che piacesse a tutti i ragazzi. Si girò verso di me e mi sorrise: quell'espressione così dolce e angelica la faceva sembrava una giovane donna di un dipinto a olio.

Ma le labbra arricciate in una smorfia dicevano distintamente: "*Bye, bye*, rana."

In classe ero rimasta soltanto io a fissare a vuoto le figure retoriche copiate sul quaderno. I miei voti erano buoni, nonostante a volte non riuscissi a vedere le scritte sulla lavagna e dovessi ricopiarle a fine lezione. Ma aveva veramente senso? Ciò su cui mia madre desiderava che mi concentrassi, ciò che considerava un bene per me, mi stava ferendo. Mi allontanava sempre più dagli altri. Ciò di cui avevo bisogno non era certamente quello.

Non ne avevo mai parlato con mia madre, ma forse era giunto il momento di cambiare.

Lentamente staccai dal quaderno quella mezza pagina di appunti e la strappai in tanti pezzi.

A dodici anni, finalmente, mia madre mi permise di sottopormi all'operazione per l'installazione del *Retinal Adjustor*. Quel giorno mi svegliai presto, aprii l'armadio al buio e sentii il delicato pizzo e le morbide fettucce di raso scorrere sotto le dita: immaginai la moltitudine di colori che sarebbe apparsa sulle gonne di quei vestiti monotoni dopo l'operazione. Alla fine scelsi un abito fatto a maglia color avorio, la cui scollatura sul retro lasciava appena scoperti i lineamenti del mio esile collo. La cosa più importante era che gli effetti del filtro colore dell'R.A. risaltassero ancora meglio su uno sfondo bianco.

"Non avere paura, è solo un piccolo intervento." Mio padre mi teneva la mano e io potevo sentire il sudore nel palmo della sua.

"Ok, papà. È solo un piccolo intervento che mi renderà un po' più 'normale'" dissi con aria da bambina viziata, nascondendomi alla vista di mia madre. Lei era in un angolo, in piedi, con indosso la solita pelliccia di topo grigia e con sul viso un eccesso di fondotinta che la rendeva bianca come un cencio. Si avvolgeva sempre all'interno di colori cupi, simili a quelli dei suoi libri e dei suoi quadri, tutti offuscati da uno strato di nebbia dal gusto antico.

"Qui." Il dottore indicò un modello di bulbo oculare in cui era mostrata la sezione longitudinale dell'occhio: il corpo vitreo trasparente sembrava una sfera di cristallo e occupava i quattro quinti del volume totale dell'occhio; la pellicola dorata attaccata all'estremità posteriore del bulbo era invece la retina.

"Il principio di funzionamento del *Retinal Adjustor*, in realtà, non è affatto complicato. Sappiamo che la retina è composta da bastoncelli fotosensibili e da tre coni sensibili ai colori." Anticamente, quando gli uomini attraversavano la giungla nelle buie notti senza luna, i bastoncelli erano in grado di catturare singoli fasci di luce e amplificarli eliminando l'interferenza di altre cellule; quando le persone giungevano sulle soleggiate spiagge estive, i coni sensibili ai colori potevano adattarsi velocemente alla forte luce solare. L'ultimo modello di *Retinal Adjustor* prevede l'installazione di un *microchip* costituito da una matrice di microelettrodi biologici tra l'epitelio pigmentato e l'epitelio sensoriale retinico, aiutando i bastoncelli e i coni a ricevere la luce e trasformando i segnali elettrici in immagini visive attraverso un meccanismo di codifica e decodifica proprio della retina. Come una fotocamera digitale, si utilizza ancora il tuo *obbiettivo* naturale ma viene sostituito il dispositivo di ricezione luminosa.

"Ma è molto meglio del mio *obbiettivo*" mi affrettai a dire, volendo dare sfoggio di ciò che avevo sentito tempo addietro. "È in grado di mostrare un numero maggiore di dettagli visivi e può anche regolare automaticamente la luminosità e la gamma di colori dell'immagine ottica. Non sarò mai più nella condizione di non riuscire a vedere le scritte sulla lavagna."

"Ma potresti non riuscire più a toglierteli." Mia madre scuoteva la testa: "Amy, ripensaci. Questi non sono occhiali normali, potrebbero diventare i tuoi nuovi occhi..."

"Infatti, non voglio più essere cieca!" Davanti a me, la smorfia di Angela andava e veniva, *rana, rana*.

"Per quanto riguarda la sicurezza, puoi stare più che tranquilla. Non hai ancora raggiunto i trent'anni. La tecnologia di potenziamento del sistema visivo è progredita tanto." La voce del dottore era molto pacata. Evidentemente, discussioni di questo tipo se ne vedevano spesso. "In realtà, la maggior parte dei giovani si fa mettere l'impianto ben prima. È come il nuovo modello di un telefonino, il *social* del momento o la collezione di capi d'abbigliamento all'ultima moda: la gente non vi resiste. Certamente, non possiamo considerare la questione solo da un punto di vista commerciale: è prevedibile che l'uomo dotato di R.A. sarà la tendenza dominante del futuro."

"Già adesso lo è! Tutti in classe lo usano. Con l'R.A. si può anche impostare la condivisione del filtro – basta sincronizzare la frequenza." Lasciai la mano di mio padre e mi fissai la parte interna del polso. Sapevo che lì sarebbe comparso un piccolo punto luminoso dopo l'intervento.

"Esatto, attraverso l'interfaccia programmabile, l'R.A. può codificare il segnale elettrico in tempo reale", il dottore annuiva, "si può dire che possa mostrarti infiniti mondi nuovi – e che sia possibile condividerli con gli altri."

"Sì, è semplicemente fantastico" dissi a voce alta di proposito. Forse mia madre poteva fuggire dalla realtà standosene in quel suo studio angusto, ma non io. Lei non sapeva quanto fosse crudele e meraviglioso il mondo dei bambini. Forse non le importava affatto.

Ma alla fine il mondo appartiene a noi.

"Dottore, vorrei parlarle da sola" disse mia madre all'improvviso.

Non so di cosa abbiano parlato lei e il dottore. Restammo solo io e mio padre, entrambi in silenzio. Se ne andò solo quando il dottore tornò in sala operatoria. Lui iniziò a inserire i parametri di regolazione nel sistema operativo di chirurgia. L'infermiera mi iniettò l'anestesia e, dopo una sensazione di gelo attorno agli occhi, tutto si fece confuso e buio. Sapevo che l'operazione sarebbe iniziata presto.

"Dottore, signor... potrebbe impiantare anche a me gli R.A.?"

"Tecnicamente, si potrebbe fare, ma negli adulti spesso non si ha una buona risposta fisiologica come nei ragazzi" la voce del dottore sembrava distante. "Inoltre, la tecnologia attuale non è compatibile con alcuni casi specifici. Ad esempio, il rigetto in diverse persone è troppo violento, come..."

Non finii di sentire le parole del dottore. Fui colta da un'inarrestabile sonnolenza. In quel sonno profondo, lo splendore di un'infinità di colori brillanti mi attendeva.

"Ciao, Angela." Mi feci coraggio e salutai con la mano la ragazza che si stava avvicinando. La sua gonna rosa pallido era ornata con un fiocco di raso verde chiaro, sembrava un tulipano all'inizio della fioritura. "Mi piace la tua gonna rosa."

"Oh?" Sollevò le bionde sopracciglia: "Finalmente anche tu ce l'hai?"

"M-hm" mi sistemai l'orlo della gonna come se nulla fosse accaduto. La gonna blu scuro era ricoperta di paillettes che si intonavano ai miei capelli castano chiaro, ma non a quelli neri di mia madre. Sul lato interno del polso lampeggiava la debole luce verde del segnale di sincronizzazione degli R.A. Sapevo di essere cambiata molto ai suoi occhi.

"Non male. Lo sai? Prima pensavamo tutti che tu avessi un problema qui..." inclinò la testa e indicò gli occhi.

"Certo che no! È solo che...non avevo gli R.A., tutto qui!" Mi affrettai ad aggiungere: "Però, adesso non è più così, e non lo sarà mai più. Siamo uguali."

"No, quasi uguali." Sorridendo socchiuse gli occhi.

"Come quasi?"

"Noi questo non lo chiamiamo rosa. Questo è rosa cenere del set di filtri *The Thorn Birds*. Rosa cenere. È delicato e spietato. Allo stesso modo, la tua gonna non è blu: nell'R.A., quello si chiama *Royal Midnight*. Dà proprio quel tipo di sensazione malinconica."

"Oh..."

Mi resi conto che ciò che l'R.A. aveva cambiato non erano solo i colori e la luminosità dei corpi. Aveva modificato anche il linguaggio che usiamo per descrivere il mondo.

Ma la lingua... ricordo a malapena le storie che mia madre mi raccontava da piccola prima di andare a letto. Che si trattasse di una maledizione all'interno di una favola per bambini o della profezia di una divinità greca, era come se fosse dotata una forza magica in grado di cambiare ogni cosa.

Quelle sono tutte frottole per bambini, disse una voce dentro di me. Sbattei le palpebre per cercare di scacciare quei pensieri che affioravano nella mia testa – in realtà, non era necessario: l'R.A. garantiva l'assoluta nitidezza del campo visivo.

"Ah, cenere di rose," annuii, "ho capito. Vorresti provare il mio *Royal Midnight*? Credo starebbe benissimo coi tuoi capelli."

In seguito mi specializzai in *Human-computer Interaction Studies*. Dopo la laurea, entrai a far parte di una start-up che sviluppava plug-in per i filtri dell'R.A. Oggi la tecnologia di modifica del corpo è il settore dominante: coloro che si sono fatti impiantare i *microchip* RFID non devono più preoccuparsi di dimenticare le chiavi o il portafoglio; le stampe 3D di cuori, polmoni e reni hanno ridotto notevolmente la pressione dovuta alla fornitura degli organi per i trapianti.

Il *biohacking* è diventato il lavoro dei sogni di tutti i ragazzi. Tuttavia, ciò che attrae maggiormente me rimane ancora la tecnologia relativa all'R.A. La vista è il principale canale che mette in relazione noi stessi con il mondo esterno.

Non potrò mai dimenticare di esserne rimasta fuori prima di quell'operazione.

Non esiste quasi più nessuno che si opponga all'*upgrade* del proprio corpo, eccetto mia madre.

Lei desiderava che io continuassi gli studi in arte o letteratura. Quando però mio padre mancò a causa di un incidente durante un viaggio di lavoro, io mi trasferii in un piccolo appartamento che presi in affitto. Da allora, non mi chiese più alcunché.

In realtà, già dai tempi delle medie, le conversazioni tra me e mia madre erano andate via via scemando.

L'R.A. è stato sicuramente uno dei motivi principali. Negli ultimi dieci anni, con il continuo aggiornamento della tecnologia, gli effetti ottici possibili dell'R.A. hanno superato velocemente le capacità naturali dell'uomo. Inoltre, è possibile trasmettere significati puntuali solo attraverso il linguaggio proprio di questa tecnologia. Difficilmente posso far capire a mia madre cosa sia l'*Hyperspace n°3*, ossia una resa a gradiente simile ai fasci di luce che si alzano nell'atmosfera in continuazione, passando progressivamente da sfumature di azzurro, blu, viola e prugna scuro a tonalità di nero velluto e mescolando il tutto con innumerevoli raggi luminosi sottili, difficili da descrivere. Così come non c'era modo di parlarle della mia prima cotta, nei cui occhi c'erano dei veri e propri buchi neri con cascate di stelle sul bordo delle pupille – quello era l'effetto dell'ultimo *microchip* entrato in commercio.

Nel frattempo, anche tutti i *display* basati sui tradizionali principi di percezione dell'occhio umano sono stati rimpiazzati con modelli di ultima generazione. Ciò che vediamo oggi non è più quell'immagine grezza dai contorni sgranati tipica dell'epoca pre-digitale, bensì una sua rappresentazione iperrealistica, integrata con l'algoritmo dell'R.A. È simile all'*imaging 3D* della pre-digitalizzazione ma molto più vivida. In effetti, non sarebbe stato semplice distinguere il mondo all'interno e all'esterno dei *display* se questi non avessero avuto i bordi.

Ciononostante, mia madre rifiuta tutto ciò. In un certo qual modo, credo che sia stato il suo atteggiamento a frapporre tra noi questo delicato silenzio, e non l'R.A. di per sé. Lei non usa nemmeno gli *ebook reader* o i visori meno invadenti per la realtà aumentata. Si immerge in quegli antichi volumi e in quelle opere d'arte che sono giorno dopo giorno sempre più rovinati.

So che, al tempo in cui lasciai casa per continuare gli studi, lei rispolverò gli hobby di quando era giovane e ricominciò a dipingere. Una volta vidi le sue opere: paesaggi e nature morte in vecchio stile. Nulla di speciale. Vista con l'R.A., la luminosità dei colori ad olio asciutti era priva di vitalità ed eleganza.

"Come ti sembrano?" mi aveva chiesto piena di aspettativa come una bambina in attesa di ricevere un complimento.

"Ehm...belli," avevo cercato di sembrare il più sincera possibile, "però, mamma, davvero non potresti provare..."

"Amy. Voglio augurarmi che tu abbia spento quel giocattolo. Guarda con i tuoi occhi e parla con le tue parole." Mi fissava da sopra i suoi occhiali tartaruga fuori moda, la sua voce era rauca: "La mamma in fin dei conti è una persona navigata. Ricorda che i colori nei tuoi occhi..."

"Il nero non è sempre nero e il bianco non è sempre bianco, va bene. Non è per questo che anche al funerale di papà ti sei messa un abito grigio?" alzai d'un tratto la voce e parole intrise di vecchi rancori esplosero dalla mia bocca. "Mamma, sono cresciuta, mentre tu invece non ti smuovi di un passo. Devi sapere che ciò che conta in questa epoca non è l'età, ma l'esperienza."

"Quelle esperienze artefatte tutte identiche?" Mia madre incrociò le braccia: "Amy, ti sei scordata di quando eri una bambina speciale, ricordatelo..."

"No. Non sono speciale. Quelle sono cose che tu vuoi impormi. Non mi sono mai piaciuti quei libri di letteratura classica. Quei quadri." Le voltai le spalle, non volevo guardarla negli occhi. "Voglio solo essere normale."

"Amy..." si bloccò, dalla sua voce si capiva che era sconvolta e rammaricata. Riuscivo a sentirlo.

"Non sono più una bambina" dissi tutto d'un fiato per paura che il sopraggiungere dei sensi di colpa potesse fermarmi. "Ora vedo e conosco molto più di te. Smettila di usare quelle frasi fatte pretenziose e mistiche che ti vincolano, e che vincolano me. Esci e guarda questa epoca senza precedenti."

Non parlò più alla fine. Per un attimo mi parve di sentire il rumore di un singhiozzo strozzato.

Mi voltai e uscii da quella casa vecchia e cupa. Fuori piovigginava. Impostai la modalità panoramica *Turrell n°7*, una simulazione visiva del fenomeno atmosferico noto come cintura di Venere, in cui il buio del cielo si addolcisce nella tiepida luce diffusa dal fenomeno di *scattering* di Rayleigh. Feci un respiro profondo e il cuore, che mi batteva all'impazzata, iniziò lentamente a rallentare.

Scusa, mamma. Ma sono cresciuta.

Anche il giorno del funerale di papà il tempo era uggioso come quella volta, ricordo ancora la pioggia gelida che gocciolava giù dal cappotto di lana. La coppia di piccoli angeli, che il pastore aveva fatto dipingere sulla sommità del crocifisso, portava sul capo un'aureola luminosa che splendeva nella foschia piovosa: l'ombra che veniva proiettata mi era così familiare da mandare il mio cuore in frantumi.

Mi dissi che mio padre da dentro quella luce si sarebbe per sempre preso cura di me, tenendomi per mano, proprio come aveva fatto molto tempo addietro.

Mia madre, di fianco a me, non poteva comprenderne il significato. Coperta come al solito da uno strato di fondotinta troppo spesso e da quel cappotto antiquato, non poteva vedere, né capire, cosa fossero quelle tre aureole celestiali. Poteva solamente guardare attraverso le lenti bagnate degli occhiali quel cielo grigio che apparteneva a lei sola.

Durante la predica del pastore, sentivo i sussurri della gente. Mi erano familiari quelle voci bisbigliate e quegli sguardi un po' innaturali che venivano distolti quando incrociavano il mio. Le regole del gioco cambiano per gli adulti, loro lo fanno di nascosto. Ma io sapevo perfettamente cosa si celava dietro quelle parole e quei sorrisi premurosi. La ragione mi diceva che non avrei dovuto pensare a certe cose durante il funerale. Eppure, essa non è mai riuscita a sopprimere i sentimenti.

Oggi non c'è più nessuno che trattenga i miei alti e bassi. E non posso contare su mia madre.

"Condoglianze." Mark mi strinse la mano. Il suo completo nero splendeva come l'ossidiana: stirato e distinto, era curato come tutte le volte che ci vedevamo. Avevamo appena iniziato a uscire insieme e non mi aspettavo che venisse.

Mi prese la mano e si avvicinò al mio orecchio: "Sei stata brava."

"Grazie." Il tepore della sua mano mi fece sentire meglio.

"Voglio dire, non so..." cercò con fatica le parole adatte, "tua madre... la tua famiglia è proprio speciale."

Le mie mani si irrigidirono.

"Non è vero, è solo lei che..."

Ero pronta a discutere, ma il suo sguardo compassionevole, per me sconosciuto, mi fece improvvisamente realizzare che ciò che avevo voluto scrollarmi di dosso e contro cui avevo lottato un tempo era ancora lì a tenermi impantanata come in una palude melmosa.

"Siamo tutti speciali, ragazzo." Mia madre si voltò. La pioggia le gocciolava dagli occhiali, il suo tono di voce era alto e io mi vergognai: "Amy, tu, io. Tutti noi lo siamo. Non affidarti troppo a quelle tue lenti..."

"Sta zitta, mamma. Per favore, smettila."

Mark alzò le spalle e se ne andò. Ero rimasta sola a dover cercare di apparire calma e a occuparmi degli ospiti. Mia madre, apatica, si sedette in disparte. Non aveva molti amici.

Non capivo se fosse veramente afflitta dalla morte di papà e se le importasse ciò che pensavo io. Dopo quella volta non ci provai quasi più. La porta di camera mia era spesso chiusa e non chiacchieravo più insieme a lei. Comunicavamo sempre meno. Non molto tempo dopo, lasciai casa.

No, mamma. Forse non avrò modo di cambiare il tuo modo di pensare, ma non ho intenzione di diventare come te.

Quando le nuove tecnologie cambiano il linguaggio che usiamo per descrivere questo mondo, anche il modo in cui osserviamo ciò che ci circonda cambia per sempre: persino dissociandolo dalla tecnologia, il linguaggio ha già profondamente modificato la mente delle persone. Durante una lezione di linguistica all'università, il professore ci aveva parlato dell'Ipotesi di Sapir-Whorf. Sulla base di questa teoria, alcuni scrittori credettero che l'apprendimento delle lingue straniere avrebbe dato loro dei superpoteri. Io ritengo che il vero significato di questo pensiero nel mondo di oggi, dove ogni cosa viene sostituita frequentemente, sia molto più pratico di quanto la gente crede.

"È necessario l'aggiornamento del vocabolario dell'assistente vocale." Il messaggio istantaneo di Bill è comparso sul mio *display* interrompendo i miei ricordi. "I dati utente sull'R.A. della scorsa settimana sono stati inviati. È possibile che vengano aggiunti più di settanta nuovi vocaboli ad alta frequenza di utilizzo."

Mi volto e cerco dalla mia postazione quella massa di capelli grigi spettinati a me familiare. Bill è il *Senior Engineer* dell'azienda, al momento lavora con me nella programmazione.

So che i suoi capelli sono realmente di un colore grigio argenteo, non è un effetto dell'R.A. "Genetica" mi ha spiegato la prima volta che ci siamo incontrati.

"Figo." Non volevo apparire troppo interessata. "Io invece conosco qualcuno che non usa l'R.A."

"Non sono ancora così figo, io." Aveva sorriso e i suoi capelli cespugliosi avevano iniziato a trasformarsi in grovigli di piccoli arcobaleni.

"Beh... Penso che dovremmo riconsiderare il processo di aggiornamento del vocabolario" gli scrivo rapidamente. "La nuova terminologia aumenta in base agli effetti visivi, quella vecchia viene eliminata in base agli effetti obsoleti: l'abbiamo aggiornato già tre volte negli ultimi tre mesi. Si sta aumentando troppo la velocità, forse."

"Potresti calcolarne l'accelerazione" ribatte aggiungendo una serie di numeri, il codice della *Grimacing Face* nell'R.A. "Ci prendiamo un caffè?"

"A volte mi sembra che le cose inizino lentamente ad andare... fuori controllo." Apro un pacchetto di palline di cioccolato e le verso in un piatto di carta: "Forse hai sentito dire che i linguaggi possono portare a differenze nel modo di pensare."

Gioco distrattamente con le palline colorate. "E noi stiamo accelerando questo processo."

Cerco di non pensare al volto di mia madre: "Pensaci, l'R.A. è entrato a far parte di ogni aspetto della vita quotidiana, dagli schermi televisivi alle *App* dei telefoni.

Tutti i linguaggi, dai *banner* pubblicitari alle *news* sulla rete, stanno cercando di tenere il passo con le immagini mostrate nell'R.A... fra non molto le persone non riusciranno a comunicare senza l'R.A. e senza tutto ciò che vi è collegato. Anzi, è così già ora. Ma...ma quelli che invece non ce l'hanno?"

"Latte scremato? Intero?"

"Ehi, Bill, dico sul serio."

"Allora facciamo scremato" dice sollevando le spalle. "Non è un grosso problema, Amy. Gli uomini hanno creato la tecnologia e la tecnologia ha rimodellato la mente degli uomini. È così fin dai tempi antichi."

"Perlomeno non dovrebbe accadere così velocemente..."

"Come mai così negativa?" Smuove la schiuma e fa complesse decorazioni sul caffè. "Non sei forse stata tu a dire durante un'intervista che, come tutte le tecnologie d'avanguardia, l'R.A. renda le persone ancora più connesse? Condividere il meraviglioso mondo all'interno dei propri occhi..."

"Forse mi sbagliavo" dico debolmente, mentre sento le caramelle diventare appiccicaticce sotto le dita, come i miei pensieri.

Bill mi avvicina il cappuccino. La *Latte art* sulla sua superficie raffigura un volto con solo occhi e privo di bocca. Mi prende un colpo, quasi non riesco a guardare la densa schiuma che galleggia sul liquido marrone scuro.

"Una volta ero uno studente di fisica" dice lentamente.

"Finora ho sempre creduto che fosse possibile cercare la verità del mondo materiale attraverso la ragione. Tuttavia, ho capito che, se ci basiamo solo sulla Teoria dei colori di Newton e sull'algebra astratta, non potremo mai capire che cosa videro gli antichi greci dalla costa mentre contemplavano il mare *color del vino* che si estendeva fino all'orizzonte."

"Ma che hanno visto?"

Un cioccolatino mi si è sgretolato tra le dita e non posso fare a meno di pulirmi dal succo dolciastro che è schizzato ovunque. Mi sono dimenticata di cosa stavamo parlando. Voglio solo risolvere il mistero che per lungo tempo è rimasto dimenticato.

"Hic, ho semplicemente provato l'*Homer's Eye* che è appena stato rilasciato..." Non si era aspettato questa mia reazione, ovviamente. "Il primo nel mercato delle App."

Con quell'espressione, il cieco poeta dipingeva un'epoca lontana. Oggi è diventata l'occhio con cui osservo la realtà dei fatti. Come dovrei descrivere ciò che ho visto? Agli occhi degli antichi greci, ogni colore in questo mondo era distintamente identificabile. Tuttavia, il loro sguardo si focalizzava maggiormente sul grado di luminosità, piuttosto che sulle differenze all'interno della scala cromatica. Ciò che il *color del vino* rappresenta non è solamente una tonalità posta tra il rosso e il blu, bensì una mistura di luce e movimento, che cambia in base al variare della luce nelle diverse stagioni e giornate. È questa la caratteristica che cattura meglio le sensazioni degli antichi greci. Le persone erano in grado di cogliere le minime differenze di colore, ma non ne erano interessate. Come la superficie del mare che brilla al tramonto e il manto dei buoi madido e traslucido, ciò che percepisco nel bicchiere di carta è un liquido dolce con increspature scintillanti.

"Incredibile. Si forma tramite la contrapposizione di termini. È così... vedere il mondo attraverso gli occhi degli antichi greci."

In un certo qual modo, questo algoritmo non solo considera l'aspetto reale del mondo oggettivo, ma riflette anche la percezione del mondo fisico nella mente degli antichi. E tutto ciò ha origine dal linguaggio. L'ipotesi di Sapir-Whorf non racconta l'intera storia. Il linguaggio non ha limitato il nostro campo visivo e non ci ha neanche fatto perdere la capacità di pensare: ci ha solo dato un paio di occhiali.

Ho interrotto il segnale dell'R.A. Da quant'è che non lo faccio? Provo a ricordare quei vecchi aggettivi e a dimenticare le nuove parole arrivate con R.A. *Devi imparare che bisogna togliersi gli occhiali, prima di indossarne un altro paio... Devi dimenticare momentaneamente la tua lingua madre, prima di poterne imparare una straniera* – lo sguardo severo di mia madre mi fissa da sopra la montatura a tartaruga.

"Amy? Tutto a posto?" La voce di Bill mi sembra distante: "Non pensavo che anche il verde ti stesse così bene."

Ho sentito un tuffo al cuore.

Per lungo tempo il mio guardaroba è stato bianco, nero e blu scuro, indipendentemente dall'R.A. Non mi piace il verde. Mi ricorda certi anfibi viscidi e quegli occhi che in passato mi facevano star male.

"Mamma, voglio chiederti una cosa..."

Fisso il vocale che ho appena inviato, ci penso un bel po', alla fine premo 'annulla'. Forse sentirà una frase a metà o forse leggerà le notifiche di invio e di richiamo del messaggio. Non so cosa penserà. Lo sappiamo entrambe che non sono mai stata abituata a chiederle aiuto.

Ma cosa dovrei fare?

Il monolocale è un putiferio: la confezione *takeaway* con gli avanzi di cibo è rovesciata sul pavimento; i vestiti da lavare sono appallottolati; il monitor curvo sulla scrivania mostra il cerchio di tonalità del sistema Munsell dei colori e un diagramma orizzontale dello spettro della luce visibile. Vicino a me, invece, ci sono di pile di fogli stampati: discorsi sui colori di Democrito, *Extraordinary facts relating to the vision of colours* di Dalton e quadri astratti fatti di soli grandi blocchi di colore di Mark Rothko.

Ciononostante, non c'è nulla che possa dirmi se i colori che vedo, alla fine, siano gli stessi che percepiscono gli altri.

Dopotutto, non sono una daltonica?

Sembra assurdo. Ad ogni modo, tutto è possibile. Nei miei ricordi confusi, mia madre indica il cielo limpido e mi spiega che quel colore è il blu, indica le foglie giovani e mi dice che quello è il verde. Attraverso l'esercizio, divenni in grado di far corrispondere i colori alle parole. Tuttavia, dato che la posizione dei coni nei miei occhi è diversa da quella delle persone normali, come posso capire se il segnale neuronale attivato da un raggio luminoso che a me appare con una lunghezza d'onda generalmente riconosciuta come blu non si manifesta invece agli altri come verde?

Penso che il 'blu' sia così 'verde'. Ho imparato a far corrispondere i segni linguistici a determinate percezioni, ma non mi ero mai resa conto che ciò a cui essi si riferiscono potrebbe non essere una proprietà fisica, bensì un aspetto mentale. Non potrò mai sapere come appare il mondo agli occhi degli altri.

È come in un computer: gli occhi sono l'input, il cervello è la scatola nera e la bocca è l'output. Quando gli altri ricevono il segnale del colore verde, producono una reazione al verde e dicono 'verde'; io, invece, ho imparato che il segnale che ricevo del colore verde produce una reazione 'blu', ma viene comunque tradotto col termine 'verde'. Non riesco a prendere consapevolezza della mia unicità. Il mio essere speciale non sta tanto negli occhi, quanto piuttosto nella modalità di interiorizzare gli stimoli esterni: è la mia mente.

Non riesci manco a distinguere il blu dal verde.

Rana, Rana.

Mi riaffiorano nella memoria frammenti di ricordi d'infanzia. In passato credevo che il motivo per cui non riuscivo a distinguere velocemente le sottili differenze di colore come facevano gli altri fosse dovuto all'assenza dell'R.A. Forse, però, la situazione era più grave.

L'R.A mi permette di vedere l'immagine che si presenta agli occhi degli altri. Io padroneggio quei termini e pensavo di essermi integrata in quel mondo 'normale'. Ma non mi appartiene minimamente. Mi torna in mente mia madre che mi ripeteva sempre quanto fossi speciale. Deve sempre averlo saputo. Ma allora perché non me l'ha mai detto?

In fin dei conti, non sono una persona 'normale'?

Ricordo di una richiesta fatta sul forum degli utenti dell'azienda. Un utente lamentava che la nostra nuova interfaccia grafica per un videogioco in realtà aumentata era poco *user-friendly*: "Mi piace questo gioco, però non riesco a vedere bene l'alone luminoso sul contorno dei nemici. Mi sembrano tutti uguali."

Quel post non ha ricevuto molta attenzione. Tra le poche risposte inviate, qualcuno aveva detto: "La nuova interfaccia grafica non ha problemi. Sei daltonico. Non giocare senza l'R.A."

L'utente che aveva scritto il post era palesemente alterato: "Levati quel tuo R.A. A causa degli aggiornamenti del semaforo non riesco più neanche a guidare la macchina. Volete rovinarmi persino il mio gioco preferito? Non è colpa mia."

Inizialmente non me ne ero interessata, avevo semplicemente contrassegnato la richiesta con 'ignora'. Ogni giorno riceviamo migliaia di *feedback* e di richieste. Noi elaboriamo solo le più importanti, ossia quelle che riguardano un elevato numero di utenti e che influenzano maggiormente la produzione. Casi eccezionali come questo non sono presi in considerazione.

Adesso, tuttavia, mentre guardo l'indirizzo di registrazione di quell'utente, mi sembra di essere colpita da un violento pugno sul cuore, talmente doloroso da farmi quasi vomitare.

Quel Paese è proprio quello dove è morto mio padre nell'incidente. Come mamma, anche papà non si è mai fatto installare l'R.A. Ha sempre fatto attenzione alla guida e credevo che fosse stata la crudeltà del Cielo a portarselo via. Non avevo mai pensato al fatto che, proprio come io e altri avevamo fatto con quell'utente, potesse essere stato trattato come un caso eccezionale da non prendere in considerazione.

Chissà se posso vedere il mondo con i suoi occhi, o almeno avvicinarmici. I suoi geni sono ancora dentro ogni mia cellula, nei miei occhi, che hanno lo stesso colore dei suoi. Che aspetto avevano le cose agli occhi di papà? Gliel'ho mai sentito dire?

È come se le parole degli antichi greci potessero darmi un assaggio dell'antico passato, ma io mi fossi dimenticata i suoni attorno a me e quelli che mi appartengono davvero.

Chissà se avrei potuto impedire che ciò accadesse.

No...

Quasi divorata dai sensi di colpa, interrompo il segnale dell'R.A., lo riaccendo, lo rispengo. Fra i continui sbalzi di potenziale elettrico, tutto ciò che sta davanti ai miei occhi sembra cambiare, per poi ritornare come prima. Ma, alla fine, cos'è reale? Il mondo della maggior parte della gente è veramente migliore?

Improvvisamente, i miei occhi iniziano ad appannarsi e arriva un senso di vertigine via via sempre più forte. Mi spavento e chiudo in fretta gli occhi. Riesco a sentire il mormorio della mia voce che mi consola dicendomi che si stia trattando solo di un'illusione. Mi batto sulle tempie con le dure nocche, per poi aprire gli occhi in cerca della luce – ma è inutile.

Tutti i colori sono scomparsi. L'oscurità mi avvolge.

Può essere che sia così cieca?

All'interno una condizione di paura mai provata prima, ho capito alla fine qual è il significato di *trascorrere un giorno come se fosse un anno* – e persino *trascorrere un secondo come se fosse un anno*. Riesco quasi a vedermi accasciata sul pavimento, priva di forze, esser portata in ospedale e sdraiata sul lettino. Filtri, R.A., daltonismo, anomalie visive...un turbinio caotico di parole mi frulla nella testa. Di fronte alla vera oscurità, però, tutto è privo di significato.

(...) la mia luce è spenta
a metà dei miei giorni, in questo mondo oscuro e vasto (...)[10]

Esistono ancora poeti ciechi? Non so perché, prima di perdere conoscenza, ho pensato a Omero.

"Amy... riesci a sentirmi? Amy..."

Mi sembra di sentire una voce in lontananza nell'oscurità. Una mano fredda si posa delicatamente sulla mia fronte bollente. Poi si toglie.

Mai prima d'ora ho desiderato così tanto sentire quella voce, sentire quel tocco. È come desiderare un bagliore di luce nell'oscurità.

"Mamma..."

"Non aver paura," mi stringe forte la mano, "non è successo nulla. È stato solo un breve calo di vista causato dall'instabilità nella pressione degli occhi."

Tremante, apro gli occhi. Tutto attorno a me inizia a illuminarsi lentamente.

La mia vista, però, viene di nuovo offuscata dalle lacrime.

"Non lo sapevo... papà... io" dico con voce soffocata nei singhiozzi, "perché non me l'hai detto?"

"Sei scioccata, piccola. Tutti hanno paura. Anche io ho avuto paura in passato." Mia madre tira un sospiro. "Volevo solo proteggerti. Però, ho sbagliato."

Alzo la testa sorpresa. Possibile che anche mamma...

I suoi occhi esausti brillano da dietro la montatura degli occhiali.

---

10 John Milton, *When I Consider How My Light is Spent.*

"Ognuno di noi è speciale. Ma, alla fine, non così tanto." Mia madre mi sistema i capelli dietro le orecchie: "È passato molto tempo, prima che anche mamma lo capisse."

Mi mette un paio di cuffie.

"Ora i tuoi occhi hanno bisogno di riposo. Chiudili, piccola. Usa le orecchie."

Tremolante mi corico. Nelle cuffie si sente mia madre leggere ad alta voce, come molti anni fa, quando mi raccontava le favole e le leggende seduta davanti al mio letto. Tuttavia, a differenza delle storie di quelle sere, questa mi fa accelerare la respirazione, mi manda il cuore in subbuglio. Un momento prima sorrido, poi scoppio a piangere, come fecero coloro che ascoltarono per la prima volta Omero.

Questo è il diario della mamma.

25 gennaio 2024

Oggi ho incontrato Joe sulla pista da sci. Sono stata attratta dai suoi occhi: azzurro ghiaccio, con al proprio interno infinite tonalità di verde, lilla, blu lazurite... come possono esserci occhi così belli? Immobile come uno stoccafisso, devo essergli sembrata ridicola.

Mi sono accorta però che potrebbe essere daltonico. La sua tuta da sci era del verde più brutto che avessi mai visto: sembrava un avocado andato a male sporco di argilla. Non sono riuscita a trattenere una grassa risata, lasciandolo sconcertato. Mi sa che dovrò aiutarlo con il guardaroba in futuro... ma, almeno per ora, non devo stare a preoccuparmi che altre ragazze si mettano ad attaccar bottone con lui sulle piste.

30 maggio 2028

Grazie al Cielo, l'ultimo ordine di fiori è arrivato prima del matrimonio. Le peonie bianche sono state colte nei campi a Fairbanks questa mattina. Il mio bouquet è composto da boccioli di gardenie bianche. Candele bianche, tovaglie con merletti bianche, bianco, bianco, tutto bianco.

Joe mi ha chiesto cautamente se davvero non siano necessari altri colori. Eh, come posso spiegarglielo? Lui non riuscirà mai a vederlo. Il bianco non è bianco. È come il colore della neve del giorno in cui ci siamo incontrati. Gli ho chiesto di pensare a un opale e a tutti quegli elementi che insieme brillano sulla bianca pietra semitrasparente: il rosso fuoco che però è più pallido di quello dei rubini, il viola ametista e il verde smeraldo che si vede sul mare. Proprio come diceva Plinio, la fiamma che brucia lo zolfo può reggere il confronto con la vastità e la ricchezza dei colori dell'artista. Questo è il bianco per me.

Come al solito non sapeva di cosa stessi parlando. Ciononostante, annuiva continuamente. Mi sembra di rivederlo. È come... Faceva finta di capire e con lo sguardo serio si scervellava di trovare una parola per cui mi fosse stato impossibile non baciarlo.

È come il modo in cui ti amo.

1 novembre 2030

È venuta al mondo Amy. La prima volta che l'ho vista, così piccola e avvolta tra le fasce, non riuscivo a credere che fosse mia figlia.

Non mi somiglia. La sua pelle è di un verde oliva chiaro, ma è talmente pallida che le si vedono tutte le finissime vene, che paiono mirtilli su di una copertura di crema. Il suo colorito non è quello giusto. L'ho ripetuto più volte alle infermiere ed è stato difficile far capire loro ciò che stavo dicendo. Me l'hanno dovuto confermare diverse volte prima che mi calmassi. Lo so che è stupido, ma lei non ha affatto il mio stesso colore della pelle, e non posso fare a meno di pensarci.

I colori sono veramente speciali per me. So da molto

tempo che non tutte le persone riescono a vedere la stessa quantità di colori che percepisco io. Fin dall'età di sette anni, sono sempre stata la più particolare nelle lezioni di disegno. Sebbene i miei disegni non fossero granché, tutti erano in grado di distinguere quelli fatti da me – gli altri non sapevano tirar fuori quei colori, sebbene io dipingessi solo l'uno per cento di ciò che vedevano i miei occhi.

Spero che Amy prenda da me. Il suo mondo sarebbe così mediocre se fosse come le persone 'normali'.

6 luglio 2035

Joe mi impensierisce molto. Ha sbadatamente fatto cadere a terra un pezzo di mela e non riusciva più a distinguerne i confini dal pavimento in legno. Per me era come una fetta di prosciutto color limone. Non riesco a credere che lui non riuscisse a vederla.

Abbiamo quasi litigato per questa storia. Non so cosa mi sia preso... Ho sentito che si sta sperimentando una tecnologia per la regolazione della retina. Chissà se potrebbe farlo diventare una persona 'normale'.

Quando mi metto a disegnare sistemo Amy vicino a me, sperando che ne sia stimolata. Anche se è ancora un po' prematuro, mi auguro che la vivacità e la ricchezza delle sfumature di Cézanne e di Monet possa farle apprezzare presto il fascino dei colori.

Anche se per ora non sembra accadere.

2 settembre 2037

Non so cosa le dovrei dire. Amy lamenta di non riuscire a vedere i numeri che l'insegnante scrive sulla lavagna verde con il gessetto blu. Ho un brutto presentimento.

Le ho chiesto di riconoscere i colori in alcune opere impressioniste. Non ci riesce.

Amy non distingue proprio il blu dal verde. Non è grave come il daltonismo rosso-verde di Joe, ma è ben lontana dall'essere 'normale'. Per non parlare dell'essere come me.

Amy. Il sogno che avevo il giorno in cui tu nascesti si è tramutato oggi in un'enorme presa in giro.

Joe e io abbiamo avuto un'accesa discussione sulla possibilità o meno di far impiantare su Amy l'R.A. Faccio fatica a immaginare mia figlia vivere in un mondo privo di colori. Tuttavia, Joe dice che non è così spaventoso. Non pensa affatto che le gioie nella sua vita siano inferiori alle mie.

Sei tu che non hai capito. Provo a spiegartelo. Immagina di vedere un mondo completamente differente: con più colori, più nitido, più vivido, pieno di infinite possibilità. Non vorresti più tornare indietro.

No, cara. Anche io ho visto delle cose che tu non hai mai visto prima. Lo disse sorridendo. Con la meccanica lagrangiana, puoi osservare tutto il mondo da un nuovo punto di vista. Una volta che hai compreso quel linguaggio fatto di formule e simboli, puoi percepire la spaventosa armonia e fragilità di questo universo. Felicità, rabbia, dolore, gioia, la caducità del genere umano, tutto è privo di significato...ma questo non mi impedisce affatto di ascoltare te che descrivi quelle immagini meravigliose che non potrò mai vedere o di sentire il calore di Amy tra le mie braccia.

Il linguaggio è paragonabile a un paio di occhiali. Ricordo che mi disse che ci consente di notare cose che normalmente non riusciamo a vedere, ma che è una decisione nostra scegliere quando metterli e quando toglierli.

Abbiamo stabilito di aspettare qualche anno e di lasciare ad Amy il diritto di decidere: deve fare lei la sua scelta. Fino ad allora, faremo il possibile per evitare che percepisca la sua diversità. Il mio essere speciale può portare a encomi, quello di Amy invece no.

Ho telefonato all'insegnante di Amy.

12 aprile 2043

Non ho molti amici. Quando in passato uscivo con le mie compagne, mi sentivo spesso fuori luogo perché il mio sguardo veniva spesso attratto da quelle tonalità di colore mozzafiato. Ricordo che si lamentavano di dovermi chiamare più volte prima di riuscire a destarmi da quei momenti in cui il mio sguardo era perso nell'infinito.

Mi sa che solo Joe è in grado di sopportarmi. Grazie al Cielo.

Speravo che, una volta impiantato l'R.A., Amy avrebbe potuto vedere le stesse immagini che vedo io e provare quelle stesse emozioni così profonde. Ma non è così. Sento che si sta allontanando. Non legge più i libri che tanto amo. Non riesco a capire le sue parole alla moda, proprio come lei non riesce a capire le mie espressioni.

Joe non mi chiederebbe mai di imparare la meccanica lagrangiana. Cosa posso chiedere io ad Amy?

Preferirebbe fissare il nulla, piuttosto che dipingere o guardare quadri con me. Ciò che c'è nei suoi occhi è per me inaccessibile, lo so.

Oggi sono andata a chiedere informazioni per l'impianto di R.A. negli adulti. Dopo un primo esame, il medico si è mostrato molto interessato alla mia particolare percezione dei colori, sostenendo la necessità di aspettare il rapporto di ulteriori esami.

20 aprile 2043

Tetracromia. È la prima volta che sento questa parola.

Estremamente rara, secondo i medici. Gli esseri umani sono dotati di soli tre coni, responsabili dell'elaborazione del rosso, del verde e del blu. Il quarto tipo di cellula conica negli occhi delle persone affette da tetracromia permette l'elaborazione di ulteriori colori. Questa condizione è solitamente causata da mutazioni nel cromosoma X, anomalia che negli uomini può portare al daltonismo, mentre nelle donne genera per lo più fenomeni di tetracromia.

Mutazioni di questo tipo dirigono Joe e me verso direzioni diverse: lui riesce a vedere molti meno colori di quanti ne possa vedere un milione di persone; al contrario, io riesco vederne quasi cento milioni. Amy, però, ha ereditato la tipologia infelice.

Al momento la tetracromia non permette l'installazione dell'R.A., dato che la configurazione del mio nervo ottico è troppo complessa e non è ancora compatibile con l'algoritmo.

Non riesco più a vedere il mondo di Amy.

Mi sa che è giunto il tempo di lasciarla andare. È diventata una ragazzina graziosa e sulle guance bianche le è venuta un po' di acne rosacea. Grazie alle funzioni di *make-up* dell'R.A., non se ne preoccupa per niente. A differenza di me che invece stavo malissimo per via dei brufoli sul viso, erano terrificanti. Ancora oggi non esco di casa se prima non mi sono truccata: il ciano, il viola scuro e il borgogna delle vene sotto pelle sono troppo evidenti ai miei occhi.

Forse, quello che vede lei è un mondo più bello di quello che si presenta ai miei occhi.

19 dicembre 2047

Joe mi ha lasciata.

Giaceva lì, con gli occhi chiusi e il volto pallido. Tutti i colori sono spariti. Rubino, ametista, smeraldo. Questo è il colore della morte.

Persino nel nero c'è troppo colore. Io ci vedo il violetto, il blu scuro, il verde giada. Mi ricorda le piume dello storno e il mare appena dopo il tramonto.

Il mio cuore si è incenerito.

25 aprile 2050

Amy sta per laurearsi. È forte, intelligente, sicura di sé. È quasi perfetta. Sa badare a se stessa. Grazie all'R.A, la sua percezione dei colori è diventata 'normale' e non devo più stare a preoccuparmi che diventi come Joe, che non riusciva a distinguere le luci del semaforo in un Paese che aggiorna i segnali stradali nell'R.A.

Sono vecchia ormai. I nostri tempi sono andati, come accade a tutte le generazioni. Ora posso solo trattenere quei giorni con parole sempre più desuete, che finiscono una dopo l'altra nell'oscurità come in una buia miniera.

Lo stesso vale per le persone. Negli ultimi giorni mi è passato per la testa un pensiero inquietante: perché a ognuno piace un colore diverso?

Quei fasci di luce che agli occhi di Amy e Joe appaiono con toni scialbi, e che ai miei sono mozzafiato, è possibile che facciano lo stesso effetto alle persone 'normali'?

Nessuno lo sa. Anche le persone sono come miniere nell'oscurità, ognuno è speciale. Non potremo mai conoscere l'immagine che il mondo fisico possiede in una grotta. La realtà del mondo apparente è come una nebbia informe color cenere, la cui condensa rappresenta le menti di tutte le persone. La consapevolezza della gente ha modellato il mondo, che è, in un certo senso, l'unico mondo che possiamo riconoscere.

Le grotte nell'oscurità sono fredde e alienanti, ma la gente le ha unite non attraverso ciò che vedono gli occhi, bensì attraverso ciò che dice la bocca. Non si possono definire le singole esperienze nelle menti individuali, ma si può dare un unico nome a tutte quelle esperienze. Noi, sulla base di questi nomi, ci incontriamo e ci innamoriamo in questo folle e caotico mondo. Che meraviglia. Sebbene l'epoca del color del vino di Omero sia scomparsa da tempo e il bianco di Joe e il mio siano completamente differenti, possiamo ancora condividere le stesse sensazioni.

Amy. Ti vedo prendere il largo. Sono impotente e lo accetto con serenità. Tutti noi prestiamo troppa attenzione a ciò che vediamo, dimenticandoci di ascoltare e di raccontare. Papà aveva capito tutto questo, ma lui se ne è già andato.

Il diario è finito. Chiudo gli occhi, arrossati ormai da un po'.

Ora ho capito per quale motivo i versi del poeta cieco emozionano la gente.

"Adesso, vedi i fulmini che attraversano le soffuse nuvole gialle e disturbano il cielo all'orizzonte. Spostando lentamente lo sguardo dal cielo alla terra, la tua attenzione si focalizza sui danni provocati dalla tempesta sotto il manto di nuvole. Il girocottero che stai pilotando si trova proprio in mezzo ai tuoni e fulmini e la fusoliera viene sballottata su e giù dal forte vento..."

"Cos'è un *girocottero*?" domanda Jack. Tra coloro che non possono subire l'intervento per l'R.A. è il più grande. Ciononostante, è quello che mostra più interesse per i giochi o i film a realtà immersiva.

"Hic..." sono rimasta un attimo senza parole. Non so come dovrei spiegare questo termine ordinario: "È un velivolo monoposto, è piccolo ma ha una discreta stabilità..."

"Come i fiori piegati e sballottati dalla tempesta descritti da Robert Frost?" chiede mia madre. Lei adesso è la responsabile e la fornitrice di stuzzichini del piccolo club *L'occhio del cuore*. È anche la nostra prima 'spettatrice'. Ogni settimana allestiamo per loro incontri esperienziali unici.

"Uhm...sì." Riporto alla memoria quei versi e i segni che mi hanno lasciato nel cuore. "Il modello digitale di questa scena si basa sui cambiamenti atmosferici fotografati dalla Stazione Spaziale Internazionale, anche se, in effetti, ciò che viene rappresentato è un sentimento di quel tipo."

Non sono sicura dell'effetto che avrà alla fine questa tipologia di racconto. È indubbiamente diversa dall'esperienza visiva dell'R.A. e i nostri 'spettatori' sono ancora pochi. Tuttavia, so che alcune persone non esitano a farsi due o tre ore di viaggio per venire dalla periferia fino a qui e che altre, invece, durante il mio racconto, stringono la tazza di tè come se fosse la sbarra delle montagne russe. Non è semplice per me: spesso devo spegnere l'R.A. e persino bendarmi gli occhi, in modo da trovare le parole adatte per mostrare loro ogni volta un mondo mai visto prima.

Dicono che io sia i loro occhi. Ma io so che sono loro ad aver insegnato a me a guardare con i miei occhi.

"Ah, è un po' come quel quadro" afferma Bill sollevando il mento. Lui è sotto gli occhi di tutti nello spettacolo, ma sembra più interessato a questa vecchia casa in cui sono cresciuta.

Mi sono voltata e ho tirato un sospiro profondo. Quello è *Tempesta di neve: battello a vapore al largo di Harbour's Mouth*. Il quadro che piace tanto a mia madre: le raffiche di vento sollevano le onde del mare, fiocchi di neve e foschia si mescolano nell'aria, cielo e terra sono un tutt'uno nel caos. Ogni forma è scomparsa e i colori sono tutti mescolati assieme. Ciononostante, l'artista ha mantenuto volontariamente sottili differenze tra loro. Anche se non riesco a distinguerli in modo chiaro, adesso so che agli occhi di mia madre quel quadro è un trionfo di luci e colori. È quel tipo di maestosità e magnificenza della natura che supera l'esperienza quotidiana. È proprio l'effetto che voglio dare quando progetto questa scena.

"Per poter dipingere questa scena, Turner si legò all'albero maestro e si avventurò nel mare in tempesta" spiega mia madre con lo sguardo immerso nell'opera.

"È come nell'*Odissea*..." diciamo all'unisono. I nostri sguardi si incrociano, ci guardiamo e ridiamo. In questo momento, credo che i nostri mondi abbiano gli stessi colori.

IL SOLE CINESE

di Liu Cixin

traduzione di Flavio Aulino

Liu Cixin è uno degli scrittori di fantascienza più importanti e rappresentativi della Cina contemporanea. È membro dell'Associazione nazionale per la divulgazione scientifica, nonché dell'Associazione degli scrittori della provincia dello Shanxi. Nato a Pechino nel giugno del 1963, da una famiglia originaria della città di Xinyang nel distretto di Luoshan, provincia dello Henan, è cresciuto a Yangquan, nello Shanxi. Si è laureato nel 1985 presso la Facoltà d'ingegneria idroelettrica dell'Istituto della Cina del Nord per gli studi idrogeologici (attualmente North China University of Water Resources and Electric Power). Tra le sue opere più note, ricordiamo L'era della Supernova *e* La sfera di luce, *la trilogia* Il passato della Terra *nota anche come* "Il problema dei tre corpi; *tra i racconti:* La Terra vagante, Un maestro di campagna, Un governo illuminato, Interferenze su tutte le frequenze e il Sole cinese. *Ha vinto più volte il Premio Via Lattea, la più prestigiosa onorificenza cinese per le opere di fantascienza ed è stato l'unico autore di lingua non anglofona a vincere il premio Hugo nel 2015.*

Shui Wa prese il piccolo fagotto dalle mani tremanti di sua madre. Conteneva un paio di scarpe di stoffa con la suola rinforzata che lei aveva cucito apposta per lui, tre panini al vapore, due vestiti logori e rattoppati e venti *yuan*. Il padre stava accovacciato da una parte e, assorto, tirava boccate di fumo dalla pipa.

"Wa sta per partire, non puoi sforzarti di fargli almeno un sorriso?" lo rimproverò la madre. Il padre rimase impassibile, chiuso in un cupo silenzio. "Non lasciarlo andare via! Non potresti semplicemente dargli un po' di soldi per comprare una casa e sposarsi...?"

Alla fine il padre disse con voce strozzata: "Vai, vai. Chi di qua, chi di là... cazzo, se ne vanno tutti. Sarebbe stato meglio allevare una cucciolata di cani". Non alzò nemmeno la testa.

Shui Wa invece la alzò e si fermò a guardare il villaggio in cui era nato e cresciuto, la sua terra ormai secca e inaridita. Durante la siccità gli abitanti erano riusciti a sopravvivere solo grazie alla poca acqua piovana raccolta nelle cisterne interrate. Shui Wa e la sua famiglia erano troppo poveri per permettersene una di cemento, così si erano dovuti arrangiare con una cisterna di terracotta, ma quando faceva molto caldo, l'acqua cominciava a puzzare. Negli anni passati facendola bollire erano riusciti a renderla potabile, anche se il gusto era rimasto sempre amarognolo e piuttosto aspro. L'ultima estate però, per quanto riscaldata, l'acqua del serbatoio aveva fatto venire a tutti la diarrea. Avevano sentito dire da un medico proveniente dal vicino distaccamento militare che probabilmente alcune sostanze tossiche presenti nel suolo si erano disciolte nel terreno arrivando a infiltrarsi anche all'interno delle cisterne.

Shui Wa abbassò di nuovo la testa lanciando un'ultima occhiata verso suo padre, poi cominciò a camminare senza voltarsi più indietro. Sapeva che lui non avrebbe alzato lo sguardo, nemmeno adesso. Questa era la reazione che aveva solitamente di fronte al dolore: si metteva accovacciato, fumando in silenzio con aria accigliata, e poteva restare in quella posizione per ore, come se fosse diventato lui stesso una zolla di terra, tutt'uno con il suolo giallastro.

Shui Wa stava ancora osservando il volto del padre o, per meglio dire, ci stava camminando sopra, perché davanti a lui si stendeva l'immenso territorio della Cina nord-occidentale, una distesa arida e desolata di un uniforme colore giallo scuro, interrotta solo da profonde crepe nel terreno provocate dall'erosione; non era forse simile al volto rugoso e bruciato dal sole di un vecchio contadino? Come del resto erano tutte le cose rimaste lì, gli alberi, il terreno, le case, la gente: era tutto annerito, rinsecchito e raggrinzito. Shui Wa non poteva distinguere gli occhi di quella faccia gigantesca che si allungava verso l'orizzonte, ma ne avvertiva chiaramente la presenza. Quegli occhi enormi stavano fissando il cielo. Quando erano più giovani, il loro sguardo era stato colmo di un desiderio disperato di pioggia. Ora che erano vecchi, rimaneva solo la loro aria vuota e indolente. O forse, in realtà, la faccia gigantesca era sempre stata vuota e indolente, non riusciva a immaginare un tempo in cui quella terra era stata veramente giovane.

Soffiava un vento secco che copriva di polvere gialla la piccola strada all'uscita del villaggio. Shui Wa s'incamminò, compiendo il primo passo verso una nuova vita, un percorso che lo avrebbe condotto in luoghi di cui nemmeno immaginava l'esistenza.

Obiettivo numero uno: bere acqua non amara, fare qualche soldo

"Oh, quante luci ci sono qui!"

Quando arrivò nella regione delle miniere, era appena scesa la notte. L'area mineraria era costituita da una lunga serie di piccoli scavi privati.

"Queste?! Quelle che ci sono in città... quelle sì che sono tante..." gli disse Guoqiang, l'amico che era venuto ad accoglierlo. Guoqiang veniva dal suo stesso villaggio, ma era partito molti anni prima.

Shui Wa seguì Guoqiang nella baracca in cui alloggiavano i lavoratori. Quando, durante la cena, Shui Wa bevve l'acqua, si accorse con grande sorpresa che aveva un sapore deliziosamente dolce! Guoqiang spiegò che avevano scavato un pozzo molto profondo vicino alla miniera e dunque era naturale che l'acqua non fosse amara. Ma poi aggiunse qualcos'altro: "Quella che bevi in città però... quella sì che è buona!".

Quando fu ora di dormire, Guoqiang gli passò un involto, chiuso ben stretto, da usare come cuscino. Shui Wa lo aprì per vedere cosa conteneva: un sacchetto di plastica nera con dentro panetti gialli, di forma cilindrica, che sembravano saponette.

"Esplosivi..." spiegò con voce assonnata Guoqiang, un attimo prima di rotolare su un fianco e di sprofondare nel sonno russando sonoramente. Shui Wa vide che usava un cuscino tale e quale a quello che aveva dato a lui. Notò anche che ce n'era un'intera pila sotto il letto, mentre dal soffitto pendeva un mazzo di detonatori. Più tardi Shui Wa avrebbe scoperto che nella baracca c'era tanto esplosivo da far saltare in aria il suo intero villaggio. Guoqiang, infatti, lavorava in miniera come artificiere.

Il lavoro in miniera era davvero molto duro e spossante. Shui Wa faceva un po' di tutto, estraeva il carbone, spingeva a mano i carrelli e costruiva le travi di sostegno delle gallerie. A fine giornata era stanco morto, ma era cresciuto imparando ad affrontare le avversità, e il lavoro estenuante non lo spaventava. Quello che lo terrorizzava invece erano le condizioni in cui erano costretti a stare nelle gallerie, che ricordavano i cunicoli strettissimi di un oscuro formicaio. All'inizio, aveva la sensazione di vivere in un incubo, ma presto si abituò. Li pagavano in base alla quantità di carbone estratto, e lui riusciva a guadagnare fino a centocinquanta *yuan* al mese. Arrivava perfino a superare i duecento *yuan*, quando andava particolarmente bene. Perciò era molto soddisfatto del suo lavoro.

Ma ciò che più lo rendeva felice era l'acqua. Alla fine del primo giorno, Shui Wa sembrava un pezzo di carbone, era uscito dalla miniera completamente ricoperto di polvere nera, dalla testa ai piedi, ed era andato a lavarsi insieme agli altri minatori. Non appena era entrato nei bagni, aveva visto alcuni uomini che, con un bacile, tiravano fuori l'acqua da una grande vasca e se la versavano sulla testa, lasciandosela scorrere lungo il corpo; l'acqua residua scivolava via sotto i loro piedi in lunghi rivoli neri. Shui Wa li fissava attonito. "Oh, mamma!" pensò tra sé, "come possono sprecare così tanta acqua... tutta quest'acqua dolce?" Fu proprio a causa di tutta quell'acqua che quel mondo oscuro, annerito dal carbone, diventò ai suoi occhi un luogo d'incomparabile bellezza.

Guoqiang, però, lo assillava, continuava a ripetergli che doveva andarsene da lì e trasferirsi in città. Aveva raccontato che lui stesso in passato era andato laggiù a cercare lavoro, ma, in seguito a un furto di materiali da costruzione nel cantiere in cui lavorava, era stato fermato per accertamenti e, in quanto migrante non autorizzato, era stato costretto a tornare al villaggio d'origine. Guoqiang gli assicurava che sarebbe stato in grado di guadagnare molto di più in città, così non sarebbe stato costretto a lavorare in miniera fino a tirare le cuoia.

Mentre Shui Wa esitava, Guoqiang ebbe un incidente durante il suo turno in galleria: stava controllando una carica difettosa e la dinamite era esplosa; quando fu portato fuori, Shui Wa vide che era completamente devastato da decine di schegge di roccia che gli erano penetrate in profondità nelle carni. Mentre esalava l'ultimo respiro, Guoqiang si rivolse all'amico. "Shui Wa..." mormorò, "va' in città... lì ci sono tante luci..."

Obiettivo numero due: trasferirsi in una città piena di luci e di acqua ancora più dolce, fare ancora più soldi

"Qui la notte è luminosa come il giorno!"

Quello che Guoqiang gli aveva detto si era rivelato vero. C'erano molte, ma molte più luci in città.

Stava camminando insieme a Erbao, con una cassetta da lustrascarpe sulle spalle. Erano diretti alla stazione, seguendo la strada principale che attraversava il capoluogo di provincia. Erbao era arrivato nel capoluogo da un villaggio vicino a quello di Shui Wa e in passato aveva lavorato con Guoqiang. Shui Wa aveva faticato non poco per trovarlo: prima lo aveva cercato presso l'indirizzo che gli aveva dato Guoqiang, ma senza risultato. Infatti, Erbao aveva smesso di lavorare in cantiere e si era messo a fare il lustrascarpe. Quando finalmente l'aveva rintracciato, per caso era capitato che uno dei coinquilini di Erbao, che era anche suo compagno di lavoro, era dovuto tornare a casa per un problema. Allora Erbao, in quattro e quattr'otto, aveva insegnato i rudimenti del mestiere a Shui Wa e poi lo aveva preso con sé come aiutante; il compito principale di Shui Wa era seguirlo portando sulle spalle la cassetta con strumenti e accessori vari per pulire le scarpe.

Shui Wa non faceva molto affidamento sul nuovo impiego. Ci aveva pensato lungo la strada: certo, se si fosse trattato di riparare scarpe, poteva ancora andare, ma lucidarle! Chi avrebbe mai speso uno *yuan* per farsi pulire le scarpe? O addirittura tre *yuan* se si aggiungeva la lucidatura? Una persona doveva essere fuori di testa per decidere di spendere soldi per una cosa del genere... Invece, una volta giunti alla stazione, i clienti arrivarono a frotte, senza nemmeno lasciargli il tempo di sistemare il banchetto. Alla fine, quando smisero di lavorare, erano le undici di sera e Shui Wa aveva guadagnato quattordici *yuan*! Eppure, mentre tornavano verso casa, Erbao aveva un'espressione tutt'altro che contenta, continuava a lamentarsi che gli affari erano andati male. Shui Wa non poté fare a meno di interpretare le sue parole come una specie di rimprovero, forse gli aveva portato via troppi clienti.

Una volta arrivati a casa, Shui Wa gli chiese, indicando il palazzo di fronte: "Cosa sono quelle grosse scatole di metallo appese sotto le finestre?".

"Condizionatori d'aria," replicò Erbao, "dentro quegli appartamenti si sta freschi come il primo giorno di primavera."

"È davvero un gran bel posto la città!" esclamò Shui Wa, asciugandosi il sudore dalla faccia.

"La vita è dura qui! Fare soldi abbastanza da permettersi una ciotola di riso può anche risultare facile, ma se hai intenzione di fare carriera e mettere su famiglia, puoi scordartelo," disse Erbao accennando con il mento all'edificio di fronte, "un appartamento lì costa almeno due o tremila *yuan* al metro quadro."

Shui Wa, stupito, non poté fare a meno di domandare: "Cos'è un metro quadro?".

Erbao era rimasto in silenzio, scuotendo la testa e guardandolo con un'espressione di disprezzo.

Shui Wa divideva l'affitto di un piccolo prefabbricato con più di una decina di persone. La maggior parte erano contadini venuti in città a cercare lavoro o a esercitare piccole attività commerciali. C'era uno, però, che dormiva proprio accanto a Shui Wa sul grande letto in comune stipato di persone che era un vero cittadino, anche se di un'altra città. In realtà, lì dentro non sembrava molto diverso dagli altri: mangiava le stesse cose e, proprio come tutti gli altri, la sera cercava un po' di refrigerio uscendo in strada a torso nudo. Ma ogni mattina si agghindava con un bell'abito di foggia occidentale, e quando usciva dalla porta, pareva una persona completamente diversa. A Shui Wa sembrava una specie di miracolo che si ripeteva ogni giorno: una fenice dorata che spiccava il volo da un pollaio. Si chiamava Lu Hai. A tutti loro quel tipo non dispiaceva, e la ragione di questa simpatia era un oggetto che aveva con sé. Quello che a Shui Wa pareva solo un grande ombrello, in realtà era una specie di specchio, la cui superficie interna, particolarmente lucida, aveva un elevato potere riflettente. Se veniva capovolto e piazzato sotto il sole e sulla staffa centrale si poggiava una pentola con dell'acqua, il fondo del recipiente, colpito dalla luce riflessa, si riscaldava in pochissimi minuti portando rapidamente a ebollizione il liquido al suo interno. Shui Wa avrebbe imparato più tardi che si chiamava fornello solare. Lo usavano per bollire l'acqua quando preparavano il pasto, in questo modo riuscivano a risparmiare un bel po' di soldi. Quando non c'era il sole, però, il congegno si rivelava totalmente inutile.

Il fornello solare aveva appunto la forma di un ombrello, ma senza stecche, e la base era costituita da un'ampia superficie piatta e sottile. La prima volta che Shui Wa aveva visto Lu Hai chiudere l'ombrello era rimasto sorpreso e affascinato: infatti, aveva notato che era collegato a una presa di corrente tramite un sottile filo elettrico, e quando Lu Hai, per ripiegarlo, aveva tolto la spina, l'ombrello si era immediatamente afflosciato, accartocciandosi sul pavimento. In un istante, si era trasformato in un grosso straccio spiegazzato color argento. Shui Wa sollevò con cautela un angolo dello strano tessuto e lo osservò attentamente: era molto elastico e lucido e così leggero da sembrare senza peso. L'immagine riflessa del suo volto appariva bizzarra, era distorta, e seguiva le linee di quella strana superficie iridescente, tanto simile alla parete colorata di una bolla di sapone. Come allentò la presa, gli scivolò immediatamente fra le dita e cadde silenziosamente al suolo. Era come se gli stesse colando dalle mani mercurio liquido. Quando Lu Hai lo aveva collegato di nuovo alla presa di corrente, la superficie argentata aveva cominciato a spiegarsi dolcemente, come un fiore di loto che sboccia all'improvviso, in pochi secondi si era riaperto e aveva ripreso la consueta forma circolare di un ombrello rovesciato a terra. Shui Wa toccò un'altra volta la superficie, la sentì dura e sottile, e quando gli diede un leggero colpetto udì un piacevole suono metallico; ora era di nuovo molto resistente e avrebbe potuto facilmente sostenere il peso di una pentola o di un bollitore colmo d'acqua.

Lu Hai spiegò a Shui Wa: "È un nanomateriale dalla superficie molto liscia e lucida, con un'alta capacità riflettente. È anche piuttosto robusto, ma, cosa ancora più importante, pur essendo morbido e malleabile in condizioni normali, s'indurisce rapidamente appena è esposto a una debole scossa elettrica".

In seguito, Shui Wa venne a sapere che quel materiale, la nanomembrana a specchio, era il risultato delle ricerche di Lu Hai. Dopo aver fatto domanda per ottenere il brevetto, aveva investito i suoi risparmi per finanziare il progetto e piazzare i prodotti realizzati con quel materiale sul mercato. Sfortunatamente nessuno si era mostrato interessato ai suoi articoli, compreso il bollitore portatile a energia solare, e lui aveva finito per perdere tutto. Ormai era ridotto talmente in miseria che aveva chiesto in prestito a Shui Wa i soldi per l'affitto. Pur essendo caduto in disgrazia, non si lasciava assolutamente scoraggiare: girava ogni giorno come una trottola da una parte all'altra della città, per tentare di vendere a qualcuno i suoi prodotti. Raccontò a Shui Wa che quella era la tredicesima città che visitava.

Oltre al bollitore a energia solare, Lu Hai aveva un piccolo frammento della sua nanomembrana a specchio. Sembrava un fazzolettino color argento, che di solito teneva appoggiato sul comodino. Ogni mattina, prima di uscire, accendeva l'interruttore di un piccolo accumulatore e la membrana si induriva immediatamente trasformandosi in una lastra sottile, lucida e chiara. Lu Hai se la metteva davanti e, utilizzandola come uno specchietto, si pettinava e si sistemava prima di affrontare la giornata.

Una mattina, mentre la stava usando per ravviarsi i capelli, lanciò un'occhiata di traverso a Shui Wa, che si era appena alzato dal letto, e gli disse: "Dovresti curare di più il tuo aspetto, darti una bella lavata alla faccia e pettinarti i capelli più spesso. E poi guarda che abiti indossi... non puoi spendere qualcosa per comprarti un vestito, anche a buon prezzo ma nuovo?".

Shui Wa prese lo specchio e guardò il suo viso riflesso, poi scosse la testa e sorrise. Faceva il lustrascarpe, a che sarebbe servito darsi tanta pena?

Lu Hai, sporgendosi sopra la sua spalla, continuò: "La società moderna offre grandi opportunità e il cielo è pieno di stormi di uccelli dalle uova d'oro. Un giorno ti potrebbe capitare di allungare una mano e acchiapparne uno, ma devi prima imparare a prendere te stesso più sul serio".

Shui Wa si guardò intorno e non vide nessun uccello dalle uova d'oro. Sempre scuotendo la testa disse: "Non ho mica studiato io".

"È un vero peccato, ma chissà, a volte anche questo potrebbe rivelarsi un vantaggio. La nostra è davvero una grande epoca, proprio perché è imprevedibile, nulla è mai certo e a chiunque può accadere un miracolo."

"Tu... sei andato all'università, vero?"

"Ho un dottorato in fisica dei solidi, ero professore universitario, poi ho dato le dimissioni."

Dopo che Lu Hai fu uscito, Shui Wa rimase a lungo confuso e pensieroso, infine scuotendo sconsolato la testa si disse: se uno come Lu Hai aveva girato ben tredici città senza riuscire ad acchiappare nemmeno un uccello dalle uova d'oro, che possibilità aveva lui? Pensò che probabilmente l'amico lo stava solo prendendo in giro, ma anche lui si sentiva abbastanza patetico e ridicolo.

Quella notte, mentre in casa alcuni dormivano e altri giocavano a carte, Shui Wa e Lu Hai andarono in un ristorantino nei dintorni per guardare un po' di televisione. Era mezzanotte ormai e stavano trasmettendo il notiziario, sullo schermo c'era un primo piano del conduttore, senza immagini o filmati.

"Questo pomeriggio il Consiglio di Stato ha convocato una conferenza stampa, il portavoce ha annunciato l'avvio ufficiale del progetto 'Sole cinese', che ha attratto l'attenzione di tutto il mondo..." stava dicendo il giornalista, "dopo la realizzazione della Cintura verde nella Cina del Nord, questo sarà il prossimo importante progetto, destinato a cambiare in modo radicale l'ecosistema del Paese..."

Shui Wa ne aveva già sentito parlare e sapeva che si prevedeva la costruzione di un sole artificiale nel cielo della Cina che avrebbe dovuto contribuire all'aumento delle piogge negli aridi territori del Nord-ovest. A lui sembrava un'idea incredibile. Aveva preso l'abitudine di chiedere spiegazioni a Lu Hai, ma, questa volta, quando si girò verso l'amico, lo vide fissare lo schermo con gli occhi sbarrati e la bocca aperta, come incantato. Shui Wa, con aria perplessa, agitò la mano davanti alla faccia di Lu Hai, ma non ottenne alcuna reazione. Solo molto dopo la fine del telegiornale, Lu Hai riprese il controllo e borbottò tra sé e sé: "Ma certo! Come ho fatto a non pensare prima al Sole cinese?!".

Adesso era Shui Wa a fissarlo imbambolato; come faceva Lu Hai a non conoscerlo, se persino lui ne era al corrente! In Cina chi avrebbe potuto ignorare una notizia del genere? Doveva saperlo per forza, forse gli era semplicemente passato di mente. Ma a cosa stava pensando adesso? E che relazione poteva esserci tra il Sole cinese e Lu Hai, un vagabondo, frustrato e povero in canna, che si era ridotto a vivere in una baracca soffocante e fatiscente?

Lu Hai osservò: "Ti ricordi cosa ti ho detto stamattina? Proprio adesso, si è posato qui davanti ai miei occhi un uccello dalle uova d'oro... ed è un esemplare bello grosso. Anzi, a dire la verità, è un po' che svolazza intorno alla mia testa ma io... che cavolo, non me n'ero nemmeno accorto!".

Shui Wa si limitò a fissarlo, totalmente disorientato.

Poi Lu Hai si alzò in piedi: "Devo andare a Pechino! Prenderò il treno delle due e mezza. E tu, fratello, dovresti venire con me!".

"A Pechino? A fare cosa?"

"Pechino è così grande, non c'è niente che non si possa realizzare lì! Anche a fare il lustrascarpe, guadagneresti molti più soldi!"

Così, quella stessa notte, Lu Hai e Shui Wa saltarono sul treno e, stretti come sardine in un vagone strapieno, dove non era rimasto nemmeno un posto a sedere, sfrecciarono nell'oscurità attraverso le sterminate distese delle praterie occidentali, lanciati a tutta velocità verso il sole nascente.

Obiettivo numero tre: andare a vivere in una città ancora più grande, vedere un mondo ancora più grande, guadagnare ancora più soldi

Quando vide per la prima volta la capitale, Shui Wa fece una constatazione: alcune cose uno deve vederle per capire come sono realmente, la fantasia non basta. Per esempio, aveva provato innumerevoli volte a immaginare la notte di Pechino. Aveva iniziato moltiplicando per molte volte le luci del suo villaggio e quelle dell'area mineraria, poi tutte quelle del capoluogo di provincia, ma quando l'autobus che lui e Lu Hai avevano preso dalla Stazione Ovest di Pechino imboccò viale Chang'an, capì che, anche se avesse moltiplicato per mille tutte le luci che aveva visto in passato, non avrebbe mai raggiunto lo splendore che illuminava la notte di Pechino. Naturalmente non era vero che le luci della capitale erano mille volte più forti e brillanti di quelle del capoluogo di provincia, ma per lui c'era qualcosa nella notte pechinese che le città delle regioni occidentali non avevano, e non avrebbero mai potuto avere.

Per passare la notte, Shui Wa e Lu Hai presero una stanza nello scantinato di una pensione a buon mercato, poi, la mattina del giorno seguente, si separarono. Prima di congedarsi, Lu Hai augurò tanta fortuna a Shui Wa. Aggiunse che se mai si fosse trovato nei guai, avrebbe dovuto semplicemente andare da lui. Ma quando Shui Wa gli chiese un numero di telefono o un indirizzo, disse che al momento non aveva né l'uno né l'altro.

"E come farò a trovarti?" domandò Shui Wa.

"Aspetta un po' di tempo e non dovrai far altro che guardare la tv o leggere il giornale per trovarmi…"

Mentre lo guardava allontanarsi, Shui Wa scosse la testa, perplesso. Quello che aveva detto il suo amico non aveva senso: Lu Hai non aveva un centesimo, non era stato nemmeno in grado di saldare il conto della stanza quel giorno, e Shui Wa aveva dovuto pagargli la colazione. Prima di andarsene aveva persino dovuto dare in pegno al padrone di casa il fornello solare. Ormai era soltanto un mendicante, l'unica cosa che gli rimaneva era un sogno.

Dopo essersi separato da Lu Hai, Shui Wa si mise subito a cercare un lavoro, ma il fatto di trovarsi in una grande città lo aveva esaltato al punto di fargli dimenticare i suoi propositi. Così, passò la giornata vagabondando senza meta per le strade, senza provare la minima stanchezza; gli sembrava di essere nel Paese delle meraviglie.

Quando scese la notte, Shui Wa si ritrovò a fissare uno dei nuovi simboli della capitale: davanti a lui si stagliava il Palazzo dell'Unità, alto più di cinquecento metri, la cui costruzione era stata ultimata l'anno precedente. Alzò lo sguardo verso il cielo, seguendo con gli occhi la parete di vetro che saliva verticale fino a trafiggere le nuvole. Mentre calava la sera, il riverbero rosato del tramonto sulle nuvole cominciò poco a poco a svanire nell'oscurità, il mare di luci della città lentamente prese vita, creando un magico gioco di chiaroscuri che toccava l'anima. Shui Wa aveva il collo dolorante a forza di guardare in alto. Proprio quando stava per andarsene, iniziarono ad accendersi anche le luci dell'edificio di fronte. Quella visione spettacolare lo catturò e rimase lì dove si trovava a guardare affascinato all'insù.

"È un bel po' che lo stai fissando. Sei interessato a questo lavoro?"

Shui Wa si voltò per vedere chi gli aveva rivolto la parola. Era un uomo piuttosto giovane, vestito come uno di città, ma con un casco giallo da operaio tra le mani.

"Che lavoro?" chiese Shui Wa confuso.

"Cosa stavi guardando, allora?" domandò l'uomo sventolando verso l'alto il casco giallo.

Shui Wa alzò la testa seguendo con lo sguardo la direzione indicata dall'uomo. Con sorpresa individuò alcune persone in cima alla ripida parete di vetro. Dal suo punto d'osservazione, sembravano poco più che puntini neri.

"Cosa fanno lassù?" chiese Shui Wa continuando a osservare con attenzione, "stanno pulendo le finestre?"

L'uomo annuì: "Sono il direttore del personale dell'Impresa di pulizie Cielo azzurro. La nostra ditta è specializzata nella pulizia delle facciate degli edifici particolarmente alti e dei grattacieli. Potrebbe interessarti un lavoro?".

Shui Wa tornò ad alzare lo sguardo. Gli venivano le vertigini solo a pensare a quei puntini neri lassù, grandi come formiche.

"Una cosa del genere... mi fa troppa paura."

"Se sei preoccupato per la sicurezza, puoi stare tranquillo. Certo il lavoro sembra pericoloso e per questo ci risulta sempre difficile reclutare nuovi dipendenti. Al momento abbiamo una forte carenza di personale, ma ti garantisco che le misure di sicurezza sono scrupolose e rigorosamente conformi alle norme. Non c'è assolutamente pericolo. E poi la paga è molto più alta di quella che potresti guadagnare con un altro lavoro di questo tipo. Pensa, potresti prendere fino a millecinquecento *yuan* al mese! Tutti i giorni il pranzo è a nostre spese e la ditta s'impegna anche a farsi carico dell'assicurazione contro gli infortuni."

La cifra colse Shui Wa di sorpresa. Fissò ammutolito il direttore del personale. L'uomo fraintese la sua espressione e disse: "E va bene, non ti faccio fare nemmeno il periodo di prova e aggiungo trecento *yuan*, milleottocento al mese, ma proprio non posso offrirti di più. Prima la paga di partenza per un lavoro di questo tipo ammontava a circa quattro o cinquecento *yuan*, più un bonus giornaliero calcolato sulla base della superficie che riuscivi a pulire. Ora il salario è fisso e non è niente male".

Fu così che Shui Wa divenne un pulitore di vetrate dei grattacieli, uno di quelli che in inglese erano definiti "uomini ragno".

Obiettivo numero quattro: diventare un vero pechinese

Shui Wa si calò con attenzione, insieme ad altri quattro colleghi, dal tetto del Palazzo dell'Astronautica e gli ci vollero almeno quaranta minuti per arrivare all'ottantatreesimo piano, nel punto in cui la sua squadra aveva interrotto il lavoro il giorno precedente. Uno dei compiti più sgradevoli per gli uomini ragno era la pulizia delle facciate, che avevano una pendenza di meno di novanta gradi rispetto al suolo. L'architetto che aveva progettato il palazzo, in uno sfoggio di delirante creatività, lo aveva disegnato con le facciate inclinate verso l'esterno, l'ampio tetto si reggeva su una sottile colonna che partiva da terra. Il noto architetto aveva dichiarato che le facciate sporgenti davano un senso di ascesa verso il cielo. L'idea era sembrata efficace, e adesso il grattacielo era famoso nel mondo come simbolo della capitale. Ma gli uomini ragno di Pechino non potevano fare a meno di maledire gli antenati di quel genio dell'architettura fino all'ottava generazione: pulire un simile edificio era un vero incubo perché, nel punto più alto, arrivava a quattrocento metri dal suolo con un angolo acuto della facciata di sessantacinque gradi.

Dopo aver raggiunto la postazione di lavoro, Shui Wa alzò la testa e osservò l'enorme parete di vetro che incombeva su di lui come se stesse per crollargli addosso. Con una mano svitò il tappo del contenitore del sapone, con l'altra afferrò saldamente la maniglia della ventosa a disco. Si trattava di un tipo particolare di ventose, prodotte appositamente per i pulitori che lavoravano su pareti inclinate, ma, nonostante questo, non erano facili da maneggiare e capitava spesso che perdessero aderenza, lasciando l'uomo ragno a dondolare nel vuoto, legato solamente all'imbracatura di sicurezza. Simili inconvenienti erano capitati spesso mentre lavoravano sulla facciata del Palazzo dell'Astronautica e, ogni volta, chi era rimasto coinvolto si era spaventato a morte. Proprio il giorno prima, un collega di Shui Wa, la cui ventosa a disco si era staccata dal vetro, era finito a oscillare nel vuoto, prima volando verso l'esterno, a grande distanza dall'edificio, e poi tornando di nuovo verso la parete. In quel momento, un forte colpo di vento lo aveva sbattuto violentemente contro una delle vetrate, mandandola in frantumi. L'uomo aveva riportato profondi tagli alla fronte e alle braccia, e la spesa per ripagare il prezioso vetro rivestito di alta qualità gli era costata un anno di stipendio.

Erano ormai più di due anni che Shui Wa lavorava come uomo ragno, ma quel mestiere continuava a metterlo a dura prova. Un vento che, al suolo, aveva una forza di circa cinque nodi, cioè dieci chilometri orari, a cento metri d'altezza, poteva raggiungere i venti nodi, cioè trenta e più chilometri orari, e a quattrocento metri, dove lui stava lavorando in quel momento, poteva soffiare ancora più forte. Il pericolo era evidente, sin dall'inizio del secolo c'erano stati spesso incidenti e molti uomini ragno si erano schiantati al suolo. D'inverno, poi, le raffiche tagliavano la pelle come rasoi, mentre la soluzione di acido fluoridrico che usavano per lavare i vetri aveva un elevato potere corrosivo e, in breve tempo, era in grado di annerire le unghie delle mani fino a farle cadere. Per proteggersi dalla forza corrosiva del solvente erano costretti a indossare giacca, pantaloni e scarpe impermeabili che non lasciavano passare l'aria, e d'estate, quando dovevano pulire le finestre di vetro rivestito, il sole li bruciava battendo sulle spalle, mentre erano accecati dal bagliore riflesso dalle grandi vetrate. A Shui Wa sembrava di trovarsi dentro al fornello solare di Lu Hai.

Nonostante tutto, amava il suo lavoro. Quei due anni erano stati il periodo più felice della sua vita. In parte perché effettivamente gli uomini ragno erano pagati molto più degli altri migranti con un basso livello di scolarizzazione che affluivano nella capitale. Ma, cosa ancora più importante, quell'impiego gli aveva regalato, per la prima volta, una fantastica sensazione di appagamento; in particolare, apprezzava un compito specifico, che invece gli altri colleghi cercavano in qualsiasi modo di evitare: la pulizia dei grattacieli di recente costruzione. Edifici che raggiungevano almeno i duecento metri, il più alto arrivava a cinquecento. Quando era sospeso nel vuoto a penzolare dalla cima di uno di quei palazzi, poteva ammirare la città di Pechino che si stendeva immensa sotto di lui. I cosiddetti grattacieli e i grandi edifici costruiti nel secolo precedente, visti da lassù, sembravano minuscoli, anche se si trovavano solo a poca distanza; quelli più lontani invece non erano nient'altro che un mazzetto di sottili bastoncini di legno piantati nel terreno. Persino la Città proibita, nel cuore di Pechino, vista da lì sembrava un gioco di costruzioni per bambini, fatto di cubi dorati. Da lassù, non poteva sentire il frastuono della città, ma riusciva ad abbracciarla tutta con uno sguardo: la capitale si allargava sotto di lui, respirando silenziosa, con la sua rete di strade simile a un enorme sistema di vasi sanguigni ribollenti di vita.

A volte, il grattacielo su cui lavorava era così alto che arrivava a penetrare il manto delle nuvole. Allora la città poteva anche essere avvolta dall'oscurità o da una pioggia battente, ma lassù dove era lui il sole continuava a splendere luminoso. Mentre lo sconfinato mare di nuvole ondeggiava e si gonfiava sotto i suoi piedi, Shui Wa si sentiva vuoto e leggero, come se i potenti venti che soffiavano a quell'altezza gli attraversassero il corpo rendendolo trasparente.

Da quella esperienza aveva imparato una lezione fondamentale: le cose viste dall'alto sono molto più chiare. Quando invece la grande città lo inghiottiva, tutto intorno a lui diventava terribilmente complicato e confuso, e Pechino si trasformava in un labirinto infinito. Ma da lassù, l'intera città non era altro che un grande formicaio abitato da più di dieci milioni di persone e il mondo che la circondava sembrava anche più vasto.

La prima volta che aveva ricevuto lo stipendio, Shui Wa era andato in un grosso centro commerciale. Quando prese l'ascensore e salì al terzo piano, scoprì un luogo strano e stupefacente. Non aveva nulla a che vedere con i piani sottostanti, trafficati e affollatissimi: al terzo piano c'era una sala molto spaziosa, in cui erano sistemati tavolini bassi e particolarmente grandi; il piano di quei tavoli enormi era occupato da una serie di modellini di complessi edilizi, non più alti di un libro. Tra gli edifici in scala, c'erano distese erbose verde smeraldo, minuscoli padiglioni bianchi e tortuose vie pedonali. I piccoli edifici sembravano fatti di avorio e formaggio, erano davvero molto belli e, insieme ai prati verdi, ricreavano un fantastico mondo in miniatura. A Shui Wa sembrò la raffigurazione di un piccolo paradiso in terra. All'inizio pensò che si trattasse di una specie di giocattolo, ma non aveva visto nemmeno un bambino lì intorno. D'altra parte, le persone che osservavano i tavoli avevano un'aria seria e compassata. Shui Wa si fermò a fianco di uno di quei modellini di paradiso e rimase a studiarlo a lungo, affascinato. Finché gli andò incontro per salutarlo una donna giovane e graziosa, e allora capì che lì si vendevano proprietà immobiliari. Le indicò a caso uno degli edifici e chiese quanto costasse una casa all'ultimo piano. La ragazza gli spiegò che si trattava di un appartamento di tre camere e un salone che veniva tremilacinquecento *yuan* al metro quadro, per un totale di trecentottantamila *yuan*. A sentire il prezzo a Shui Wa venne l'affanno, ma la ragazza si affrettò a mitigare un po' la freddezza di quella crudele serie di cifre: "Può anche pagare in rate mensili di millecinquecento o duemila *yuan*...".

Allora Shui Wa chiese, con cautela: "Io... non sono residente a Pechino. Posso comprarlo ugualmente?".

La giovane donna sorrise dolcemente: "A lei piace scherzare... il sistema dello *hukou*, il registro di residenza, è stato abolito da due anni, ormai chi fa più distinzione tra residenti e non residenti? Il fatto di vivere qui non è forse abbastanza per definirsi pechinese?".

Dopo aver lasciato il centro commerciale, Shui Wa vagò parecchie ore senza meta per le strade. Quando scese la sera, le luci multicolori di Pechino cominciarono a splendere intorno. Di tanto in tanto si fermava a guardare i volantini colorati che gli aveva dato la ragazza che vendeva case. Solo un mese prima, quando viveva nella stanzetta disadorna in una lontana città dell'Ovest, gli era sembrata una favola anche solo l'idea di possedere un appartamento nel capoluogo della provincia. Ora era ancora ben lontano dal potersi permettere un appartamento a Pechino, ma non si trattava più di una favola, il suo era diventato un sogno, e questo sogno era esattamente come i graziosi modellini del plastico, qualcosa di concreto davanti ai suoi occhi, qualcosa che poteva perfino toccare.

Mentre Shui Wa era perso nei suoi pensieri, qualcuno, dall'interno dell'edificio, bussò sul vetro della finestra che stava pulendo. Anche questo era un inconveniente fin troppo comune: per i colletti bianchi che lavoravano nei lussuosi grattacieli del centro, la comparsa dei pulitori alle finestre del proprio ufficio rappresentava puntualmente una seccatura intollerabile, come se li considerassero davvero una strana specie di ragni giganti: la barriera che li separava non si limitava alla vetrata. Quando gli uomini ragno erano al lavoro, gli impiegati si lamentavano del rumore o del fatto che impedivano alla luce di entrare, in ogni caso gli rendevano dura la vita. I vetri del Palazzo dell'Astronautica erano semiriflettenti, era difficile per Shui Wa vedere all'interno, ma alla fine distinse la figura di un uomo, era Lu Hai!

Dopo che si erano separati, Shui Wa era stato a lungo preoccupato per lui. Nei suoi ricordi rimaneva un vagabondo vestito all'occidentale che si barcamenava tirando a campare in quella grande città. Poi, una sera di fine autunno, mentre nella sua stanza Shui Wa si stava domandando con apprensione se Lu Hai avesse gli abiti adatti per affrontare l'inverno, improvvisamente, lo aveva visto comparire in televisione! A quel tempo gli ingegneri del progetto Sole cinese stavano selezionando il materiale per costruire il riflettore. Si trattava di una scelta cruciale per la realizzazione dell'impresa. Tra più di dieci materiali presentati, alla fine era stata scelta proprio la nanomembrana a specchio creata da Lu Hai. Lo scienziato, povero ed errabondo, era diventato uno dei principali ricercatori coinvolti nel progetto e, da un giorno all'altro, era conosciuto in tutto il mondo. Dopo di allora, Shui Wa si era a poco a poco dimenticato di lui, anche se lo aveva visto spesso sui media, era convinto che tra loro non avrebbe potuto esserci più alcun contatto.

Quando entrò nel suo ufficio spazioso, Lu Hai non gli sembrò molto diverso da come lo aveva lasciato due anni prima: indossava ancora quel completo in stile occidentale, ma Shui Wa ora sapeva che il vestito che all'epoca gli era parso esageratamente costoso, era in realtà un prodotto di seconda qualità. Shui Wa attaccò subito a raccontargli della sua vita, poi concluse con un sorriso: "Sembra che sia andata bene a entrambi qui a Pechino!".

"Già, è andata davvero bene!" assentì Lu Hai con entusiasmo, "a dire il vero, quella mattina, quando ti stavo parlando della nostra epoca e delle opportunità che offre, ero sul punto di perdere ogni speranza. Lo dicevo più per convincere me stesso, ma questi tempi sono davvero ricchi di opportunità!"

"Gli uccelli dalle uova d'oro sono dappertutto..." concluse annuendo Shui Wa.

Esaminò la grande stanza arredata con gusto moderno, l'elemento più spettacolare era senz'altro l'insolita decorazione che copriva interamente il soffitto: un ologramma della volta celeste che dava l'impressione di trovarsi in un giardino sotto un luminoso cielo notturno pieno di stelle. In mezzo a quel cielo stellato, pendeva uno specchio concavo di colore argento. Sembrava il fornello solare di Lu Hai, ma Shui Wa sapeva che in proporzione avrebbe dovuto essere decine di volte più grande dell'intera città di Pechino. In un angolo era appesa una lampada rotonda che emanava una luce gialla abbagliante. Come lo specchio, anche la lampada era sospesa in mezzo al cielo, senza essere fissata ad alcun supporto. Lo specchio concavo rifletteva la luce della lampada e la proiettava su un grande mappamondo posto vicino alla scrivania creando uno splendente alone circolare sulla sua superficie. La sfera luminosa fluttuava lentamente lungo il soffitto e lo specchio ne seguiva il percorso catturando il raggio di luce e riflettendolo in maniera costante sul mappamondo. Il cielo stellato, lo specchio, la lampada circolare, la luce che emanava, il mappamondo e la parte di superficie illuminata formavano un insieme misterioso e irreale.

"Questo sarebbe il Sole cinese?" chiese Shui Wa rapito, indicando lo specchio.

Lu Hai annuì: "È il riflettore la cui superficie raggiungerà circa trentamila chilometri quadrati. Sarà lanciato su un'orbita geostazionaria a trentaseimila chilometri di altezza per riflettere la luce del sole sulla Terra. Visto dalla Terra, splenderà nel cielo proprio come un secondo sole".

"Non riesco davvero a capire come un secondo sole nel cielo potrà fare cadere più pioggia sulla Terra..."

"Il sole artificiale sarà in grado di influenzare il tempo atmosferico in molti modi. Per esempio modificando l'equilibrio termico dell'aria, influenzerà la circolazione atmosferica, aumenterà il tasso di evaporazione degli oceani o farà spostare i fronti metereologici... Ma poche parole non bastano certo a spiegare tutto. In realtà, il riflettore orbitale è solo una parte del progetto Sole cinese. Un'altra parte riguarda un modello di moto atmosferico complesso. Tale modello sarà sviluppato con una serie di modernissimi super computer che simuleranno con estrema precisione i cambiamenti climatici in alcune aree dell'atmosfera, così da trovare il punto esatto in cui il calore del sole artificiale potrà esercitare la massima influenza. Saremo in grado di produrre effetti straordinari, tali da modificare completamente il clima dell'area interessata per un determinato lasso di tempo..." Fece una pausa, poi continuò: "È un progetto incredibilmente articolato, non tutto rientra nelle mie competenze e neppure io lo capisco fino in fondo".

Shui Wa decise di fargli una domanda su qualcosa che invece avrebbe sicuramente capito, sapeva che era piuttosto sciocca, ma raccolse tutto il suo coraggio: "Però un affare così grande sospeso nel cielo non rischia di precipitare?".

Lu Hai fissò Shui Wa per alcuni interminabili secondi, poi guardò l'orologio e, dandogli una pacca sulla spalla, disse: "Andiamo! Voglio invitarti a cena. Ti spiegherò a tavola perché il Sole cinese non potrà mai cadere!".

La cosa si rivelò molto più complicata di quanto si aspettasse. Capì che avrebbe dovuto cominciare la spiegazione dai rudimenti più elementari. Anche se Shui Wa sapeva di vivere su un pianeta di forma sferica, nel suo immaginario l'universo era una sorta di cupola circolare che sovrastava la

Terra quadrata. Lu Hai fece un grande sforzo per fargli capire e accettare il fatto che il nostro mondo non era altro che una piccola roccia fluttuante nel vuoto infinito del cosmo. In realtà, quella sera Shui Wa non riuscì ancora a comprendere per quali ragioni il Sole cinese non sarebbe potuto cadere, ma cominciò a cambiare drasticamente il vecchio concetto di universo, così profondamente radicato nella sua mente. Stava finalmente entrando nella sua personalissima era tolemaica. La sera successiva, Lu Hai lo portò a mangiare all'aperto, presso una bancarella. Questa volta, durante la cena, riuscì a farlo approdare all'era copernicana. Nel corso delle due sere seguenti Shui Wa, con grande difficoltà, iniziò ad apprendere le basi della fisica newtoniana e arrivò a intuire (anche se solo superficialmente) la legge di gravitazione universale. Il giorno dopo Lu Hai lo fece avanzare fino all'era spaziale, con l'aiuto del mappamondo nel suo ufficio. Poi, approfittando di un giorno di vacanza e sempre utilizzando il mappamondo, Shui Wa arrivò finalmente a capire il significato di orbita geostazionaria e, al contempo, il motivo per cui il Sole cinese non sarebbe mai potuto cadere.

Quel giorno stesso Lu Hai portò Shui Wa a fare un giro all'interno del Centro di controllo del progetto Sole cinese. Avevano un monitor enorme che trasmetteva le immagini del sito di costruzione del Sole cinese sull'orbita geostazionaria: nell'oscurità dello spazio nero come la pece fluttuavano sottili lastre di colore argento, mentre le astronavi svolazzavano tra i pannelli come minuscole zanzare. Ma ciò che colpì maggiormente Shui Wa fu quello che vide su un altro grande monitor, molto simile al primo: era l'immagine della Terra ripresa da trentaseimila chilometri di distanza. Da quell'altezza i continenti erano enormi fogli di carta da pacchi che galleggiavano in mezzo agli oceani, le catene montuose non sembravano altro che grinze, mentre gli strati di nuvole erano zucchero filato sparso sopra... Lu Hai gli indicò la zona del suo villaggio e Pechino. Shui Wa rimase imbambolato a guardare per diversi minuti, poi azzardò un commento: "Sono certo che le persone penserebbero in modo molto diverso se vedessero le cose da lassù...".

Tre mesi più tardi, le fasi principali del progetto Sole cinese erano completate. Alla vigilia della Festa nazionale, il riflettore proiettò per la prima volta la sua luce nell'oscurità della notte terrestre: il gigantesco fascio luminoso era puntato direttamente sull'area della capitale e di Tianjin. Quella notte Shui Wa si recò in piazza Tian'anmen insieme a centinaia di migliaia di persone per vedere con i propri occhi quell'alba magnifica. Improvvisamente, nel cielo notturno, verso occidente, cominciò ad accendersi il bagliore di una nuova stella, che brillava sempre più forte. Un alone azzurro iniziò ad allargarsi intorno alla stella. Quando il Sole cinese raggiunse il massimo splendore, la sfumatura azzurra aveva già riempito metà della volta celeste. Sul bordo, l'azzurro chiaro sbiadiva gradualmente in giallo, rosso-arancio e poi viola scuro, il cerchio cambiava via via colore come se un arcobaleno stesse circondando il cielo. Questo fenomeno sarebbe poi stato definito "Corona rosata".

Quando Shui Wa fece ritorno al dormitorio erano le quattro del mattino. Mentre si sdraiava nella minuscola branda superiore del letto a castello, i raggi del Sole cinese brillavano ancora fuori dalla finestra, illuminando i volantini degli annunci immobiliari che teneva appesi al muro, proprio sopra il cuscino. Strappò via tutti i foglietti colorati.

Alla luce paradisiaca del Sole cinese, l'ideale che lo aveva tanto entusiasmato in passato era diventato, tutto a un tratto, banale e insignificante.

Due mesi dopo, il manager dell'impresa di pulizie andò a cercare Shui Wa. Disse che il direttore Lu del Centro di controllo del progetto Sole cinese voleva incontrarlo. Shui Wa non aveva più visto Lu Hai da quando avevano finito il lavoro di pulizia del Palazzo dell'Astronautica.

"Il vostro Sole è veramente magnifico!" esclamò con sincera ammirazione, non appena lo incontrò nel suo ufficio al Palazzo dell'Astronautica.

"Vorrai dire il nostro Sole! E in un certo senso anche, e soprattutto, il tuo. In questo momento non è visibile qui, perché lo usiamo per far cadere la neve sul tuo villaggio!"

"Infatti, i miei genitori hanno scritto per dirmi che quest'inverno hanno avuto tanta neve!"

"Soltanto che stiamo avendo un serio problema con il Sole cinese," disse Lu Hai indicando un grande schermo alle sue spalle su cui Shui Wa vide due macchie di luce circolari. "Queste sono due foto del Sole cinese scattate a due mesi di distanza l'una dall'altra. Riesci a vedere la differenza?"

"Quella di sinistra è un po' più luminosa!"

"Lo vedi! Dopo solo due mesi la riduzione del potere riflettente si nota a occhio nudo!"

"Com'è possibile? Vuoi dire che lo specchio gigante si sta riempiendo di polvere?"

"No, non c'è polvere nello spazio, ci sono però i venti solari che muovono flussi di particelle emanate dal Sole. Con il passare del tempo le particelle hanno causato una modificazione sulla superficie del Sole cinese. Lo specchio è ormai ricoperto da un sottile strato di nebbia che ne ha ridotto sensibilmente la capacità riflettente. In un anno la superficie sembrerà completamente avvolta da una nuvola di vapore. Il Sole cinese diventerà una luna cinese e non servirà più a niente."

"E voi non ci avevate pensato sin dall'inizio?"

"Certo... ma adesso parliamo di te: ti andrebbe di cambiare lavoro?"

"Cambiare lavoro? Ma cosa altro potrei fare?"

"Sempre il pulitore ad alta quota, ma per noi..."

Shui Wa si guardò intorno senza capire: "Ma il vostro edificio non è stato appena ripulito? A che altro vi serve un operaio specializzato nella pulizia dei grattacieli?".

"No... non ti sto chiedendo di pulire la facciata dell'edificio. Si tratta di ripulire il Sole cinese."

Obiettivo numero cinque: volare nello spazio per pulire il Sole

A quella riunione parteciparono tutti i dirigenti di alto grado del Dipartimento operativo del progetto Sole cinese: l'incontro aveva lo scopo di discutere la creazione di una squadra che si occupasse della pulizia dello specchio. Lu Hai introdusse Shui Wa ai presenti e spiegò che lavoro facesse. Quando qualcuno gli chiese il livello scolastico, Shui Wa dichiarò candidamente di aver frequentato solamente i primi tre anni delle elementari. "Però ho imparato a riconoscere i caratteri e leggo senza problemi..." disse.

Ci fu uno scoppio di risa. "Direttore generale Lu, cos'è questo... uno scherzo?" gridarono stizzosamente alcuni dei presenti.

Lu Hai rispose con molta calma: "Non è affatto uno scherzo. Con una squadra di trenta uomini, ci vorrebbero sei mesi per ripulire l'intera superficie del Sole cinese; per lavorare giorno e notte senza interruzioni avremmo bisogno di almeno sessanta o addirittura novanta pulitori che facciano i turni. Se viene approvato il regolamento di tutela dei lavoratori aerospaziali, per la turnazione avremmo bisogno di un numero ancora maggiore di uomini, probabilmente intorno alle centoventi o centocinquanta persone. Per svolgere questo tipo di mansione volete davvero assumere centocinquanta astronauti, tutti con un dottorato di ricerca e almeno tremila ore di volo sui caccia da combattimento?".

"Questa dovrebbe essere più o meno l'idea. Perché al giorno d'oggi, con la diffusione dell'istruzione superiore soprattutto nei grandi centri, dovremmo mandare un analfabeta nello spazio?"

"Non sono analfabeta!" replicò Shui Wa, ma l'uomo che aveva appena parlato lo ignorò e continuò, rivolgendosi a Lu Hai: "Una cosa del genere sarebbe un oltraggio alla grandiosità del progetto!".

Gli altri membri presenti alla riunione annuirono in segno d'approvazione.

Anche Lu Hai annuì: "Mi aspettavo una reazione simile. A parte questo pulitore di finestre, ognuno dei presenti ha almeno un dottorato. Va bene, allora adesso ci mostrerete le vostre capacità di pulitori! Per favore, venite con me".

Più di una decina di esperti, confusi e perplessi, seguirono Lu Hai fuori dalla sala riunioni ed entrarono in ascensore. Nel grattacielo erano stati installati tre tipi di ascensori: superveloci, a media velocità e più lenti. Salirono tutti a bordo di uno di quelli veloci e, schizzando verso l'alto a una velocità mozzafiato, raggiunsero rapidamente l'ultimo piano.

Mentre salivano, qualcuno disse: "È la prima volta che prendo questo ascensore... mi sembra quasi di volare su un razzo!".

Lu Hai, mentre il gruppo lo guardava con aria meravigliata, disse: "E ora, dopo essere entrati nell'orbita geostazionaria, tutti noi sperimenteremo cosa vuole dire pulire il Sole cinese".

Una volta usciti dalla cabina, seguirono Lu Hai lungo una stretta scaletta e finalmente, passando attraverso una porticina di ferro, sbucarono sul tetto dell'edificio. Rimasero immediatamente abbagliati dalla luce del sole e avanzarono a fatica sul tetto, tra fortissime raffiche di vento. Il cielo azzurro sopra di loro sembrava molto più limpido del solito. Si guardarono intorno, ammirando l'impressionante panorama di Pechino che si offriva sotto di loro. Solo allora si accorsero che sul tetto c'era un altro gruppetto di persone ad attenderli. Shui Wa rimase senza fiato per la sorpresa quando si accorse che si trattava del manager dell'impresa di pulizie e di alcuni suoi colleghi uomini ragno.

Lu Hai disse ad alta voce: "Adesso daremo a ciascuno di voi l'opportunità di sperimentare il lavoro di Shui Wa".

Gli uomini ragno si avvicinarono e applicarono a ognuno l'imbracatura di sicurezza. Poi li guidarono fino al bordo del tetto e li aiutarono a calarsi cautamente sulle piccole assi delle piattaforme mobili, su cui di solito si stringevano più di dieci operai per pulire le facciate degli edifici. Infine fecero scendere lentamente le piattaforme lasciandole a circa cinque o sei metri dal tetto. Sospesi lungo la parete di vetro, tutti lanciarono grida di autentico terrore.

"Bene signori, adesso andiamo avanti con la nostra riunione!" gridò Lu Hai sporgendosi.

"Brutto bastardo! Presto, tiraci su!"

"Prima dovrete pulire una parte di vetrata, poi potrete tornare su..."

Nessuno ci riuscì. L'unica cosa che le persone appese là sotto riuscirono a fare fu avvinghiarsi disperatamente alla propria imbracatura di sicurezza o alle corde che reggevano le piattaforme, nessuno osò fare il minimo movimento, né tantomeno allentare la presa anche di una sola mano per afferrare uno degli spazzoloni o sollevare il coperchio del contenitore del sapone. I funzionari del Centro aerospaziale avevano a che fare ogni giorno con studi e documenti relativi a progetti che sarebbero stati realizzati a decine di migliaia di chilometri di distanza dal suolo, ma in quel momento, costretti a vivere una situazione analoga in prima persona, anche se solo a quattrocento metri di altezza, erano terrorizzati.

Lu Hai, che nel frattempo si era rialzato in piedi, camminò lungo il bordo del tetto fino ad arrivare esattamente sopra a un colonnello dell'aviazione. Tra quelli appesi lì sotto, era l'unico che era riuscito a mantenere calma e sangue freddo. Anzi, aveva addirittura cominciato a pulire il vetro con movimenti fermi e controllati. Ciò che più sorprese Shui Wa fu che il militare stava lavorando con entrambe le mani, senza aggrapparsi a niente, e anche se c'era un forte vento la sua tavola non si muoveva affatto. Solo gli uomini ragno più esperti sarebbero stati in grado di fare questo. Ma lo stupore di Shui Wa svanì rapidamente non appena riconobbe l'uomo: era uno degli astronauti che oltre dieci anni prima avevano preso parte alla missione spaziale della navicella Shenzhou 8.

"Colonnello Zhang, onestamente, potrebbe affermare che il lavoro che sta facendo adesso è più facile della camminata nello spazio che ha compiuto quando eravate in orbita?" chiese Lu Hai.

"Beh, considerando la situazione esclusivamente in termini di destrezza e di capacità fisiche, direi che si tratta di qualcosa di molto simile," rispose l'ex-astronauta.

"Ben detto!" riprese Lu Hai, "alcuni studi recenti realizzati dal Centro di addestramento aerospaziale hanno dimostrato che, analizzando la questione da un punto di vista ergonomico, il lavoro di pulizia delle pareti dei grattacieli e quello delle superfici riflettenti situate nello spazio presentano molti punti in comune: si tratta in ambedue i casi di imprese pericolose che impongono di mantenere un costante equilibrio; sono lavori manuali ripetitivi e monotoni, ma allo stesso tempo richiedono un grande sforzo fisico; inoltre, presuppongono entrambi che il lavoratore sia costantemente in allerta, perché la più piccola disattenzione potrebbe causare un incidente. Per gli astronauti, ciò potrebbe comportare il rischio di finire alla deriva nello spazio o la perdita di strumenti e di dati importanti o addirittura il malfunzionamento degli apparati di sopravvivenza... Per gli uomini ragno, invece, potrebbe significare entrare in collisione con le vetrate degli edifici, lasciar cadere qualche strumento o il contenitore del sapone o perfino scivolare giù in caso di cedimento dell'imbracatura di sicurezza... Se prendiamo in considerazione la resistenza fisica e l'abilità manuale e, per entrare più nel dettaglio, i requisiti psicologici necessari per effettuare la pulitura dello specchio, non possiamo negare che gli uomini ragno possiedano le competenze necessarie e siano pienamente qualificati per svolgere questo tipo di attività."

L'ex-astronauta alzò lo sguardo verso Lu Hai e commentò, annuendo appena: "Mi ricorda quel vecchio proverbio che dice: versare l'olio attraverso il buco quadrato al centro di una moneta di rame richiede al mercante la stessa squisita abilità del generale che colpisce il bersaglio con una freccia. L'unica differenza è lo status sociale".

Allora, Lu Hai continuò: "Colombo ha scoperto l'America e Cook l'Australia, ma le opportunità che quei nuovi mondi avevano da offrire sono state sfruttate e portate avanti dalla gente comune. I pionieri provenivano dai ranghi più bassi della società dell'Europa del tempo. Quando si tratta di sfruttare le opportunità che offre lo spazio la situazione è la stessa. Nel prossimo piano quinquennale previsto per la nostra nazione, lo spazio esterno attorno alla Terra è stato definito come un nuovo Occidente da colonizzare; ciò significa che l'era dell'esplorazione è ormai conclusa e che adesso le varie attività nello spazio non possono più essere svolte solo da una piccola élite di tecnici. È giunto il momento di consentire anche alle persone comuni di viaggiare e lavorare nel cosmo. Questo sarà il primo passo verso lo sviluppo industriale dello spazio!".

"Bene! Bravo! Hai ragione! Ma ora, forza, tiraci su!" si sgolavano quelli sospesi di sotto.

Quando furono rientrati nell'ascensore, il manager dell'impresa di pulizie si avvicinò a Lu Hai e gli bisbigliò: "Direttore Lu, ha fatto davvero un bel discorso là fuori, toccante e appassionato, ma gli argomenti che ha portato non sono un po' troppo intellettualistici? Certo, capisco che non abbiate voluto affrontare i punti cruciali della questione davanti a Shui Wa e ai suoi colleghi...".

"Cosa?" gli chiese Lu Hai, voltandosi verso di lui.

"Sappiamo tutti che il progetto Sole cinese è stato condotto come un'operazione commerciale e sappiamo altrettanto bene che un blocco dei finanziamenti, avvenuto a metà strada, ha quasi portato alla cancellazione dell'impresa. Anche le vostre riserve, destinate a coprire i costi operativi, ormai si stanno esaurendo. Nell'industria aerospaziale il salario annuo di un astronauta qualificato è pari a più di un milione di *yuan*. I miei ragazzi possono farvi risparmiare svariate decine di milioni all'anno."

Lu Hai sorrise con aria ambigua: "Davvero è convinto che per noi valga la pena assumersi un rischio simile solo per risparmiare alcune misere decine di milioni? È vero che al momento ho fatto di tutto per abbassare al minimo gli standard di addestramento richiesti ai pulitori dello specchio, ma l'ho fatto per creare un precedente. In tal modo, potremo assumere comuni laureati anche per gli altri lavori da svolgere a bordo della stazione orbitale del Sole cinese. Così saremo in grado di risparmiare molto più che poche decine di milioni. È vero quello che ha detto, non avevamo più molti fondi a disposizione, e questa era l'unica soluzione che ci avrebbe permesso di risolvere il problema".

"Quando ero giovane andare nello spazio era considerata un'impresa così romantica... Mi ricordo ancora quando Deng Xiaoping si recò a visitare il Centro spaziale Kennedy definì uno degli astronauti americani un essere soprannaturale. Mentre adesso..." Il manager scosse la testa e, dando una pacca sulla spalla di Lu, concluse con un sorriso amaro: "Beh, adesso la penso proprio come lei".

Allora Lu Hai si voltò verso il gruppo dei giovani uomini ragno e disse al manager, alzando il tono della voce: "Ma caro signore, il salario che io posso offrire loro è da otto a dieci volte più alto di quello che paga lei!".

Il giorno seguente, sessanta uomini ragno, tra cui Shui Wa, furono trasferiti al Centro nazionale di addestramento aerospaziale di Shijingshan. Erano tutti giovani figli di contadini, emigrati nella capitale in cerca di fortuna, provenivano dagli angoli più remoti delle vaste aree rurali del Paese.

I contadini dello specchio

Base Xichang: la navetta spaziale Orizzonte emerse dall'enorme nuvola di fumo bianco provocato dai motori in fase di decollo e si sollevò verso il cielo con un sonoro rimbombo. A bordo c'erano Shui Wa e altri quattordici pulitori. Dopo tre mesi di addestramento a terra, erano stati selezionati, all'interno di un gruppo di sessanta uomini ragno, per far parte del primo scaglione da inviare nello spazio a cominciare il lavoro pratico.

A Shui Wa l'esperienza dell'ipergravità non era sembrata tremenda come avevano annunciato. Anzi, in un certo senso aveva perfino provato la sensazione familiare di un bambino stretto forte nell'abbraccio della madre.

Fuori dall'oblò, alla sua destra, l'azzurro del cielo si faceva sempre più scuro. In quell'istante lo scoppiettio attutito delle viti che esplodevano riecheggiò fuori dall'astronave. Era il rumore dei propulsori ausiliari che si staccavano. Da quel momento in poi il rombo assordante del motore si trasformò in un tenue ronzio. Il cielo assunse una sfumatura violetta sempre più scura, fino a diventare completamente nero. Le stelle apparvero aldilà dell'oblò, ora non luccicavano più, ma brillavano di una luce intensa e perfettamente limpida. Il ronzio del motore cessò e un silenzio assoluto calò all'interno dell'astronave. I sedili smisero di vibrare e subito dopo scomparve anche la forte pressione che li aveva schiacciati contro gli schienali. Nella cabina si era creata una condizione di gravità zero. Shui Wa si ricordava bene dell'addestramento in assenza di gravità, cui si erano sottoposti galleggiando in un'enorme vasca piena d'acqua, ed ebbe davvero la sensazione di fluttuare in un liquido.

Ma non poté ancora slacciare la cintura di sicurezza: il motore aveva ripreso a ronzare e la forza causata dall'accelerazione li aveva spinti di nuovo contro i sedili. Poi iniziò un lungo aggiustamento di rotta. Il cielo stellato e gli oceani si alternavano di volta in volta nello spazio circolare del piccolo oblò. Un momento prima la cabina era riempita dal riflesso blu della Terra e un attimo dopo era inondata dalla luce dorata del sole. Guardando fuori dalla finestrella rotonda potevano vedere la curva dell'orizzonte farsi più pronunciata e distinguere sempre meglio i confini dei continenti e dei mari sulla superficie terrestre. Ci vollero sei ore in totale per entrare nell'orbita geostazionaria. Poco a poco il continuo alternarsi di cielo stellato e superficie terrestre cominciò ad avere un effetto ipnotico su Shui Wa che finì per assopirsi. Ma fu presto svegliato di soprassalto dalla voce del comandante che gracchiava nell'interfono: l'entrata in orbita era stata completata con successo.

Uno dopo l'altro, i suoi compagni slacciarono le cinture e, fluttuando nella cabina, si accalcarono davanti agli oblò per guardare fuori. Anche Shui Wa fece altrettanto e, muovendosi come se stesse nuotando, galleggiò goffamente fino alla finestrella più vicina. Era la prima volta che vedeva con i suoi occhi la Terra nella sua interezza. La maggior parte dei suoi colleghi, invece, si stava affollando contro gli oblò posti sull'altro lato della cabina. Shui Wa cercò di unirsi a loro, si mosse rapidamente puntando i piedi contro la paratia, ma esagerò nella spinta e schizzò via andando a sbattere con la testa. Finalmente riuscì anche lui a piazzarsi davanti a un oblò e vide che la navetta spaziale Orizzonte si era già in posizionata sotto il Sole cinese. Visto di là dal vetro, l'enorme riflettore occupava la maggior parte del cielo stellato e la loro navicella sembrava un minuscolo moscerino che volteggiava sotto un'enorme cupola d'argento. Mentre continuavano la manovra di avvicinamento, Shui Wa poco a poco fu in grado di osservare l'immenso riflettore in tutta la sua estensione; adesso la superficie riempiva l'intera apertura dell'oblò, ogni traccia della sua curvatura era scomparsa. Gli sembrava quasi di volare verso una sconfinata pianura d'argento che si allungava ben oltre l'orizzonte. Quando furono ancora più vicino, videro l'immagine della Orizzonte riflessa sulla superficie argentea. Ora potevano anche scorgere le venature lunghe e sottili, corrispondenti alle giunture dei pannelli, molto simili al reticolo di meridiani e paralleli che s'intrecciano sulle carte geografiche. Le venature erano l'unico punto di riferimento che permetteva di capire a quale velocità si stessero muovendo. Pian piano le linee sulla distesa argentea iniziarono a convergere visibilmente in un punto specifico. Era come se si stessero dirigendo a tutta velocità verso uno dei poli di quella mappa sconfinata. E presto il polo fu davvero in vista: si trattava di un piccolo punto nero in corrispondenza del quale s'incontravano tutte le linee. Quando la navicella cominciò la discesa, dirigendosi in quella direzione, Shui Wa si rese conto, con suo grande stupore, che il puntino nero era in realtà una struttura gigantesca che si ergeva proprio nel mezzo della superficie argentea e capì subito che l'enorme edificio cilindrico a tenuta stagna era la stazione di controllo del Sole cinese. Per i successivi tre mesi sarebbe stata la loro casa nella fredda e silenziosa immensità del cosmo.

Così cominciò la loro vita di uomini ragno dello spazio. Ogni giorno – anche lassù ci volevano ventiquattro ore perché il Sole cinese compisse un'orbita completa intorno alla Terra – per ripulire la superficie a specchio, la percorrevano con un dispiegamento di macchinari delle dimensioni dei trattori a mano. Si muovevano avanti e indietro lungo la vasta estensione del riflettore, proprio come se stessero arando un campo d'argento. I media in Occidente coniarono un termine molto poetico per definirli: "contadini dello specchio". Il mondo in cui vivevano questi "contadini" era alquanto bizzarro: sotto i loro piedi si stendeva una pianura argentea. Anche se la curvatura del riflettore faceva sì che, procedendo verso l'esterno, la superficie sferica si elevasse gradualmente in tutte le direzioni, era talmente estesa da sembrare completamente piatta, come la superficie di un lago. Sopra di loro, invece, erano sempre visibili sia il Sole sia la Terra. Il Sole appariva molto più piccolo della Terra, sembrava più un satellite che emanava raggi di luce in tutte le direzioni. Sulla Terra, che occupava una grande porzione del cielo, si vedeva uno scintillante cerchio di luce in lento ma costante movimento, che in piena notte offriva uno spettacolo decisamente straordinario. Si trattava dell'area illuminata dalla luce riflessa dallo specchio. A volte la curvatura del riflettore veniva modificata e allora cambiavano anche le dimensioni del cerchio. Quando il pendio, nella zona più lontana dal centro del riflettore, si faceva particolarmente ripido, il cerchio di luce diventava più piccolo e luminoso; quando invece l'inclinazione diminuiva, la luce diveniva più soffusa e il diametro più grande.

Comunque sia, il lavoro di ripulitura dello specchio si rivelò estremamente duro e presto tutti si resero conto che liberare la superficie del riflettore dalle impurità era molto più noioso e stancante di quanto non fosse lavare le finestre dei grattacieli sulla Terra. Ogni giorno, quando tornavano alla stazione di controllo, erano così stanchi che spesso non riuscivano nemmeno a sfilarsi la tuta spaziale. Inoltre, quando arrivò il resto dei pulitori, la stazione si fece ancora più affollata e si ritrovarono a vivere stretti come marinai in un sottomarino. Nonostante questo, si ritenevano fortunati ogni volta che riuscivano a tornare alla base. Il punto del riflettore più lontano dalla stazione dove potevano spingersi in una giornata distava circa un centinaio di chilometri; spesso capitava che quelli che stavano lavorando sul bordo esterno dello specchio non riuscissero a tornare indietro alla fine del turno e dovessero accamparsi fuori per la notte. Questo significava sorbire cibo liquido dalle tute spaziali e dormire sospesi a mezzaria. Senza contare i rischi cui andavano incontro. I pulitori dello specchio avevano compiuto il numero maggiore di passeggiate nello spazio nella storia dei voli stellari. Quando erano accampati all'esterno, il più piccolo problema con la tuta spaziale poteva condurre alla morte. C'erano i pericoli rappresentati dai micrometeoriti, dai rifiuti spaziali e dalle tempeste solari. Le dure condizioni di vita e di lavoro avevano già suscitato molteplici voci di malcontento tra gli ingegneri che vivevano nella stazione; i "contadini dello specchio", invece, abituati da sempre a sopportare le difficoltà, si erano adattati alle nuove condizioni senza protestare.

Al quinto giorno di permanenza nello spazio Shui Wa chiamò la famiglia al villaggio. In quel momento stava lavorando a più di cinquanta chilometri dalla stazione di controllo, mentre il suo villaggio natale era esattamente all'interno del cerchio di luce proiettato dal Sole cinese.

Suo padre gli chiese: "Wa, figlio mio, davvero ti trovi su quella specie di sole? Sta splendendo sopra di noi proprio in questo momento. La notte è chiara come il giorno!".

Shui Wa rispose: "Sì, papà... siamo proprio sopra di voi!".

Intervenne la madre: "Wa, fa molto caldo lassù?".

"Quando fa caldo... fa veramente caldo e quando fa freddo, si gela. Quando quassù si forma un'ombra, se sei fuori dall'ombra fa dieci volte più caldo che d'estate lì al villaggio e se sei sotto fa dieci volte più freddo che d'inverno," replicò lui.

La madre disse al padre: "Io lo riesco a vedere il nostro Wa! È quel puntino nero in mezzo al sole!".

Shui Wa sapeva che era impossibile, ma non riuscì a trattenere le lacrime e disse, singhiozzando: "Papà... mamma... anch'io posso vedervi... riesco a vedere due puntini neri al centro dell'Asia! Copritevi bene domani; vedo che un'ampia corrente di aria fredda proveniente dal Nord del Paese si sta muovendo verso di voi...".

Tre mesi dopo arrivò il secondo scaglione a dare il cambio e alla squadra di Shui Wa fu finalmente concesso di rientrare sulla Terra per una vacanza di tre mesi. Appena messo piede a terra, ognuno di loro corse a comprare un potente telescopio a tubo singolo.

Tre mesi passarono presto e l'intera squadra tornò sul Sole cinese. Adesso, durante le pause, ciascuno trascorreva il tempo a osservare la Terra con il telescopio, puntando naturalmente l'obiettivo soprattutto verso il proprio paese. Solo che a quasi quarantamila chilometri di distanza nessuno riusciva a vederlo. Uno di loro scrisse sul riflettore alcuni versi rozzi e infantili con un grosso pennarello:

Dalla terra argentata vedo il mio paese
Mamma al villaggio alza lo sguardo al Sole cinese
Quello è l'occhio del suo figliolo
Che vestirà di verde il giallo suolo

Ai "contadini dello specchio", che stavano facendo un lavoro eccezionale, vennero a poco a poco affidate maggiori responsabilità e mansioni che andavano ben oltre la semplice pulitura. Per prima cosa assunsero il compito di riparare i danni causati dall'impatto dei meteoriti. Dopo un po' svolsero incarichi sempre più complessi, ad esempio monitorare e rinforzare i punti sottoposti a particolari sollecitazioni.

Mentre il Sole cinese era in orbita, infatti, la sua angolazione cambiava costantemente. Questi mutamenti erano determinati dai tremila motori disseminati sul retro dello specchio. La superficie estremamente sottile del riflettore era tenuta insieme e collegata al resto della struttura per mezzo di una fitta rete di lunghi bracci metallici. Quando il riflettore cambiava angolazione o posizione, alcune zone della superficie erano sottoposte a fortissime sollecitazioni strutturali, che il sistema non era in grado di sopportare. In questi casi bisognava ridurre immediatamente la forza dei motori o consolidare le zone in questione. Se tali misure non erano adottate con rapidità, l'eccessiva sollecitazione poteva causare strappi sulla superficie dello specchio. Trovare le aree colpite e rinforzarle richiedeva un alto livello di competenza e una buona dose d'esperienza.

Oltre che durante gli aggiustamenti di angolazione e le modifiche di posizione, le situazioni di eccessiva sollecitazione si verificavano anche nel corso della cosiddetta "rasatura orbitale". La definizione tecnica dell'operazione era: manovra di compensazione degli errori causati dalla pressione della luce e dal vento solare, fattori che esercitavano una forza notevole sulla vastissima area del riflettore. Una pressione di circa due chili, esercitata su ogni chilometro quadrato di superficie dello specchio, generava modifiche costanti nella traiettoria del riflettore. Il Centro di controllo terrestre monitorava questi cambiamenti su un grande schermo, comparando la rotta con quella prevista. Le traiettorie alterate apparivano sullo schermo come capelli che si allungavano dall'orbita originaria, da ciò derivava lo strano nome dato all'operazione.

Durante la "rasatura orbitale" il movimento del riflettore accelerava molto più di quanto non accadesse nel corso degli aggiustamenti di angolazione o posizione. Il lavoro dei "contadini dello specchio" in questo caso era fondamentale. Dovevano volare sulla distesa argentea, osservando attentamente la superficie in cerca di eventuali cambiamenti strutturali, e agire con la massima rapidità per predisporre i rinforzi necessari. Siccome avevano puntualmente svolto il proprio compito con ottimi risultati, il loro salario fu aumentato in misura considerevole. Tuttavia, chi ottenne i benefici maggiori fu colui che nel frattempo era diventato il più alto responsabile dell'intero progetto Sole cinese: Lu Hai, il quale era riuscito a raggiungere brillanti risultati senza nemmeno assumere laureati.

Nonostante tutto, però, i "contadini dello specchio" sapevano di essere stati il primo e ultimo gruppo di lavoratori mandati nello spazio con la sola licenza elementare. Quelli che sarebbero venuti dopo avrebbero avuto come minimo una laurea. Erano stati loro a portare a termine la missione che Lu Hai aveva affidato: avevano dimostrato che per svolgere lavori manuali nello spazio erano necessarie soprattutto competenze tecniche e una buona dose d'esperienza, che la capacità di adattarsi a condizioni ambientali estreme era molto più importante del fatto di possedere conoscenze teoriche e creatività, e dunque che anche le persone comuni erano perfettamente in grado di svolgere tali mansioni.

Lo spazio comunque cambiò radicalmente il modo di pensare dei "contadini dello specchio". Erano diventati qualcosa di unico, ogni giorno sospesi a trentaseimila chilometri di distanza osservavano il mondo dall'alto, la Terra era diventata grande come un modellino in scala e potevano abbracciarla con uno sguardo. Il "villaggio globale" non era una metafora per loro, ma una tangibile realtà.

Poiché erano stati i primi lavoratori lanciati nello spazio, i "contadini dello specchio" erano diventati un fenomeno a livello mondiale. Presto però lo sviluppo industriale dello spazio orbitale cominciò a progredire molto rapidamente. Fu portata a termine una serie di megaprogetti, tra cui la costruzione di enormi stazioni per la produzione di energia solare, che veniva inviata sulla Terra sotto forma di microonde, poi impianti di produzione e lavorazione in condizioni di microgravità e la costruzione di una città orbitale capace di ospitare centomila persone. Un grande numero di lavoratori industriali saliva nello spazio e siccome ormai erano di regola persone comuni, il mondo si dimenticò in fretta dei "contadini dello specchio".

Passarono parecchi anni. Shui Wa aveva comprato un appartamento a Pechino, si era sposato ed era divenuto padre. Trascorreva metà dell'anno a casa con la sua famiglia e l'altra metà nello spazio. Amava molto il suo lavoro, fare lunghi giri di ispezione sulla piana argentea a più di trentamila chilometri dalla Terra gli riempiva il cuore di una piacevole sensazione di distacco e pace interiore. Gli sembrava di aver finalmente trovato un modo di vivere ideale. Vedeva il futuro spiegarsi chiaramente davanti a lui, proprio come la silenziosa e liscia pianura d'argento sotto i suoi piedi. Ma presto sarebbe accaduto qualcosa che avrebbe rotto per sempre l'incanto di quella serenità, cambiando definitivamente il suo modo di pensare: l'incontro con Stephen Hawking.

Nessuno si sarebbe mai aspettato che il professor Hawking sarebbe vissuto più di cent'anni. Si trattò di un miracolo della scienza medica, ma fu anche una testimonianza della sua grande forza d'animo. Divenne il primo paziente della stazione orbitale di riabilitazione in microgravità, non appena fu ultimata. Siccome lo sbalzo di pressione causato dall'ipergravità al momento del lancio nello spazio lo aveva quasi ucciso, il suo fisico non sarebbe stato in grado di sostenere ancora una volta un simile stress durante il volo di ritorno. Perciò egli non sarebbe più potuto tornare sulla Terra finché non fossero stati inventati nuovi sistemi di trasporto, come ad esempio l'ascensore spaziale o la capsula antigravitazionale. D'altra parte, il suo medico gli raccomandò di trascorrere comunque il resto della vita in orbita, perché il suo corpo si sarebbe adattato molto meglio a un ambiente in microgravità.

All'inizio, il professor Hawking non sembrava particolarmente interessato al progetto Sole cinese, la ragione per cui aveva deciso di sottoporsi alla forza di accelerazione gravitazionale, che avrebbe dovuto subire durante il passaggio dall'orbita terrestre bassa a quella geostazionaria, in cui si trovava il Sole cinese (anche se naturalmente le conseguenze sarebbero state molto meno gravi rispetto al viaggio di andata nello spazio) era visitare la stazione di cosmologia osservativa. Lì svolgevano una ricerca scientifica sull'intensità delle anisotropie a livello microscopico presenti nella radiazione cosmica di fondo. La stazione si trovava sul lato posteriore del grande riflettore, perché questo era in grado di bloccare tutte le fonti d'interferenza provenienti sia dalla Terra sia dal Sole. Quando lo studio fu completato, sia la stazione di ricerca, sia il piccolo gruppo di scienziati che vi aveva lavorato furono smobilitati. Il professor Hawking, però, decise di non partire, dichiarò che gli piaceva molto stare lì e che intendeva fermarsi per un po' di tempo. In realtà, c'era qualcosa sul Sole cinese che lo aveva colpito. Sulla Terra i media si scatenarono in una ridda di bizzarre supposizioni, ma solo Shui Wa conosceva il vero motivo della sua decisione.

Quello che il professore amava di più della vita quotidiana sul Sole cinese erano le passeggiate sulla superficie dello specchio. Lasciando tutti perplessi e stupiti, passava ogni giorno molte ore muovendosi lungo il lato posteriore del riflettore. A Shui Wa, che ormai aveva acquisito una grande esperienza in fatto di camminate nello spazio, fu assegnato il compito di accompagnare lo scienziato durante le escursioni. A quel tempo Hawking era già diventato famoso quanto Einstein, e naturalmente Shui Wa aveva sentito parlare di lui. Il primo incontro con il professor Hawking, alla stazione di controllo, lo lasciò piuttosto sconcertato: non avrebbe mai creduto che una persona nelle sue condizioni, quasi completamente paralizzata, sarebbe stata in grado di raggiungere simili risultati; anche se, in realtà, non aveva capito di cosa si occupasse esattamente il noto scienziato. Durante le loro camminate non ebbe mai modo di notare l'handicap fisico del professor Hawking. Probabilmente la grande esperienza che questi aveva acquisito nel manovrare la sedia a rotelle elettrica gli consentiva di controllare il motore miniaturizzato della tuta spaziale proprio come chiunque altro.

La comunicazione tra loro invece si rivelò un po' più complicata perché, anche se lo scienziato usava un congegno di produzione vocale che attivava attraverso le onde cerebrali e che gli dava la possibilità di esprimersi a voce molto più facilmente di quanto non fosse mai stato nel secolo precedente, le sue parole dovevano comunque essere tradotte in cinese in tempo reale, perché era l'unica lingua che Shui Wa era in grado di comprendere. Secondo le istruzioni che aveva ricevuto dai superiori, Shui Wa non poteva mai iniziare una conversazione per evitare di disturbare i processi mentali del professore. Comunque, al professor Hawking piaceva molto parlare con lui.

Prima gli chiese del suo passato e della sua vita; poi rievocò gli anni della giovinezza. Raccontò delle stanze gelide e tetre della grande casa di St Albans; della musica di Wagner che risuonava in inverno nel salone ghiacciato; del carro degli zingari, comprato dai suoi genitori e sistemato in un campo a Osmington Mills, delle gite in spiaggia con il carro insieme alla sorella Mary; di quando andava con il padre a Ivinghoe Beacon, sulle Chiltern Hills... Shui Wa era stupito e ammirato di quanto fosse attiva la memoria di quel centenario. Ancora più stupefacente fu il modo in cui riuscirono a trovare una lingua comune. Tra l'altro il professore amava molto ascoltare i racconti di Shui Wa riguardo alla giovinezza trascorsa al villaggio, tanto che una volta, dopo che ebbero raggiunto il bordo del riflettore, gli chiese di indicargli la posizione esatta del luogo in cui era nato.

Dopo qualche tempo, le loro conversazioni si spostarono inevitabilmente su argomenti di carattere scientifico. Shui Wa era convinto che questo avrebbe posto fine alle loro preziose discussioni, ma non fu affatto così. Il professore, infatti, era capace di illustrare i più complessi aspetti della fisica e della cosmologia con un linguaggio che chiunque avrebbe potuto comprendere facilmente. A quanto pareva, per lo scienziato quelle conversazioni erano particolarmente rilassanti. Parlò a

Shui Wa del Big Bang, dei buchi neri e della gravità quantistica. Non appena di ritorno alla stazione, Shui Wa cominciò a divorare il libretto di divulgazione scientifica scritto dal professore, facendo domande agli ingegneri e agli scienziati ogni volta che qualcosa risultava poco chiaro. Con sua grande sorpresa, riusciva in gran parte a capirlo.

"Lo sai perché mi piace stare qui?" domandò il professor Hawking durante una delle escursioni verso il bordo del riflettore. Erano abbastanza vicini all'estremità della superficie dello specchio e il professore gli chiese di osservare la Terra sotto di loro. "Questo grande specchio, che ci tiene lontani dalla Terra laggiù, mi consente di dimenticare la banalità dell'esistenza. Qui posso concentrarmi totalmente, anima e corpo, sull'universo," spiegò.

Shui Wa allora notò: "Il mondo sotto di noi è molto complesso, ma da questa distanza perfino l'universo sembra semplice; è solo un mucchio di stelle sparse nello spazio…".

"Hai proprio ragione, ragazzo mio, è proprio così," annuì il professore.

Il lato posteriore dello specchio era molto simile a quello anteriore. Era costituito da una superficie riflettente. La sola vera differenza consisteva nelle tante strutture sparse sulla superficie, simili a piccole pagode nere, che ospitavano i motori usati per correggere angolazione e posizione del riflettore. Durante le loro passeggiate quotidiane, Shui Wa e il professore si avventuravano su questo lato, fluttuando lentamente e rimanendo molto vicini alla superficie, e spesso dal centro si spingevano fino ai bordi del riflettore. In assenza della luce lunare, il lato posteriore dello specchio era scuro come la pece e rifletteva solo la tenue luce delle stelle. Rispetto alla superficie anteriore, l'orizzonte sembrava molto vicino e se ne poteva distinguere la curvatura. Mentre il reticolo nero dei bracci metallici di supporto scorreva rapido sotto i loro piedi, illuminato solo dalla luce delle stelle, a loro sembrava di volare su un minuscolo e tranquillo pianeta. Ogni volta che partiva una manovra per correggerne l'angolazione o la posizione, si accendevano i motori sul retro del riflettore, il pianeta risplendeva di piccole lingue di fuoco, rivelando la misteriosa bellezza del luogo. La Via lattea brillava nella sua magnificenza illuminando quel piccolo mondo. Fu in questo regno fatato che Shui Wa venne per la prima volta in contatto con i più oscuri misteri dell'universo. Qui comprese che tutto il cielo stellato che poteva vedere non era altro che un granello di polvere nell'incommensurabile vastità del cosmo e l'universo un residuo di brace, non ancora estinta, dell'incredibile esplosione avvenuta più di dieci miliardi di anni fa.

Molti anni prima Shui Wa, lavorando come uomo ragno, dalla cima di un grattacielo era stato in grado di vedere l'intera città di Pechino; quando poi era arrivato sul Sole cinese aveva potuto vedere tutta la Terra. Ora, per la terza volta in vita sua, gli capitava di vivere un momento grandioso: era sul tetto dell'universo e da lì osservava cose di cui non si sarebbe mai nemmeno immaginato l'esistenza; sebbene ne sapesse ancora poco, quei mondi lontani esercitavano su di lui un'attrazione irresistibile.

Un giorno Shui Wa fece una domanda a un ingegnere della stazione riguardo a un problema che lo tormentava: "L'uomo è arrivato sulla luna negli anni sessanta del secolo scorso. Come mai poi non c'è più tornato? Perché non siamo ancora riusciti ad andare su Marte, e perché non siamo mai più tornati sulla luna?".

L'ingegnere cercò di spiegarglielo: "L'uomo è un animale dotato di grande senso pratico; nessuna delle imprese animate dall'idealismo e dalla fede avvenute a metà del secolo scorso era destinata a durare a lungo".

Shui Wa era perplesso: "Ma fede e idealismo non sono cose positive?".

L'ingegnere proseguì: "Non sto dicendo che siano cose negative, ma che hanno prevalso gli interessi economici. Se a partire dagli anni sessanta, l'umanità si fosse gettata a capofitto nell'antieconomica avventura dei viaggi spaziali, probabilmente adesso il nostro pianeta sarebbe molto più povero. La gente comune come noi non sarebbe mai riuscita ad arrivare nello spazio, anche se per il momento non ci siamo spinti oltre l'orbita terrestre. Amico mio, non lasciarti influenzare dalle idee velenose di Hawking; lui parla di cose su cui noi, persone normali, non dovremmo nemmeno scherzare!".

Quella conversazione cambiò radicalmente il modo di pensare di Shui Wa. Continuò a lavorare duro come aveva sempre fatto e, apparentemente, a condurre la solita vita tranquilla, ma era ormai evidente che aveva cominciato a riflettere su questioni molto più complesse.

Intanto, il tempo volava ed erano passati altri vent'anni. Guardando dall'alto, con la lungimiranza che gli dava vivere appollaiati a trentaseimila chilometri di distanza, Shui Wa e i suoi colleghi avevano visto il mondo e il loro Paese cambiare profondamente nel corso di due decenni. Avevano visto come, grazie al processo di riforestazione delle tre zone settentrionali, era stata creata una cintura lussureggiante che attraversava il Paese da oriente a occidente; avevano visto il giallo deserto coprirsi lentamente di verde, pioggia e neve cadere sulle loro aree d'origine, un tempo così aride, e le acque limpide tornare a scorrere nei letti dei fiumi in secca... Il merito di tutto ciò fu attribuito al Sole cinese, che aveva assunto un ruolo chiave nell'imponente progetto di modificazione del clima della Cina nord-occidentale. Di tanto in tanto il Sole cinese fu utilizzato anche per raggiungere altri, e più insoliti, obiettivi. Fu impiegato per sciogliere le nevi del Kilimanjaro in modo da attenuare la siccità nel continente africano. In un'altra occasione servì a cambiare il volto della città in cui si disputavano le Olimpiadi, illuminandola a giorno...

Nel frattempo erano state sviluppate nuove tecnologie che rendevano i metodi di manipolazione del clima, realizzati grazie al Sole cinese, poco pratici e pieni di indesiderati effetti collaterali. Il Sole cinese aveva esaurito la sua missione.

Il Ministero dell'Industria spaziale organizzò una solenne cerimonia per conferire un'onorificenza al primo gruppo che aveva prestato servizio nello spazio. I sessanta uomini furono celebrati non solo per gli eccezionali risultati conseguiti in venti anni di duro lavoro, ma soprattutto per l'impresa straordinaria di avere prestato la propria opera nello spazio pur avendo solo la licenza elementare o media. Avevano dimostrato che le porte dello sviluppo spaziale erano ormai spalancate per chiunque. Gli economisti convennero all'unanimità che quello era stato il vero punto di partenza dello sviluppo industriale nello spazio.

La cerimonia ricevette grande attenzione da parte dei media, non solo per le ragioni appena elencate, ma anche perché la storia dei "contadini dello specchio" aveva assunto proporzioni leggendarie nel cuore delle masse popolari. Inoltre, in un'epoca di ritmi frenetici e di facile oblio, era piacevole avere l'occasione di provare ancora un po' di nostalgia.

I semplici, onesti giovani di un tempo erano ormai uomini di mezz'età, ma erano cambiati molto poco, tanto da risultare perfettamente riconoscibili quando apparvero sugli schermi dei televisori olografici del mondo intero. Nel corso degli anni la maggior parte di loro era riuscita a ottenere un diploma superiore e alcuni erano perfino diventati ingegneri aerospaziali. Ai loro occhi e a quelli del pubblico, però, rimanevano lo stesso gruppo di lavoratori migranti provenienti dalla campagna.

Shui Wa parlò in rappresentanza dei compagni: "Grazie al completamento del sistema di trasporto a energia elettromagnetica, il costo di un viaggio nello spazio orbitale è inferiore alla metà di quello di un volo intercontinentale sul Pacifico. Volare nello spazio ormai è una cosa normale, persino banale. I giovani d'oggi farebbero fatica a immaginarsi cosa poteva significare venti anni fa per una persona normale andare nello spazio, l'entusiasmo e l'eccitazione che provocava un'idea del genere. Noi eravamo quei fortunati".

"Non eravamo che gente semplice e non c'è bisogno di dire che la sola ragione per cui ciò è stato possibile è l'esistenza del Sole cinese. Negli ultimi vent'anni è diventato per noi una seconda casa. Nel profondo dei nostri cuori lo consideriamo una Terra in miniatura. All'inizio guardavamo le giunture sulla superficie del riflettore come fossero il reticolo di meridiani e paralleli dell'emisfero boreale. Indicavamo la nostra posizione utilizzando le coordinate di longitudine e latitudine. Poi, quando la superficie dello specchio è divenuta ancora più familiare, abbiamo cominciato poco a poco a mappare su di essa gli oceani e i continenti. Dicevamo: 'Io sono a Pechino' o 'Ora sono su Mosca'; e ognuno di noi conosceva perfettamente la posizione corrispondente al villaggio natale sullo specchio. E pulivamo quelle aree con particolare cura... Abbiamo lavorato duro su quella piccola Terra d'argento, facendo il nostro dovere al meglio delle nostre capacità. Durante questi anni ben cinque pulitori hanno perso la vita sul Sole cinese. Alcuni non hanno fatto in tempo a mettersi al riparo dall'improvvisa esplosione di una tempesta solare, altri sono stati colpiti dai meteoriti o dai rifiuti spaziali."

"Oggi la Terra d'argento su cui abbiamo vissuto e lavorato per vent'anni sta per scomparire e ci mancano le parole per descrivere ciò che proviamo..." e lasciò cadere il silenzio.

Prese la parola il Ministro dell'Industria spaziale, Lu Hai, ricollegandosi a quanto appena detto da Shui Wa: "Tutti noi ben comprendiamo quello che provate in questo momento, ma permettetemi di dire che oggi ho il piacere di annunciare che il Sole cinese non scomparirà! Penso che tutti voi vi rendiate ben conto che le soluzioni adottate nell'ultimo secolo per lo smantellamento delle astronavi non siano assolutamente utilizzabili nel caso di una struttura grande come questa. Non possiamo semplicemente lasciare che bruci e si distrugga nell'atmosfera. C'è un altro sistema per darle un luogo in cui riposare per sempre, e si tratta di un'idea molto semplice: smetteremo di effettuare la 'rasatura orbitale' e le necessarie correzioni di angolazione. Così il vento solare e la pressione della luce porteranno il Sole cinese ad acquistare una sufficiente velocità di fuga che, alla fine, lo spingerà fuori dall'orbita terrestre fino a farlo entrare nell'orbita del Sole, di cui diventerà un satellite. Tra molti anni le navi interstellari rintracceranno e raggiungeranno l'ultima remota dimora del Sole cinese. A quel punto saremo probabilmente in grado di trasformarlo in un museo, magari torneremo sulla pianura argentea e, da lassù, ricorderemo insieme questi anni indimenticabili".

Un'eccitazione improvvisa s'impossessò di Shui Wa, che domandò ad alta voce a Lu Hai: "Signor Ministro, è davvero convinto che arriverà un giorno simile? Davvero pensa che riusciremo a costruire navi interstellari?".

Lu Hai rimase ammutolito e fissò smarrito Shui Wa per un lungo momento, senza sapere cosa rispondere.

Shui Wa riprese: "A metà del secolo scorso, quando Armstrong lasciò la prima impronta umana sul suolo lunare, erano praticamente tutti convinti che, nel corso di dieci o venti anni, saremmo arrivati su Marte. Oggi, a più di ottant'anni di distanza, non solo non siamo mai andati su Marte, ma non siamo nemmeno più tornati sulla Luna, e la ragione è molto semplice: sarebbe stato uno spreco di denaro...".

"Nell'ultimo secolo, dopo la fine della Guerra fredda, criteri puramente economici hanno cominciato a regolare la nostra vita quotidiana e l'uomo, guidato da tali principi, ha raggiunto vette elevate e traguardi lontani. Siamo riusciti a bandire le guerre e a sconfiggere la povertà, e abbiamo ristabilito l'ecosistema del nostro pianeta. La Terra è un vero paradiso. Questo ci ha portato a fare ancora più affidamento sull'efficienza dei principi economici. Per noi sono diventati di primaria importanza, come fossero parte del nostro DNA. Potremmo dire che, sotto qualsiasi aspetto, la società umana è diventata un'impresa finanziaria. Niente che renda meno di ciò che si investe per produrlo sarà mai preso in considerazione. Pensare a uno sviluppo della luna non avrebbe alcun senso dal punto di vista economico, l'esplorazione dello spazio su vasta scala e con equipaggi umani potrebbe addirittura essere considerato un crimine finanziario. Lo stesso accade per i voli interstellari che sono visti ormai come aberrazioni mentali. L'umanità conosce solo gli investimenti, i ritorni finanziari e il godimento dei profitti!"

Lu Hai disse, annuendo: "In quest'ultimo secolo lo sviluppo della ricerca spaziale è rimasto limitato alla zona che circonda la Terra. Questo è vero. Ed è accaduto per numerose e fondate ragioni, che esulano dal motivo per il quale oggi siamo qui riuniti".

"No, le ragioni non esulano affatto dal nostro tema! Proprio oggi, noi, qui abbiamo un'opportunità. Tutto ciò che dobbiamo fare è investire del denaro e viaggeremo dallo spazio orbitale terrestre ai più remoti recessi del cosmo. Se la pressione della luce del Sole spingerà il Sole cinese fuori dall'orbita terrestre, potrà dirigerlo anche verso luoghi molto più lontani!"

Lu Hai scosse la testa, con un sorriso: "Ah... intendi dire che si potrebbe trasformare il Sole cinese in una gigantesca astronave a energia solare? In teoria, potrebbe persino funzionare; il corpo centrale del riflettore è molto sottile e leggero, e ha una superficie estesa. Se la pressione della luce riuscisse a farlo accelerare abbastanza a lungo, potrebbe diventare, sempre in teoria, l'astronave più veloce che l'umanità abbia mai lanciato nello spazio. Tutto ciò, però, è destinato a rimanere teoria. La realtà è che nessun vascello arriverà mai lontano con la forza delle sole vele, ci sarà sempre bisogno di marinai che lo guidino. Una nave senza marinai non farà altro che girare su se stessa senza neanche uscire dal porto. Ricordi come lo ha descritto bene Stevenson nell'*Isola del tesoro*? Devi considerare che un simile viaggio, e relativo ritorno, solo con la pressione della luce, richiederebbe un controllo costante, e particolarmente complesso, dell'angolazione del riflettore. Il Sole cinese è stato progettato per rimanere nell'orbita terrestre e senza una guida finirebbe per seguire una rotta casuale, volando alla cieca senza andare molto lontano".

"Giusto, ma a bordo potrebbe esserci un equipaggio," rispose Shui Wa con la massima calma, "io potrei essere il pilota!"

In quel momento i sistemi di misurazione statistica rivelarono che gli indici d'ascolto avevano subito una brusca impennata. Gli occhi del mondo erano puntati su di loro.

"Non puoi guidare il Sole cinese da solo. I controlli per modificare la posizione richiedono almeno..."

"Almeno dodici persone, e tenendo presenti gli altri elementi necessari per un viaggio interstellare, almeno quindici, venti persone in tutto. Io credo che riuscirei a trovare altrettanti volontari."

Lu Hai sorrise, chiaramente in difficoltà: "Davvero, non avrei mai immaginato che la conversazione oggi avrebbe preso questa piega".

"Ministro Lu, vent'anni fa lei, in più occasioni, ha dato una svolta alla mia vita."

"Sì, ma non avrei mai pensato che saresti arrivato così lontano, mi hai abbondantemente superato," sospirò Lu Hai, visibilmente emozionato, "certo, la tua idea è molto interessante. Continueremo a parlarne! Ma... mi spiace, non è proprio realizzabile: la destinazione più logica per il Sole cinese sarebbe Marte, però forse non hai pensato che il Sole cinese non potrà mai atterrare sul pianeta. L'atterraggio comporterebbe un'enorme spesa aggiuntiva e il progetto sarebbe impraticabile da un punto di vista economico. Se invece si rinuncia all'atterraggio, non ci sarebbe alcuna differenza con una sonda spaziale priva di equipaggio, quindi che senso avrebbe?"

"Infatti il Sole cinese non andrà su Marte."

Lu Hai lo fissò, con sguardo stupito: "E dove sarebbe diretto, allora? Su Giove?".

"No, non andrà neanche su Giove, ma verso una destinazione molto più lontana."

"Molto più lontana? E dove? Nettuno? Plutone...?" Lu Hai s'interruppe bruscamente e rimase ammutolito a fissare Shui Wa per alcuni istanti, "Cielo! Non vorrai mica dire..."

"Proprio così! Il Sole cinese lascerà il sistema solare per diventare una nave interstellare!" dichiarò Shui Wa, annuendo con decisione.

In un istante il mondo intero si trovò a condividere lo stupore e lo sbalordimento di Lu Hai, che fece un cenno meccanico con il capo, mentre fissava un punto dritto davanti a sé.

"Bene, ammettiamo che tu stia parlando sul serio... dammi un momento per fare un rapido calcolo..." disse, socchiudendo gli occhi e contando mentalmente.

"Giusto. Per quanto riesco a calcolare, sfruttando la pressione della luce solare, il Sole cinese dovrebbe accelerare fino a una velocità pari a un decimo della velocità della luce. Tenendo conto del tempo necessario per compiere l'accelerazione, arriverebbe su Proxima centauri in quarantacinque anni circa."

"Potreste sfruttare la pressione della luce di Proxima Centauri per decelerare e, dopo aver compiuto un esame completo delle tre stelle del sistema Alfa Centauri, prendere di nuovo velocità, puntando nella direzione opposta e tornando nel nostro sistema solare dopo qualche decina di anni. Sembrerebbe un progetto magnifico, peccato che rimarrà un sogno irrealizzabile in termini pratici."

"Si sta sbagliando ancora. Il Sole cinese non decelererà una volta raggiunta Proxima Centauri. La supereremo, volando a più di trentamila chilometri al secondo, e sfrutteremo la pressione della sua luce per ottenere un'ulteriore accelerazione che ci consentirà di raggiungere Sirio e, se ne avremo l'opportunità, avanzeremo a balzi fino a una terza stella, poi a una quarta e così via..."

"E a quale scopo?" gridò Lu Hai, esasperato.

"Tutto ciò che chiediamo alla Terra è di installare un ecosistema di autosostentamento a ciclo continuo a bordo del Sole cinese, in scala ridotta ma altamente affidabile e..."

"E tu avresti intenzione di usare un ecosistema per tenere in vita venti persone per più di un secolo?"

"Mi lasci finire, ci serve anche un sistema di conservazione criogenica che garantisca la sopravvivenza dell'equipaggio a bassissime temperature. Così rimarremo ibernati per la maggior parte del viaggio, l'ecosistema si attiverà solo quando saremo vicini alle stelle da esplorare. In questo modo, usando le tecnologie oggi a disposizione, saremo in grado di navigare nel cosmo per un migliaio d'anni. Naturalmente il costo dei due sistemi di sopravvivenza non sarà indifferente, ma comunque di mille volte inferiore a un'eventuale missione spaziale interstellare con equipaggio pianificata completamente da zero."

"Anche un centesimo sarebbe troppo. Il mondo non può sostenere venti uomini che hanno deciso di suicidarsi!"

"Non sarebbe un suicidio, ma un viaggio di esplorazione. Forse non riusciremo nemmeno a superare la prima cintura di asteroidi, magari raggiungeremo Sirio oppure arriveremo molto più lontano, ma come facciamo a saperlo se non tentiamo?"

"In questo caso abbiamo la certezza che non riuscirete mai a tornare, a differenza di una normale missione di esplorazione!" insistette Lu Hai.

Shui Wa annuì: "È vero, non ritorneremo. C'è chi si ritiene soddisfatto se ha moglie, figli e un letto caldo per riposare, e non degna di uno sguardo niente se non il suo piccolo mondo; altri invece sono pronti a sacrificare la vita per posare gli occhi su qualcosa che nessun essere umano ha mai visto prima. Io ho fatto parte di entrambe le categorie. Abbiamo il diritto di scegliere in che modo vivere la nostra vita, io sceglierei di passarla a bordo di uno specchio che vaga nello spazio a decine di anni luce da qui".

"C'è un ultimo problema: tra mille e più anni, mentre tu starai ancora volando nello spazio, sfrecciando da una stella all'altra a oltre diecimila, centomila chilometri al secondo, a cosa servirà il debole segnale che manderete verso la Terra e che sarà ricevuto solo decine di anni, se non secoli, più tardi?"

Shui Wa sorrise e disse al mondo: "Quando il Sole cinese lascerà il sistema solare, l'umanità, sopraffatta dall'edonismo, alzerà di nuovo lo sguardo verso le stelle. Questo farà rivivere il sogno di viaggiare nel cosmo e riaccenderà il nostro antico desiderio di esplorare gli infiniti spazi interstellari".

Obiettivo numero sei: volare in un mare di stelle e fare alzare di nuovo lo sguardo degli uomini verso i più remoti recessi del cosmo

Lu Hai era sul tetto del Palazzo dell'Astronautica a fissare il Sole cinese che si muoveva veloce in alto nel cielo. Sotto la sua luce, i grattacieli gettavano innumerevoli ombre che guizzavano rapidissime tra i palazzi e le strade della capitale, e lui da lassù aveva quasi l'illusione che l'intera città fosse un'enorme faccia che si muoveva continuamente seguendo il Sole cinese.

Quello sarebbe stato l'ultimo giro in orbita del Sole cinese. La struttura aveva già acquistato la velocità di fuga necessaria per abbandonare il campo gravitazionale terrestre, diretta verso una nuova orbita intorno al Sole. A bordo del primo volo interstellare del genere umano c'era un equipaggio di venti persone: a parte Shui Wa, gli altri diciannove erano stati selezionati tra oltre un milione di volontari. C'erano anche altri tre "contadini dello specchio" che avevano lavorato molti anni con Shui Wa. Il Sole cinese aveva raggiunto l'obiettivo ancora prima di partire: l'entusiasmo dell'umanità per i viaggi di esplorazione spaziale aldilà del sistema solare si era riacceso, più forte che mai.

Lu Hai ritornò con il pensiero all'afosa notte d'estate di ventitré anni prima in una città del Nord-ovest, quando lui e il giovane contadino che veniva dall'arida campagna erano saltati a bordo di un treno notturno diretto a Pechino.

In un ultimo gesto di addio, il Sole cinese fece piovere i suoi raggi su ognuna delle grandi città, dando alla gente un'ultima possibilità di vedere la sua luce. Infine puntò il fascio luminoso sulla Cina nord-occidentale, nel mezzo c'era il minuscolo villaggio in cui era nato Shui Wa.

Lungo la stradina che portava fuori dal borgo, i genitori di Shui Wa e gli altri abitanti del villaggio fissavano il Sole cinese allontanarsi verso est.

"E allora, Shui Wa, hai proprio deciso di andartene in un posto così lontano?"

Shui Wa rispose dal cielo: "Eh, sì, papà... e ho paura che non tornerò mai più a casa".

"È davvero così lontano?" chiese sua madre.

"Sì, mamma. Molto, molto lontano..."

"Più lontano della luna?" chiese il padre.

Shui Wa rimase in silenzio per qualche secondo. Poi disse con un tono di voce decisamente più basso: "Sì, papà, più lontano della luna".

I genitori di Shui Wa non erano particolarmente addolorati; dopotutto il figlio si accingeva a fare grandi cose in luoghi molto più lontani della luna! Erano tempi straordinari: potevano comunicare con lui, vedendolo sullo schermo del loro piccolo televisore, come se si fossero trovati faccia a faccia, anche se era a milioni di chilometri di distanza. Non si immaginavano di certo che, con il passare del tempo, l'immagine del figlio, incorniciata nel monitor, sarebbe arrivata con un ritardo sempre maggiore, e i tempi delle risposte alle loro domande preoccupate si sarebbero allungati sempre più. All'inizio, solo di pochi secondi, ma poi il ritardo sarebbe aumentato. Nel giro di un anno qualsiasi domanda avrebbe richiesto ore di attesa per una risposta.

Fino a che il figlio non sarebbe scomparso. Avrebbero detto loro che Shui Wa era andato a dormire un sonno di più di quarant'anni.

I genitori di Shui Wa avrebbero trascorso il resto della vita ad arare e dissodare quella terra un tempo arida e ora fertile, fino alla fine di un'esistenza dura, piena di difficoltà, ma che gli aveva riservato anche tante soddisfazioni. Il loro ultimo desiderio era che, in un lontano giorno del futuro, il figlio potesse finalmente fare ritorno per ammirare ancora una volta la sua terra, più bella che mai.

Quando il Sole cinese lasciò l'orbita terrestre, la sua luce cominciò ad affievolirsi, sfumando lentamente nel cielo a oriente, e anche l'alone azzurro che lo circondava si rimpicciolì poco a poco; alla fine, si sarebbe confuso tra le altre stelle, ma prima che ciò accadesse, lo avrebbero inghiottito i bagliori dell'alba.

La luce del mattino illuminò anche la stradina che portava al villaggio. Ai lati correvano due filari di pioppi bianchi e, poco lontano, scorreva un torrentello. Un giorno di ventiquattro anni prima, in quello stesso momento, allo spuntare dell'alba, il figlio di un contadino dei territori del Nord-ovest con la testa piena di vaghe speranze si era lentamente incamminato lungo quella strada, sparendo lontano.

La magnifica luce del giorno inondava ormai Pechino, Lu Hai era ancora sul tetto del Palazzo dell'Astronautica a fissare il punto in cui il Sole cinese era scomparso. Aveva iniziato il suo viaggio senza ritorno. Sarebbe prima entrato nell'orbita di Venere, per poi arrivare più vicino possibile al Sole. Questo gli avrebbe consentito di sfruttare al massimo la spinta della pressione della luce e dell'accelerazione gravitazionale, attraverso una serie di complicate modifiche di rotta, proprio come un grande vascello all'epoca della navigazione a vela, quando si solcavano gli oceani sfruttando la sola forza del vento. In settanta giorni avrebbe superato l'orbita di Marte; in centosessanta avrebbe volato vicino a Giove; in capo a due anni avrebbe abbandonato l'orbita di Plutone, diventando una vera e propria nave interstellare. A quel punto l'equipaggio sarebbe entrato in ibernazione. Poi, dopo quarantacinque anni, avrebbe passato Alfa Centauri e gli astronauti a bordo si sarebbero risvegliati per un breve periodo. La Terra avrebbe ricevuto i primi dati sull'esplorazione di Alfa Centauri soltanto a un secolo dal lancio. Nel frattempo il Sole cinese sarebbe stato in volo verso Sirio e, dopo aver acquistato ulteriore accelerazione grazie alle tre stelle di Alfa Centauri, avrebbe raggiunto una velocità pari al quindici percento di quella della luce. Dopo altri sessant'anni, a un secolo dall'abbandono dell'orbita terrestre, avrebbe raggiunto Sirio. In seguito avrebbe superato anche il sistema binario di Sirio, lasciandosi alle spalle Sirio A e Sirio B, a una velocità pari a un quinto di quella della luce, per proseguire ancora oltre nello spazio profondo. Dati i limiti del sistema di sospensione criogenica installato a bordo, il Sole cinese sarebbe arrivato al massimo fino a Epsilon Eridano, nella costellazione di Eridano, o forse, sebbene le possibilità di successo fossero molto basse, persino fino a 79 Ceti, nella costellazione della Balena, sistemi in cui era molto probabile ci fossero pianeti da esplorare.

Nessuno avrebbe mai saputo quanto lontano si sarebbe spinto il Sole cinese e quali strani e meravigliosi pianeti Shui Wa e il suo equipaggio avrebbero avuto occasione di vedere. Forse, un giorno, avrebbero inviato un messaggio alla Terra per invitare i loro fratelli a visitare i nuovi mondi che avevano scoperto. Anche in quel caso la risposta avrebbe impiegato migliaia di anni.

Qualunque cosa fosse successa, Shui Wa avrebbe mantenuto vivo il ricordo di un lontano Paese chiamato Cina sul suo pianeta d'origine e di un piccolo villaggio sperduto negli aridi territori del Nord-ovest, e della stradina che attraversava quel villaggio, la strada da cui era cominciato il suo viaggio.

Niangziguan, 18 agosto 2001

PERCHÉ SCRIVO

di Liu Cixin

Il motivo per cui scrivo romanzi di fantascienza è molto semplice: la fantascienza stessa. Sin da piccolo ero un grande appassionato, leggevo moltissimi romanzi, e poco a poco ho cominciato a costruirmi un mondo immaginario e a trovare ogni sorta di spunti per le mie storie; subito dopo è nato il desiderio di condividere queste storie con gli altri. Questa è stata la motivazione iniziale che mi ha spinto a scrivere. Adesso naturalmente per me la fantascienza è diventata un lavoro vero e proprio. Solo che il mestiere di scrivere comporta anche la responsabilità di trasmettere qualcosa, e sebbene sia ancora convinto che per uno scrittore la massima soddisfazione consista essenzialmente nella ricerca dell'invenzione creativa e nell'attuazione di tale processo di ricerca, dentro di me ho sempre sentito il bisogno di immaginare e di ricreare, attraverso i miei racconti, un mondo diverso. È questa tuttora la ragione fondamentale per cui mi dedico a scrivere romanzi di fantascienza. Sono nato come scrittore di fantascienza e così terminerò la mia carriera.

di Han Song

traduzione di Irene Banti, Lei Lei e Viola Volpi[11]

Nato a Chongqing, Han Song si è laureato all'Università di Wuhan nel 1991. È direttore del Comitato fantascientifico dell'associazione degli scrittori di scienza popolare e membro dell'associazione degli scrittori cinesi e lavora presso l'agenzia di stampa Xinhua. Con la sua produzione ha ottenuto il premio Galaxy per la fantascienza cinese, il premio Nebula della lingua cinese e il premio letterario Jingdong. Le sue opere principali includono Metropolitana, Ospedale, Oceano rosso, Marte brilla sugli Stati Uniti, Le tombe del cosmo, I mattoni della rinascita, *etc. È stato tradotto in inglese, francese, giapponese, italiano e altre lingue.*

Apparizioni notturne

Xiaomu sognò i suoi genitori. Da quando erano andati a stare nella residenza per anziani, non li aveva più sognati. Non gli erano neanche mai mancati, né aveva fatto loro una telefonata. Xiaomu non aveva famiglia, era una persona sola. Forse si ricordava ancora di loro, ma si era quasi del tutto dimenticato il loro aspetto. Quella notte li aveva sognati che gli stavano di fronte ricoperti di sangue.

Xiaomu si alzò dal letto e andò alla finestra. La tenda era tutta impolverata. Ci pensò su un attimo, poi l'aprì. La città si stendeva di fronte ai suoi occhi. Per strada non c'era anima viva, gli edifici erano come una fitta foresta che oscurava il

---

11 Revisione di Anna Di Toro. La presente traduzione è frutto del Laboratorio di traduzione (Corso di Laurea magistrale in Scienze linguistiche dell'Università per Stranieri di Siena, anno 2020-21), tenuto da Anna Di Toro.

sole. Era una città della costa orientale il cui clima era regolato da nano-nuvole che galleggiavano nel cielo come meduse.

Intorno a loro volavano immagini di tutti i colori. Venivano create muovendo correnti d'aria, particelle di nuvole, un raggio laser, oppure spruzzando vernice direttamente nell'aria, dando vita a dei bellissimi dipinti.

L'unica IA Sorvegliante della città era un'appassionata d'arte, che dipingeva per diletto personale. I Sorveglianti erano responsabili della produzione e del consumo delle città e si prendevano cura dei bisogni primari dei residenti. Xiaomu non aveva mai niente da fare. Il Sorvegliante gli organizzava dei passatempi, lo faceva giocare giorno e notte ai videogiochi e lui stava sempre in casa. Non usciva mai. Poi, dopo aver vissuto da solo per quindici anni, sognò i suoi genitori. Quel sogno lo inquietò: avevano un'aria così vulnerabile. Pensò che sentissero la sua mancanza e che avessero cercato di comunicarglielo attraverso un sogno. Forse avevano avuto qualche guaio, o forse erano addirittura morti. Ci rifletté per un po' sconcertato e, alla fine, decise di andare a fare visita ai genitori.

Ne parlò con l'IA, che subito acconsentì e lo equipaggiò di una navicella a guida automatica. Xiaomu non aveva mai viaggiato, né sapeva dove si trovassero i suoi genitori. Ma il Sorvegliante aveva già pensato a tutto e la navicella spiccò quindi il volo verso ovest. Xiaomu si mise a osservare fuori dal finestrino e realizzò così quanto fosse grande il paese. Guardò per un po' un programma televisivo e, nel frattempo, pensava ai suoi genitori. La sua doveva essere l'ultima generazione ad aver vissuto con i propri genitori. Quando era piccolo, i suoi, classificati come anziani, erano stati costretti a lasciare la città e adesso vi risiedevano solo i giovani. Xiaomu aveva un fratello minore, ma anche con lui aveva perso i contatti da molto tempo.

Dopo due ore di volo, si trovò ad ammirare per la prima volta un deserto senza fine. A poco a poco una serie di città emersero dalla sabbia, come un miraggio. Erano più grandi della città costiera da cui era partito e gli edifici erano uniti l'uno all'altro, dando alle città la forma di piramidi ancora più imponenti di quelle vere. All'improvviso, a Xiaomu non sembrò neanche più di trovarsi sulla Terra.

Paradiso 28
La navicella discese di fianco ad una delle piramidi. Una giovane donna dal volto inespressivo e vestita con un completo scuro accolse Xiaomu. Si chiamava Xiaomi ed era la responsabile delle pubbliche relazioni della città. Era già stata informata dal Sorvegliante dell'arrivo di Xiaomu.

"Benvenuto a Paradiso 28!" disse Xiaomi.

"Paradiso 28?" Xiaomu era attonito.

"Esatto, è il nome di questa città. Si tratta di una delle 108 città di anziani del nostro paese. Si chiamano tutte 'Paradiso' e questa è la ventottesima. Tutti i residenti sono persone anziane. La popolazione anziana del paese ha già raggiunto un miliardo, perciò sono state costruite nel deserto queste città specializzate per farli vivere qui tutti insieme," ripeté meccanicamente Xiaomi.

Poi condusse Xiaomu in un distretto cittadino. Prima di tutto si recarono in una sala mostre e, come da programma, guardarono un film in 3D. Xiaomu vide allora che, nello sconfinato deserto dell'ovest, c'erano davvero gruppi di gigantesche città piramidali. Qui vivevano ammassati insieme un miliardo di anziani e la densità della popolazione era la più alta del mondo.

Quando potrò incontrare i miei genitori? Si chiedeva Xiaomu.

Ma Xiaomi non aveva fretta e lo portò a fare un giro turistico della città, che era diversa dalla città costiera in cui viveva Xiaomu: le sue ampie strade erano costeggiate da pioppi geneticamente modificati per essere alti come alberi di ginkgo. Gli edifici commerciali, i ristoranti e i cinema erano a forma di serpente, di tartaruga e di gru ed erano distribuiti all'interno di una foresta. Ad un certo punto apparve un'immensa folla di persone anziane sorridenti che si abbracciavano con entusiasmo.

Allora Xiaomu ebbe un flashback: per lui fu come essere riportato alla sua infanzia nella città costiera orientale, quando non era ancora deserta e per le strade c'erano ancora le persone, gli anziani.

Xiaomu vide inoltre che, a Paradiso 28, c'erano molti robot modulari che sembravano passeggiare per strada, ma in realtà monitoravano le azioni degli anziani ed erano pronti ad agire in qualunque momento. Era una città altamente automatizzata, gestita forse da un'IA.

Poi Xiaomi portò Xiaomu di fronte ad un grande edificio: era il centro amministrativo che custodiva gli archivi degli anziani. Xiaomi estrasse le cartelle dei genitori di Xiaomu, che erano già state preparate per lui. Esse mostravano che i suoi genitori erano ancora vivi.

Xiaomu tirò un sospiro di sollievo: per via di quel sogno, si era convinto che fossero morti. In quel momento i genitori vivevano nell'area funzionale o Parco a tema "Uva e Coltelli". Paradiso 28 era infatti suddiviso in base ai gusti degli anziani. Ad alcuni anziani piaceva la vita militare, altri amavano la natura, alcuni erano dediti allo studio delle lingue straniere, altri ancora si dilettavano a recitare il ruolo delle spie, ecc.: ognuno aveva un proprio progetto particolare. Si diceva che gli anziani che vivevano nell'area funzionale "Uva e Coltelli" andassero matti per la fauna selvatica. Come da programma, ogni desiderio degli anziani veniva esaudito: le case di riposo tradizionali non erano neanche lontanamente paragonabili a Paradiso.

Xiaomu era impaziente di vedere i suoi genitori, ma ebbe di nuovo paura. Incontrandoli, avrebbe trovato le parole giuste da dire? Dopo tutto, non li vedeva da quindici anni.

I genitori

Nell'area funzionale, o parco a tema, "Uva e Coltelli" c'erano delle villette a schiera simili a tane di roditori, in ottime condizioni e davvero moderne. Qui, finalmente, Xiaomu incontrò i suoi genitori. I due anziani sedevano, silenziosi come bambini, sul margine del *kang*, il letto-stufa. Tenevano tra le braccia uno struzzo cinerino che assorbiva la loro attenzione: ne lisciavano le piume con un'espressione assorta. Dopo un po', improvvisamente, come se avesse riconosciuto Xiaomu, uno dei due alzò la testa, ma non disse niente. Un attimo dopo, anche l'altro gli rivolse un'occhiata. Per Xiaomu, questa fu la conferma che loro due erano davvero i suoi genitori.

Dopo un'altra pausa, la madre disse a Xiaomu: "Nel deserto ci sono molti struzzi, diversamente dalla costa. Mi ricordo che, dove abitavamo, c'erano solo i gabbiani. Invece qui a Paradiso gli struzzi sono animali domestici. Io e tuo padre ne abbiamo dieci: rappresentano te, tuo fratello e le vostre famiglie."

Xiaomu si inquietò, avrebbe voluto dire: non ho ancora figli, sono single e non sono interessato al matrimonio. Ma non disse nulla: forse temeva di rattristare i genitori.

"Come ve la passate?"

"Bene, bene."

"Vi manca qualcosa?"

"No, no." I genitori guardarono Xiaomi in tralice, poi rivolsero di nuovo lo sguardo in basso, verso gli struzzi.

Allora Xiaomu si rese conto di essere venuto a mani vuote, non aveva portato neanche un regalo: la nuova generazione non comprendeva le buone maniere. Ma Xiaomu non era minimamente imbarazzato, anzi: il solo fatto che fosse venuto a trovarli gli sembrava già sufficiente.

Xiaomi si rivolse a Xiaomu: "Vedi, qui non manca niente: hanno cibo, vestiti, una casa, tutto il necessario. Ogni cosa è stata organizzata da Paradiso nel migliore dei modi. Comprendo la tua preoccupazione filiale, ma puoi stare tranquillo."

"Filiale." Questo termine fece agitare Xiaomu.

I genitori si coprirono la bocca, nascondendo un risolino.

Poco dopo fu l'ora di pranzo e gli anziani, finalmente, si animarono. Nel soffitto si aprì un foro da cui discese un nastro trasportatore che servì riso e carne di montone fumanti. Ma c'erano solo tre porzioni: per i genitori e per Xiaomi.

Il padre afferrò voracemente una manciata di cibo e se la portò alla bocca. La madre ci pensò un po' su, poi diede una parte del suo pasto a Xiaomu.

"Ben pochi figli devoti vengono a Paradiso: sotto questo aspetto la progettazione non è ancora abbastanza accurata," disse Xiaomi in tono di scuse, mentre prendeva un po' della sua porzione per offrirla a Xiaomu. I due anziani ingurgitavano il riso come se fossero digiuni da molto tempo. Ogni tanto gettavano dei bocconcini agli struzzi: gli uccelli, chini a mangiare con ingordigia, ricordavano i dinosauri carnivori dell'Era Mesozoica. Poi, i due anziani salirono abbracciati sul *kang* e fecero un sonnellino.

Xiaomu, ai piedi del *kang*, li guardava. I loro capelli unti erano sparsi sul cuscino. Xiaomu avvertì allora un senso di estraneità, come una pesantezza che gli gravava sul petto. Per fortuna c'era Xiaomi a fargli compagnia e si mise a chiacchierare un po' con lei.

Gli struzzi gli passavano a fianco e lanciavano delle occhiate curiose ai visitatori. Alle cinque del pomeriggio, i due anziani si svegliarono e, vedendo che Xiaomu e Xiaomi erano ancora accanto al *kang*, li invitarono ad uscire insieme a loro. Lasciarono l'area "Uva e Coltelli" ed arrivarono al grande deserto al di fuori di Paradiso, dove erano parcheggiati dei veicoli da deserto mimetici. Xiaomi acquistò i biglietti per i due anziani e per Xiaomu, poi salirono su due mezzi ed entrarono nel deserto.

Divertimenti nel deserto
Xiaomu e i suoi genitori stavano su un fuoristrada, mentre Xiaomi li affiancava guidandone un altro. Salirono su una collina di sabbia ed entrarono così nel vasto deserto, dove procedevano a sbalzi. I due anziani sghignazzavano, senza mai smettere di darsi il cinque. Gli struzzi li seguivano, calpestando nugoli di sabbia con gli artigli. Presto Xiaomu scoprì che Xiaomi e il suo mezzo erano scomparsi, ma non gliene importò granché.

"Anche se è così selvaggio, il deserto è il posto più divertente di Paradiso. Se non ci vengo almeno una volta al giorno non mi sento in forma," disse suo padre.

"Non affaticarti troppo, però," replicò Xiaomu preoccupato.

"Guarda che fisico! Non ho nemmeno un acciacco."

Tenendo gli occhialetti da aviatore sul capo, il padre si percosse il petto con entrambe le mani ed emise dei versi da adepto di arti marziali.

"Sembra Rommel, la Volpe del deserto," ridacchiò la madre.

Davanti a loro migliaia di veicoli strombazzanti correvano a perdita d'occhio: sembrava un'invasione di locuste. Gli anziani si sporgevano dai mezzi per spararsi l'un l'altro imbracciando fucili da simulazione ed imitando lo schiamazzo di una battaglia. Alcuni veicoli si schiantavano e gli anziani finivano piantati nella sabbia: subito si sentiva il fruscio dei robot di soccorso che sbucavano dalle dune per prestare delle cure tempestive. Dopo essere stati rapidamente fasciati, i vecchi balzavano sui veicoli che li venivano a riprendere e la guerra poteva continuare.

Al termine di una intensa sparatoria, improvvisamente il padre si rivolse a Xiaomu: "Vedi? Ce la passiamo benissimo, non c'era davvero bisogno che tu venissi a trovarci."

"Paradiso, la terra della libertà!" Gridò la madre.

Xiaomu non osò dire che li aveva sognati tutti ricoperti di sangue.

La madre si accese una sigaretta. Xiaomu ricordò che lei era stata una ballerina, mentre il padre era stato professore di fisica all'università. Adesso dalle loro bocche uscivano parole pungenti come aghi: non corrispondevano proprio all'immagine che conservava dei genitori nei suoi ricordi, ma dopo tutto erano passati quindici anni.

Si divertirono senza sosta fino al tramonto. Allora sul deserto discese la calma, sembrava ancora più vasto di prima e, dal cielo alla terra, era tutto rosso cremisi. Le vicine città piramidali si stagliavano contro la luce del sole, allungandosi a dismisura nella foschia del tramonto, simili a gigantesche divinità mitologiche.

Al crepuscolo, molti anziani facevano paracadutismo: saltavano giù a gruppi da una torre di mille metri. Le loro agili figure che planavano sulla superficie della nostra stella sembravano macchie solari, mentre urla di entusiasmo risuonavano alte nel cielo.

Tutto questo è reale, pensò Xiaomu, ma sembra un film.

Vide Xiaomi che se ne stava in piedi sul punto più alto della torre, osservandoli in silenzio con un binocolo.

Si fece buio. I genitori invitarono Xiaomu ad unirsi a loro per cena. Vicino al deserto, in una radura tra i pioppi, gli struzzi venivano macellati sul posto e poi cucinati alla griglia; per terra, si vedevano le interiora sparse alla rinfusa. Forse Xiaomi ci sta ancora osservando, pensò Xiaomu, ma lasciamola perdere.

I genitori mangiavano e bevevano, intonando *La storia del tempo* del cantante taiwanese Luo Dayou. Invitarono Xiaomu a cantare con loro e lui, imbarazzato, si unì al coro: conosceva appena questa canzone. I tre cantarono più e più volte, come simulando una lieta riunione familiare dopo una lunga separazione. All'improvviso il campo fu illuminato da numerosi riflettori sferici che volavano sopra di loro ed ebbe inizio un grandioso matrimonio collettivo all'aperto: comparvero 880 coppie di anziani vestiti da sposi che avanzavano come in una parata, tutti con lo stesso sorriso stampato sul volto. Dopo essere arrivati a Paradiso 28, si erano conosciuti e innamorati in poco tempo. Come predisposto dal cerimoniere, le coppie di anziani gonfiavano bocca contro bocca dei palloncini rossi, finché questi non scoppiavano e la gomma lucida si appiccicava sulle loro bocche rugose e sbavanti, come un preservativo scadente appena usato. Alla fine, i corpi dei vecchi erano ricoperti di pezzi di palloncino insalivati, che splendevano nella notte come sangue fresco. La scena ricordò a Xiaomu il sogno sui suoi genitori.

Una vita felice

Xiaomu non capiva perché i suoi genitori avessero rifiutato la sua richiesta di fermarsi a dormire per la notte, come se avessero delle riserve a portare al culmine quella gioiosa atmosfera di ricongiungimento familiare.

Xiaomi aveva prenotato, come da programma, una stanza d'albergo in città per Xiaomu e lo accompagnò alla guida di un fuoristrada. L'edificio, in stile moschea, era stato costruito appositamente per farvi pernottare i figli che venivano a trovare i genitori.

Durante la notte, sentendosi solo, Xiaomu faticava a prendere sonno. Andò alla finestra e guardò la città: l'imponente piramide sembrava una enorme lanterna rossa al cui interno i vecchi cantavano fluttuando leggeri come Immortali. Pieni di vigore, alcuni bevevano, altri ballavano. Nella piazza centrale c'erano anche alcuni anziani che tenevano comizi pontificando sulla situazione politica, economica e militare. Per le strade e i vicoli risuonavano canzoni popolari, arie d'opera, inni militari e scolastici e persino canzoni pop che erano appena diventate di moda nelle aree costiere ed erano già arrivate fino a qui. Ma, alla fine, tutte le voci intonarono in coro il motivo principale, sempre quella canzone: *La storia del tempo*. La baldoria andò avanti fino all'alba, poi, piano piano, tornò la quiete. Xiaomu era convinto che anche i suoi avessero preso parte ai divertimenti: certo che se la passavano proprio bene. Ecco perché non avevano voluto che dormisse da loro: la sua presenza avrebbe disturbato la loro notte brava! Ma sentiva che c'era qualcosa che non andava.

Xiaomu attivò le pareti interattive della stanza con un comando vocale e, immediatamente, si materializzò l'immagine tridimensionale di Xiaomi. Si era cambiata, adesso indossava una minigonna rosa. Senza neanche aspettare che Xiaomu le chiedesse alcunché, si mise a parlargli con entusiasmo della storia della città. All'inizio, erano state costruite case di riposo in tutte le città, ma presto si era capito che non soddisfacevano le aspettative degli ospiti. In risposta all'impetuosa ondata di invecchiamento, sulla base di un nuovo progetto di sfruttamento territoriale, nel deserto dell'ovest era stata costruita la prima città indipendente, cioè Paradiso 1, specializzato nell'accoglienza degli anziani immigrati.

Era stato un progetto pilota: una volta acquisita l'esperienza necessaria, erano state costruite molte altre città di questo tipo. Il tutto era stato portato avanti con estrema attenzione, perché la cura degli anziani era un problema complesso di ingegneria di sistemi. Una volta che il numero degli anziani ebbe raggiunto una certa soglia, l'intera società subì dei mutamenti qualitativi, al punto che il mondo dei giovani e quello degli anziani finirono per polarizzarsi arrivando, nel tempo, a non avere più contatti tra loro. Gli anziani si erano mostrati sempre più riluttanti a vivere con i giovani: forse perché gran parte di loro si trovava al limite tra la vita e la morte, avevano una visione diversa del mondo che aveva portato inevitabilmente all'insorgenza di conflitti. "Tuttavia, nella costruzione di una città di questo genere, è molto importante considerare la nostra tradizione millenaria di rispetto verso gli anziani, che non deve svanire nel nulla," precisò Xiaomi. Fortunatamente esisteva il vasto deserto occidentale, altrimenti questa tradizione si sarebbe interrotta.

Nell'era della vecchiaia, i paesi più piccoli erano collassati e nel mondo erano rimasti solo pochi grandi paesi. Dopo che gli anziani erano stati allontanati, i giovani erano stati liberi di dedicarsi a mille attività. Per i giovani la presenza degli anziani avrebbe reso molto più difficile, forse addirittura impossibile, fare alcunché.

No, le cose non stanno così, avrebbe voluto dire Xiaomu. Noi giovani che adesso viviamo nella città costiera orientale non facciamo nulla: ce ne stiamo tutto il giorno con le mani in mano, sembriamo degli zombie. Xiaomi proseguì senza badare allo stato d'animo di Xiaomu: "Almeno abbiamo evitato la guerra fra le generazioni. Il passaggio dall'armonia familiare all'odio omicida potrebbe avvenire da un giorno all'altro: l'uomo è un animale del tutto inaffidabile. Il rapporto tra genitori e figli è instabile, è una relazione di interessi fluttuanti. La famiglia è solo una combinazione provvisoria relativa ad una fase di carenze materiali e destinata al collasso. Nessuno può prevedere il futuro. La società degli anziani è una forma nuova e violenta di società che si imporrà provocando uno sconvolgimento ancora più grande del passaggio dalla società schiavista alla società feudale, dalla società feudale a quella capitalista, dalla società capitalista alla società socialista. Non esistono ancora studi accurati su cosa potrà accadere dopo. La cosa migliore è separare giovani e anziani. In questo modo gli anziani potranno ricevere le cure più attente e vivere felicemente i loro ultimi anni di vita."

Xiaomu chiese: "Quanto vivranno ancora i miei genitori?"

"Qui a Paradiso, grazie all'ingegneria medica, che include l'uso di nano-robot per purificare il corpo, impiantare organi artificiali quando necessario ed eseguire manipolazioni genetiche, l'aspettativa di vita può arrivare anche a superare i 500 anni."

"E possono davvero avere tutto ciò che desiderano?"

"Certo, non gli facciamo mancare niente."

"E... beh... quella cosa, invece?"

"Quale cosa?"

"Eh... *quella*."

"Parli del sesso?" Xiaomi sbuffò: "Non hai visto quanto sono in forma? Quest'aspetto non è un problema, hanno persino più vigore dei giovani. Qui a Paradiso non si gioca ai videogame."

"Non me lo sarei mai aspettato."

"È tutto perfetto. Puoi stare tranquillo."

Xiaomu pensò al fatto che i genitori avevano lavorato duro tutta la vita per poter infine vivere felicemente a Paradiso. Pensò che forse quello sarebbe stato anche il suo futuro, non poté fare a meno di fantasticarci sopra.

Xiaomi chiese di nuovo: "Sei venuto qui tutto solo... hai qualche esigenza particolare?" Poi la sua voce si fece più dolce e inaspettatamente seducente, le candide cosce nude sotto la minigonna ardevano di desiderio; a Xiaomu sembrò di riconoscere lo stesso sguardo insondabile delle ragazze dei videogiochi. Ma qui nel deserto occidentale Xiaomu era un po' timido. Si sentiva stanco, non riusciva a tenere gli occhi aperti.

"Non voglio niente. Puoi andare," disse bruscamente.

"Sei il primo che viene qui in tutti questi anni." Parve riluttante nel salutarlo, ma un attimo prima di scomparire la sua espressione si fece di nuovo glaciale.

Ritorno alle origini

Quella notte Xiaomu dormì benissimo. A Paradiso non faceva più incubi. All'alba si svegliò di colpo, uscì dalla camera d'albergo e si mise a passeggiare. Tutti gli ottanta piani dell'hotel erano stranamente vuoti, non c'erano altri ospiti oltre a lui. *La storia del tempo* risuonava in sottofondo in tutti i corridoi. Ma perché? All'improvviso realizzò che forse Xiaomi era qui ad aspettarlo da tanti anni: era l'unica giovane della città nel deserto. Ma non riusciva a capire tutto questo né in fondo aveva voglia di pensarci, perciò tornò in camera.

E qui sobbalzò per lo spavento: all'improvviso si era ritrovato in un mondo pieno di colori. Le quattro mura della stanza erano ricoperte di dipinti ad olio opera degli anziani, realizzati in uno stile primitivo simile a quello delle pitture rupestri. In basso c'erano le firme degli autori: erano proprio dei suoi genitori. A quanto pareva, a Paradiso avevano imparato a dipingere. La creatività artistica dei due anziani era assolutamente particolare, dimostrava un talento sovrannaturale. I quadri rappresentavano una balena che si estraeva l'intestino per divorarlo, un mostro con decine di occhi, c'era un bambino morto che sorrideva seduto su un divano e uno struzzo che correva intorno ai cadaveri...

Non era così che Xiaomu ricordava i genitori. Non aveva idea di quando avessero iniziato a dipingere, ma forse dopo essere arrivati a Paradiso, cambiano tutti? No, non era neanche un cambiamento: sembrava che da un giorno all'altro fossero tornati al loro vero sé, avevano messo a nudo il subconscio, liberandolo da ogni freno. Prima di venire qui, di fronte ai figli avevano sempre dovuto fingere una certa solennità. La società di una volta soffocava la natura umana: non si poteva paragonare con la libertà che si godeva a Paradiso. Prima, i genitori erano stati solo i portatori dei geni di Xiaomu e del fratello: adesso finalmente avevano potuto rivelare la loro vera essenza in tutta la sua ricchezza. Si erano sempre repressi: la loro vita era stata soffocante e deprimente. Non poté fare a meno di invidiarli e iniziava a nutrire dei dubbi sulla propria vita. Sperava che un giorno anche lui sarebbe potuto venire a Paradiso a vivere con i genitori, sedere con loro sul *kang*, studiarne lo stile di pittura e ritrarre minuziosamente tutti quei mostri.

Xiaomu decise di uscire. Senza rendersene conto entrò in un vicolo, dove vide dei vecchi seduti lì da soli immobili e in silenzio: sembrava fossero stati abbandonati. C'era anche un'enorme montagna di spazzatura, che il giorno prima non aveva notato, si vedevano molti cadaveri di animali, tra cui degli struzzi. Ce n'erano altri che sembravano resti di creature sintetiche, i cui arti strappati erano disseminati ovunque. Doveva essere penetrato in un retroscena di Paradiso, dove era raccolto tutto quello che non poteva essere mostrato. Sconcertato fuggì sulla strada principale per ritrovarsi in una folla risplendente di anziani tutti in ghingheri, che lo lasciarono passare senza badare a lui. Ricordò la strada per arrivare al quartiere funzionale "Uva e coltelli", per cui tornò dai genitori che non sembrarono affatto contenti del suo arrivo inaspettato.

I genitori stavano giocando all' "Assassino". Vide un cadavere riverso per terra: era un nemico del padre, un suo vecchio collega. C'erano anche due coltelli sporchi di sangue. I genitori mangiavano uva intinta nel sangue. Xiaomu impallidì atterrito, ma il padre disse, mentre inghiottiva: "Tranquillo, qui è normale, puoi uccidere chiunque, basta fare richiesta."

E la madre: "Qui tutto è predisposto per rendere felici gli anziani. È davvero un mondo da favola: libertà completa."

"Per noi, poi, non c'è nemmeno bisogno di fare richiesta, perché tutto avviene secondo le nostre disposizioni," riprese il padre.

La madre aggiunse: "Perché noi siamo i consoli supremi."

Cosa?! I consoli supremi? Xiaomu non osava credere alle proprie orecchie. Il padre accarezzò il viso di lei e sorrise: "La città è sotto il nostro controllo. Ma non è una favola." E ripresero a inzuppare i chicchi d'uva nel sangue.

Li raggiunse Xiaomi: sembrava seccata. "Tu sei un ospite. Non puoi andartene in giro così senza averlo prima concordato con noi," disse. "Se vuoi vedere i tuoi genitori, ti devo accompagnare io."

I genitori pregarono Xiaomu di andarsene al più presto.

"Sono i consoli supremi. Non puoi vederli quando ti pare," Xiaomi rimproverò Xiaomu. Ma davvero erano i consoli supremi? Gli vennero in mente le loro urla sul fuoristrada nel deserto, la loro espressione mentre sparavano.

Xiaomi lo portò allora nella piazza centrale, dove erano radunati migliaia di anziani che stavano votando per eleggere i capi della città, cioè i consoli supremi.

Xiaomi spiegò: "Qui a Paradiso tutti possono essere leader e ottenere pieni poteri. Basta essere formalmente residenti a Paradiso e qualsiasi desiderio può essere avverato."

"E come è possibile?"

"Si tratta di farli sentire appagati. Quello di leader è solo un titolo. Ma non è questo che gli anziani desiderano? Un titolo? Adesso, a Paradiso 28 ci sono 1.385.219 consoli supremi che hanno piena giurisdizione solo nella loro casa, ma noi attraverso dispositivi neurali elettrici proiettiamo nella loro corteccia cerebrale una realtà alternativa che gli fa credere di gestire il mondo intero. Non essendoci competizione con i più giovani, gli anziani vivono sani e a lungo, pensano tutti di fare qualcosa di straordinario... la gente è fatta così. Avere un lavoro ed un'occupazione qui sono le richieste base."

Pensando al corpo accoltellato dai genitori, Xiaomu chiese: "E ammazzare la gente? Anche questo è considerato lavoro e occupazione?"

"Beh, anche questo fa parte della natura umana. Forniamo loro dei cloni da uccidere come passatempo. A Paradiso, l'ingegneria genetica è molto avanzata: i cloni sono progettati senza i nervi del dolore. Ma gli anziani che fanno richiesta di uccidere non sono tanti come si potrebbe pensare: saranno solo qualche centinaio di migliaia."

Xiaomu si sentì depresso, era come se solo ora conoscesse davvero i suoi genitori. Tornò in hotel e vide che i quadri alle pareti erano stati sostituiti da altri appena dipinti. Non erano più di quel genere cupo, ma raffiguravano immagini come il mare, il sole, il cielo azzurro, fiori freschi, bambini. Illuminavano la camera, sembravano riflettere il cambiamento d'umore dei genitori dopo l'omicidio.

Solitudine

Da quel momento, con il permesso di Xiaomi, Xiaomu poteva conversare una volta al giorno con i suoi genitori. Una volta chiese loro: "Pensate che abbia senso vivere così?"

"Sì, ce l'ha."

"E che senso sarebbe? La domanda che vi ho fatto, in fondo voi pensate che non abbia senso, vero?"

"Tanta, tanta libertà."

"Devo partire." Xiaomu avrebbe voluto dire: non vi dispiace?

Gli anziani dissero all'unisono: "Vai pure, per noi è indifferente."

"Davvero non volete che resti a farvi compagnia?"

"No, non importa."

Xiaomu era sempre più convinto che ci fosse qualcosa che non andava. Ma Xiaomi gli diceva che a Paradiso ciò che è sbagliato è giusto. Questo mondo era di per sé un'innovazione anticonvenzionale che risolveva i dubbi esistenziali.

Essendo il primo giovane a visitare Paradiso, Xiaomi sembrava preoccupata che Xiaomu, non conoscendo il luogo, avesse difficoltà di adattamento, che non dormisse bene o addirittura che gli potesse succedere qualcosa. Per questo l'immagine tridimensionale della ragazza gli appariva ogni sera per parlare con lui e tenergli compagnia. Andò avanti così finché un giorno non iniziò ad andare a letto con lui.

Prima di allora Xiaomu non era mai stato con una donna reale: aveva solo avuto relazioni virtuali con ragazze dei videogiochi, e questa esperienza nuova lo faceva impazzire. Ma Xiaomi era ancora più eccitata di lui: gridava come se le stessero strappando le viscere dal corpo, come se lo avesse aspettato per molti anni. Xiaomu non poté fare a meno di pensare che fosse lui a fare compagnia a lei. A quel punto lo scopo della visita ai suoi genitori era cambiato. Era dunque questa la vera ragione del suo arrivo a Paradiso? Forse era tutta una trappola costruita da lei?

"È stato bello?" Le chiese Xiaomu. Morse delicatamente il corpo snello della ragazza e si accorse che era caldissima.

"Non capisci." Lei chiuse gli occhi in estasi. Respirava come un pesce appena restituito al mare, parlava proprio come i suoi genitori. Aveva represso le sue emozioni troppo a lungo, pensò Xiaomu. Prima erano gli adulti quelli frustrati, adesso lo sono i giovani. Ogni anziano di Paradiso aveva una certa autorità. Erano tutti dei capi, dei consoli, dei leader saggi ed ammirati, il che significava che la ragazza viveva in realtà schiacciata da una montagna di obblighi: lei da sola serviva milioni e milioni di persone. Non poté non provare pena per lei. Era la prima volta che sperimentava un'emozione del genere: i suoi occhi si inumidirono.

In quel momento, i dipinti sulle pareti emersero dall'oscurità, sprigionando una luce, splendente come quella del sole, in cui si vedevano gli anziani ammassati dentro la città come formiche. Era una visione abbagliante, ma al suo culmine irradiava una sensazione di cupa decadenza. Non si aspettava che andare a letto con Xiaomi gli avrebbe dato una sensazione così intensa. Comunque, tra l'uomo e la donna si era aperta una porta chiusa troppo a lungo che conduceva a una calda oscurità. I due ragazzi più soli al mondo, Xiaomu della città costiera orientale e Xiaomi della città nel deserto occidentale, in breve tempo si erano avvicinati e avevano unito corpo e spirito. Era più vicino a lei di quanto non lo fosse ai suoi genitori.

Nelle loro orecchie risuonava l'eco de *La storia del tempo:* "Ah la giovinezza..., tra versi d'amore siam cresciuti..."

Il Grande Canale

In seguito, Xiaomu divenne più audace: lasciò di nuovo l'albergo, sembrava un fuggitivo. L'albergo vuoto, lugubre e inquietante, in mezzo al deserto, circondato da una società di vecchi infervorati... e poi fare l'amore con quella donna pazza e sola, tra i canti degli anziani che risuonavano per tutta la notte. Roba da fare a pezzi un uomo. Desiderava sempre più andare a vedere i genitori mentre dipingevano: cominciò a nutrire un interesse del tutto nuovo per l'arte.

Ma non era ancora uscito dalla hall dell'albergo che si imbatté in Xiaomi. Indossava un'uniforme mimetica e stivali da equitazione con le mani sui fianchi, bloccando il suo cammino; era furiosa, sembrava una soldatessa. Xiaomu cedette. Gli sembrava di essere finito in un incubo, la frustrazione era inevitabile: non ebbe altra scelta che seguirla. Salirono su un fuoristrada, come se recitassero di nuovo una scena. Xiaomu non poté trattenere una risata.

Erano circondati dai vecchi, loro due erano gli unici giovani: un confronto davvero impari. Appena partirono, gruppi di anziani si gettarono al loro inseguimento urlando sguaiatamente per l'eccitazione.

"Pensano che siamo anziani anche noi?" Chiese preoccupato alla ragazza.

"Sì."

"Perché?"

"Gli anziani sono molto furbi, ma anche facili da ingannare."

La loro macchina andava sempre più veloce, diretta ai margini del deserto e lasciandosi l'esercito degli anziani alle spalle. Quei mascalzoni all'inizio provarono a seguirli, ma ben presto si stancarono: forse se ne dimenticarono, o forse la loro attenzione era stata attratta da qualche altro divertimento.

"Non riescono mai a concentrarsi. Se riuscissero a farlo anche solo per cinque minuti, non sarebbero così," disse lei tristemente.

"Quindi tu da sola riesci ad occuparti di tutti gli anziani, non è così?" La guardò dritta negli occhi, ma non riuscì a scorgervi nulla.

"Sì. Beh, ma... no, no." Pronunciate queste poche parole sconnesse, non disse più niente, ma si concentrò solo sulla guida. Xiaomu si perse nei propri pensieri.

Poco dopo vide comparire di fronte a sé un paesaggio luminoso ancora avvolto in una nebbiolina che si sollevava. Scoprì che c'era un enorme sistema idrico ai margini del deserto: non sembrava affatto il Nilo, ma una replica del Grande Canale. Era stato progettato su richiesta di un anziano, gli disse Xiaomi. C'erano anche delle ciminiere e delle fabbriche che ricordavano quelle della rivoluzione industriale del XIX secolo. Colonne di fumo, solide come aste di metallo, penetravano il cielo, scontrandosi contro il sole offuscato come un globo oculare sembravano emettere un rombo. In riva al fiume c'erano alcuni anziani che prendevano il sole, altri che pescavano. C'era anche una diga imponente con una centrale elettrica nascosta sotto di essa. Sembrava non ci fossero tanti anziani in questa zona, e quelli che incontravano sembravano degli spensierati burattini. Xiaomu si sentì come trasportato in un'altra realtà, e mormorò: "Ignoravano che c'erano stati gli Han, tanto meno conoscevano Wei e Jin."[12] Xiaomi gli lanciò un'occhiata, come se non capisse di cosa stesse parlando.

Giunti in riva al fiume, Xiaomi saltò giù dal veicolo, si spogliò e si tuffò nuda nell'acqua. La sua figura, slanciata e incorruttibile come quella di un pioppo, attirava tutti gli sguardi maschili. Anche Xiaomu si tuffò ed i due iniziarono a giocare rincorrendosi e nuotando sott'acqua. Senza rendersene conto, si immersero in profondità e i loro corpi furono risucchiati da un vortice artificiale che li attirò giù fino alla centrale. Doveva essere la centrale che forniva energia

---

12 Passo de *La Memoria della Sorgente dei Fiori di Pesco*, di Tao Yuanming (365-427), dove si narra della scoperta di una società utopica vissuta per secoli separata dal mondo.

all'intera città. In questo ampio spazio c'era una città sotterranea, un vero e proprio centro di controllo, ed era qui che abitava Xiaomi.

In uno spiazzo grande come uno stadio erano allineati milioni e milioni di giocattoli rosa schierati come una immensa formazione ginnica. Erano tutte Hello Kitty in ceramica di statura umana, ma avevano testa e volto da vecchi.

Questa fabbrica sottomarina è il riflesso speculare di Paradiso, disse Xiaomi. Aprì il cranio di un gattino e ne fuoriuscì un gas azzurrognolo freddissimo. Ne aprì un altro, poi un altro e poi un altro ancora mostrandoli uno per uno a Xiaomu. A quanto pareva, si trattava di bare speciali. In ognuna di esse si trovava un corpo mummificato. Anche i genitori di Xiaomu erano tra loro. La ragazza gliele mostrava felice una ad una, come una donna che rivela all'amante i segreti del suo boudoir. Dunque, gli anziani avevano chiuso gli occhi per sempre ed erano conservati qui.

"Ma allora, chi ho visto io in questi giorni?" Chiese Xiaomu terrorizzato.

Modalità risparmio energetico
"Beh, sono dei manichini creati dall'IA Sorvegliante della città," gli rispose la ragazza con franchezza, accarezzandolo affettuosamente sulla testa.

Di fronte agli occhi di Xiaomu apparve l'immagine dei suoi genitori che sedevano placidi come dei Buddha, mentre accarezzavano gli struzzi. Se li figurò anche mentre guidavano a tutta velocità, urlando a pieni polmoni.

La città è reale, ma le persone no, pensò. Era venuto da così lontano per vederli. Tutte le 108 città nel deserto, chiamate Paradiso, erano solo città fantasma. Spinto da un sogno, aveva fatto tutta quella strada per incontrare i genitori e vedere i loro dipinti. Ricordò che un tempo aveva sentito dire che le persone care sono destinate a incontrarsi una volta sola: non importa quanto tempo trascorrano insieme in questa vita, bisogna fare tesoro di ogni istante, perché nella prossima esistenza, per quanto forte possa essere l'affetto che ci ha uniti, non ci si rincontrerà. Ma sembrava proprio che lui non dovesse aspettare la prossima vita per non rivederli più.

"All'inizio erano tutti vivi, ma poi l'IA Sorvegliante li ha ibernati," aggiunse Xiaomi con noncuranza. Lo condusse attraverso le schiere di gattini dall'aria allucinata che li fissavano freddamente da tutte le direzioni con i loro occhi dalle palpebre violacee.

"Secondo l'IA Sorvegliante, la vita è solo un'onda di correnti di bioelettricità. Non crede che siano morti, ma che abbiano semplicemente cambiato la loro modalità di esistenza. Quando viene un ospite illustre come te, l'IA può anche avviare temporaneamente la macchina per rilasciare dei fantocci realizzati con la nanotecnologia e rinnovare così la vitalità della città."

"Quindi è tutto finto?"

"No, è solo la modalità di risparmio energetico."

In realtà l'esperimento delle città di anziani era fallito, gli disse Xiaomi. Ciò era dovuto al fatto che gli anziani erano davvero troppi e insaziabili. Le cento città del deserto risucchiavano quasi tutta l'energia del Paese. Se li avessero lasciati fare avrebbero esaurito le risorse dell'intero pianeta. Neanche l'IA Sorvegliante riusciva a sopportare quella situazione. Perché la città costiera orientale dei giovani potesse continuare ad esistere, si dovette passare alla modalità di risparmio energetico. In linea con il principio della priorità dei benefici, il Sorvegliante aveva deciso di ibernarli.

"Nell'universo, la lotta per la vita è la lotta per l'energia," gli disse.

"Un miliardo di persone, tutte ibernate. Possibile che il paese non ne sapesse niente?"

"Ma questo non è forse diventato molto tempo fa un paese a sé?"

"È quello che siamo abituati a chiamare paese?"

"Credi che esista ancora?"

"Che significa?"

"Niente, niente."

"Perché mi dici queste cose?"

"Beh, siamo stati a letto insieme..." Sentendo ciò, Xiaomu strinse inconsciamente i pugni per la tensione. Si rese conto che la donna che gli stava di fronte era strana e pericolosa.

"A dirla tutta, nel profondo del tuo cuore tu già lo sapevi che i tuoi genitori non c'erano più. Quindi che importa?" Proseguì Xiaomi.

"No, non è così, io li ho sognati..."

"Sì, esatto. È proprio questa la tua particolarità: gli esseri umani della tua generazione non sognano più."

Xiaomu iniziò a dubitare di sé stesso: la sua richiesta era stata accettata senza problemi. Il Sorvegliante però sapeva sicuramente tutto, avrebbe dovuto fermarlo. Già, ma perché era l'unico a visitare Paradiso?

"Ma sono vivo?" Le chiese esitante.

"È così importante?" La ragazza aveva un tono di rimprovero: possibile che fosse ancora così ingenuo, pur avendo trascorso un po' di tempo in quella città di fantasmi?

"Non è forse importante...?"

"La vita, la morte. Paradiso ha una propria filosofia al riguardo. È solo un modo diverso di vedere le cose. Da un certo punto di vista, puoi assolutamente ritenere che i tuoi genitori siano ancora vivi. Hanno semplicemente rinnovato la loro modalità di esistenza," disse, scuotendo una Hello Kitty. Dall'interno uscì un suono metallico, come di un corpo solidificato che si scontrasse con le pareti dell'involucro.

"Non è quello che volevo vedere...," disse Xiaomu.

"Già, tu non vuoi vedere. In realtà tu rifiuti proprio il cambiamento. Tu e i tuoi genitori siete sempre stati in conflitto: non riuscivi a soddisfare le loro richieste. A proposito di richieste, dopo che gli anziani sono emigrati nelle città nel deserto, hanno fatto una miriade di richieste assurde, che hanno causato un aumento esponenziale del consumo energetico."

"Quali richieste assurde?"

"Le richieste più stravaganti, non l'hai già visto con i tuoi stessi occhi? Per esempio, tutti quanti volevano essere capi di Stato e decidere a proprio piacimento della vita altrui. Desideravano anche fare viaggi spaziali e andare nel centro della Via Lattea per creare un giardino dell'Eden simile al Regno di Dio...

Dato che erano anziani, il Sorvegliante non poteva dir loro di no, poteva solo cercare di esaudirne il più possibile i desideri. In seguito, le IA ritennero che la situazione fosse degenerata. Nella loro forma originale, gli esseri umani non sono solo inutili, ma anche pericolosi..."

"A volte la penso anch'io così." Xiaomu si accorse che le sue parole sembravano provenire dalla cavità addominale di uno dei corpi. Solo in quel momento si rese conto che Xiaomi aveva usato la forma plurale per riferirsi all'IA Sorvegliante.

Dipingere

Quella sera, Xiaomu mandò un messaggio a tutte le persone che conosceva. Tra loro c'era anche il fratello minore, con cui non comunicava ormai da molto tempo. Lui non sapeva se queste persone fossero ancora vive. Raccontò ciò che era successo a Paradiso. Spiegò che il paese stava attraversando una crisi senza precedenti e che le magnifiche città piramidali nel deserto occidentale nascondevano un segreto inimmaginabile. Una cospirazione. Le persone erano state private della libertà. Non solo della libertà, ma anche della vita.

"I nostri genitori sono stati uccisi per 'risparmiare energia' e limitare 'le loro richieste assurde'. Dicono di averlo fatto per le generazioni future, ma è sicuramente una menzogna. Il mondo sta attraversando un periodo terribile. Non ho idea di cosa ci porterà il domani."

Poco dopo, Xiaomu fece richiesta di tornare alla sua città. Voleva andare a cercare i giovani che, come lui, vivevano da soli e metterli a conoscenza della situazione. Ma il Sorvegliante responsabile della città della costa orientale gli disse: "Non puoi tornare. Ho ricevuto la richiesta inoltrata dai tuoi figli. Desiderano che tu ti fermi prima a vivere a Paradiso."

"Assurdo. Io non ho figli."

"Questa tua impressione è sbagliata. Tu hai figli, ma l'hai dimenticato. Sono stati trasferiti dall'altro lato dell'oceano, dove si sono stabiliti. Adesso hanno inviato una richiesta: desideravano venirti a trovare, ma temevano di assistere ad episodi spiacevoli, così hanno annullato tutto."

L'IA gli disse che il sogno sui suoi genitori era stato creato dai suoi figli e commissionato all'IA Sorvegliante, che lo aveva installato nella sua mente, per indurlo ad andare a Paradiso.

Di colpo Xiaomu si ricordò di quando andava a scuola e il professore virtuale gli aveva spiegato che il mondo dall'altro lato dell'oceano si chiamava Inferno.

Il Sorvegliante riprese a parlare: "A dire il vero, dalla tua generazione in poi, le persone appena nascono sono già vecchie. Probabilmente, tu sei l'ultima persona giovane di cui abbia memoria."

Xiaomu sospettò che il Sorvegliante gli stesse di nuovo installando delle fantasie nella mente, un'esca. Disse: "Che crudeltà."

"Beh, è un atto di misericordia piuttosto." L'IA smise di parlare e si dissolse, lasciando sullo schermo tridimensionale un ridicolo emoticon dall'espressione sofferente che somigliava a Xiaomu.

Poco dopo quello strano simbolo mutò nuovamente, assumendo l'aspetto di Xiaomi. Stavolta indossava un abito premaman. Gli disse: "Resta. Da molto tempo non veniva più una persona viva a Paradiso. Viviamo solo di ricordi. Tu sei l'unico. Ti prego, scegli l'area funzionale che vuoi. Ti verrà fornita una compagna."

"Per fare cosa?"

"Per farti da anima gemella."

"Posso scegliere?"

"No."

"Perché?"

"Perché la tua compagna sono io," disse Xiaomi con un tono piatto, senza il minimo imbarazzo.

"E perché?"

"Sono troppo sola." Accennò un sorriso. Xiaomu rifletté di nuovo: tutto questo l'ha pianificato lei? Tirò a indovinare: forse Xiaomi in persona era il Sorvegliante responsabile di Paradiso. In futuro ci sarebbe stato il tempo per verificarlo. Gli restava da vivere ancora molto, fino a 500 anni. No, sarebbe vissuto fino a 1000, 2000, 10.000 anni. Sarebbe vissuto per sempre, usando ogni modalità possibile. E poi, si sarebbe dovuto rendere conto che, in questo paese, l'unica cosa più solitaria di un essere umano dovesse essere un'IA. Ma allora io chi sono? Pensò. Poi come se fosse stregato, iniziò a cantare: "Oh, giovinezza... quanta nostalgia..."

"In futuro, che cosa ti piacerebbe fare?" Xiaomi interruppe con impazienza il canto del ragazzo. Sembrava premurosa.

Xiaomu si armò di coraggio e disse: "Dipingere!"

INDICE

Progetto grafico di Alda Teodorani
Illustrazione di copertina di Paolo Castelluccio